La otra orilla

Últimas historias de hombres casados

Marcelo Birmajer

Últimas historias de hombres casados

 La otra orilla

www.librerianorma.com
Bogotá Barcelona Buenos Aires Caracas
Guatemala Lima México Panamá Quito San José
San Juan San Salvador Santiago de Chile

Birmajer, Marcelo, 1966-
    Últimas historias de hombres casados / Marcelo Birmajer. --
Bogotá : Grupo Editorial Norma, 2010.
    304 p. ; 23 cm. -- (La otra orilla)
    ISBN 978-958-45-2948-0
    1. Cuentos argentinos 2. Matrimonio - Cuentos 3. Relaciones
de parejas - Cuentos I. Tít. II. Serie.
A863.6 cd 21 ed.
A1271681

                CEP-Banco de la República-Biblioteca Luis Ángel Arango

Imagen de cubierta: *El tamaño de la habitación*, de Eduardo Carrera
Diagramación: Gisela Romero
Dirección de arte: Marcela Dato

Impreso por Editora Géminis Ltda.
Impreso en Colombia - *Printed in Colombia*

ISBN 978-958-45-2948-0
CC 26001083

Contenido

El pañuelo amarillo

Durante años me burlé de los naturistas, pero un día descubrí que mi situación en la ciudad se había vuelto irrespirable.

La hecatombe económica se deslizaba por debajo de las puertas de los hogares de la clase media, como un diario de suscripción involuntaria o el vapor de las pestes bíblicas en las películas.

Los ladrones y violadores patrullaban las calles. Las plazas eran depósitos de malvivientes, de excrementos de perros y de perros salvajes. Los bares y los restaurantes que alguna vez me habían resultado reparadores, agonizaban vacíos de público y desprovistos de mercancías. Faltaban el salmón, el curry y las bebidas de ultramar. No se preparaba cordero, ni cuscús, ni tacos, ni *fondue*. La ciudad era mi refugio contra las intemperancias de la condición humana cuando oponía la civilización al aburrimiento: pero ahora que no restaba más que la chatarra de todo lo que alguna vez había sido, ¿para qué permanecer mirando por el balcón el festín de los buitres en las calles desiertas?

Con toda mi familia huimos a una granja en Bariloche.

Mis amigos, conocidos, e incluso parientes, me remedaban: yo había escrito más de un cuento y ensayo desdeñando los atenienses que escondían su fracaso disfrazándose de espartanos.

11

Pero lo cierto es que la ciudad entera había fracasado, conmigo incluido, y me parecía menos penoso aceptarlo que atarme a mis anteriores escritos.

Llevé mi computadora y mi esposa mantuvo su trabajo como médica de niños. En los primeros días intenté colaborar en el ordeñado de una vaca que habíamos comprado junto con la granja, pero muy pronto la dejamos en manos de un señor que venía todos los días. Me gustaba tomar la leche recién ordeñada. Compramos gallinas, con la consecuente contratación de otro señor que también venía todos los días. El ochenta por ciento de los habitantes de las granjas eran porteños que, como nosotros, habían utilizado el incentivo de la Cooperativa del Sur para iniciar una nueva vida.

Primero disfruté como un niño de las noches campestres, del cielo abierto y de las cumbres a la distancia. Luego me deprimí como un anciano por la imposibilidad de caminar por calles iluminadas, por la falta de librerías y de cines, de extraños y novedades. Finalmente acepté como un adulto que no tenía alternativa: más valía seguir trabajando y sacando adelante a mi familia como pudiera, sin pedir limosna ni dar lástima, y agradeciendo a Dios estar sano y cuerdo.

A dos granjas de distancia, por el camino de tierra, vivía la familia Bredestein. La primera vez que lo vi, me pareció recordarlo de algún lado; pero la segunda me dije que debía tratarse de un *déjà vu*: yo nunca había visto a ese hombre ni a su esposa. Una tarde en que regresé de la feria, me encontré al señor Bredestein, junto a mi esposa e hijos, rodeando a mi vaca moribunda.

Entre todos, con la ayuda de la joven esposa de Bredestein, nos las arreglamos para subirla al montacargas de la vieja camioneta de nuestros vecinos y la llevamos al veterinario del pueblo. La vaca murió en el camino, pero en la cabina, Bredestein y yo solos, me reveló de dónde lo conocía. Era amigo de mi padre.

La confusión se debía a que era por lo menos veinte años más grande que yo, pero también dieciocho años más joven que mi padre. Mi padre hoy tendría setenta y tres años, y Atilio Bredestein

12

tenía cincuenta y cinco. Ambos hacían peritajes judiciales como contadores públicos, y se habían hecho amigos durante uno de los pocos casos célebres en los que participó mi padre, y también Bredestein, protagonizado por la muy joven viuda de un millonario, cuyos haberes y deberes controlaron ambos contables. Yo había acompañado una o dos veces a mi padre a alguna pericia, y en una ocasión nos habíamos detenido un momento a tomar un café con Bredestein. Yo no lo recordaba, pero Atilio me dio detalles incontrovertibles. Entonces le pedí descripciones de mi padre, a quien cada vez me costaba más recordar. Me alegró encontrar en los elogios de Bredestein las mismas particularidades que yo había elegido para describirlo cuando mis hijos me preguntaban por él.

Aunque no pudimos hacer nada por la vaca, comenzó entre nosotros una moderada amistad.

Compartíamos cenas, y mi esposa resultó una excelente consejera para Gema, la esposa de Atilio.

Gema tenía treinta años; aunque no le llevábamos más de seis, parecía mucho más chica por estar casada con un hombre de cincuenta y cinco, y por tener que lidiar con la crianza de una hija de veinte años, Dianita, del anterior matrimonio Bredestein.

A Esther la caracteriza un balsámico sentido común para comprender cualquier relación que no sea la nuestra. Si no fuera mi esposa, le habría pagado para consultarla en cada problema que me ha tocado padecer. Pero el matrimonio es precisamente renunciar a lo mejor de una mujer, a cambio de poder amarla y ser amados por ella. El pago por disfrutar de su misterio último es desprenderse de todo lo que nos podría brindar como compañera desinteresada, consejera y confesora.

La mejoría entre Dianita y Gema fue tan notable que la chica comenzó a concurrir cada vez más a menudo a las cenas familiares, a las que antes rehuía como si se tratara de funerales, y las reuniones de ambas familias se convirtieron en un verdadero remanso de humor y calidez.

La circunstancia de que Bredestein hubiera sido amigo de mi padre, por corta y repentina que hubiera sido su amistad, me acercaba a él con una fuerza casi religiosa, de ambición metafísica, como un acto de espiritismo. Y al agradecimiento de Gema hacia mi esposa, se sumaba la atracción afectiva que Dianita desarrolló por Esther, en la cual encontró la contención perdida de su fallecida madre, y pudo descansar –sin necesidad de abandonar– de los meandros que impone la relación con una madrastra. Por extraño que parezca, Gema no sentía celos de Esther frente a esta súbita afección de su hijastra, sino alivio, por haber encontrado quien le diera respiro.

De modo que yo me sentía inclinado hacia Bredestein por el aura de mi padre muerto, y Dianita realizaba el trabajo arqueológico de recuperar aromas de madre en Esther. Quizás suene más necrológico que encantador, pero a nuestro alrededor, especialmente en la ciudad, las cosas eran mucho peores, y yo me daba por más que contento.

En la granja había recuperado el cordero y el pato. Cuando no lo conseguía en la feria, nunca faltaba uno suelto para matar. Alguien había viajado por la India hacía años y tenía reservas inagotables de curry. La cerveza que fabricaban en el Bolsón pasó a ser, aun comparándola con muchos de los alcoholes que había probado en mi vida, mi bebida espirituosa preferida.

Durante una noche cálida en pleno invierno, un ave cuya denominación he olvidado, de un modo totalmente absurdo vino a morir contra la bomba de agua eléctrica que nos proporcionaba el agua potable. Había un amasijo de plumas, sangre y patas –que parecían muchas, con esos dedos fibrosos que pese al estropicio se mantuvieron intactos–, y olor a carne quemada, como de un pollo mal hecho. Logré apartar a mis hijos, que pugnaban por acercarse al cadáver, y comenzamos una conversación despreocupada, entre mi esposa, Gema y Atilio, acerca de si debíamos ir ya mismo a comprar una bomba nueva a veinte kilómetros, en un local que difícilmente estuviera abierto. O si debíamos esperar hasta el día siguiente por la mañana, corriendo el riesgo de quedarnos sin agua en mitad de la noche, a la madrugada o al día siguiente. A mí no me cabían dudas: el agua que había en el tanque aguantaba perfectamente para llegar a las primeras horas del día siguiente, incluyendo el baño de mis dos hijos. Pero Esther se mostraba menos optimista. Para Atilio, en cambio, viajar ya mismo a buscar la nueva bomba parecía una cuestión de vida o muerte.

—No podés correr el riesgo de que tus hijos se queden sin agua —sentenciaba—. Como si no ir a buscar la nueva bomba en ese mismo instante implicara condenarlos para siempre al desierto.

Dianita se había quedado a cenar en la casa de su novio, y Gema raras veces contradecía una opinión de Atilio. En absoluta minoría, no me quedó más remedio que recomendarle a Esther que mantuviera a los chicos lejos del ave destripada y subirme como copiloto a la camioneta de Atilio. Después de todo, no estaba tan mal ese viajecito bajo las estrellas, hasta un sitio céntrico medianamente lejano, mirando por la ventanilla.

Pero cuando nuestra granja se perdió de vista, Atilio detuvo la camioneta y me echó una mirada cómplice. Descubrí inmediatamente que en su afán por salir de la casa había un motivo oculto. Por un instante, sufrí una fantasía terrible: que me hiciera una declaración homosexual. Pero sacó de la guantera un paquete celeste envuelto en una gomita, retiró la gomita y extrajo hebras de lo que parecía tabaco y papel de armar cigarrillos. ¿Sería marihuana? La visión de un amigo de mi padre fumando marihuana podía echar por tierra las pocas convicciones que aún me restaban sobre la vida en general. Afortunadamente no era más que tabaco importado de Francia.

—Gema no sabe que fumo —me dijo Atilio con una picardía escolar, mientras liaba el cigarrillo dificultosamente, sin más luz que la ínfima del interior de la camioneta—. Estoy esperando desde la mañana para fumarme un pucho. No tuve un minuto solo. No quiero fumar delante de otros, tampoco. En vos confío.

Terminó de armar el cigarrillo, lo encendió, apagó el fósforo agitando velozmente la mano, lo tiró por la ventana y reemprendimos

15

el viaje. No habían pasado cinco minutos cuando le pedí por favor que se detuviera y me armara uno. Hacía cinco años que no fumaba, pero la tentación de probar ese tabaco francés, subido a una camioneta y en el medio del campo, resultó superior a mis fuerzas.

—Me gusta mentirles —me dijo Atilio, luego del largo silencio de dos fumadores latentes que se reencuentran con el vicio y algunas palabras insustanciales posteriores, con el único sentido de consolarnos de la necesidad imperiosa, pero prohibida, de fumar uno tras otro hasta morir asfixiados—. Me gusta mentirles a las mujeres.

—No es engañarlas con otras —siguió—. Alguna vez lo hice, con Marta. Vos no la conociste a Marta, la madre de Dianita. Pero lo que descubrí, y no me jacto, es que me gusta mantener una o dos mentiras, que no sepan exactamente quién soy o qué hago. Casi todas las personas se quejan de que nadie las entiende, a mí siempre me gusta tener un rincón que nadie pueda entender.

El camino era correcto: viajábamos hacia el pueblo. Pero a esa altura del viaje yo ya estaba convencido de que Atilio sabía con toda seguridad que el local estaba cerrado, y que toda la pantomima de mis hijos sin agua no era más que una excusa para fumarse un cigarrillo en paz. Me sorprendió, pero no me asustó. Me reveló un Atilio distinto; efectivamente, como él quería, me vi obligado a reconocer que no sabía quién era. Me asaltó la intuición irracional, por propiedad transitiva, de que quizás yo tampoco había tenido idea de quién era mi padre; y que habiendo puesto enormes esperanzas en conocerlo a través de Atilio, ahora me encontrara con un fracaso doble y un desconcierto que fatalmente recalaba en el dolor.

—Una mentira íntima te ensancha como persona. Yo siento eso. La gran mentira que le conté a Marta fue en el año 1973. Le dije a Marta que me iba a Europa, y me fui a la guerra de Iom Kippur. Participé en apoyo civil, porque no me dejaron pelear.

Yo había escuchado centenares de veces historias semejantes, contadas por judíos de la edad de Bredestein, en todas partes del mundo. En Buenos Aires, en Rosario, en Salta, en Bogotá, en Santiago de Chile y en Montevideo. Había tratado de contarlas en el cuento "Historias de mi tribu". Pero parecían regresar a mí con la fuerza de una obsesión. Cada vez que escuchaba estos relatos, notaba en mis interlocutores una cierta mirada de incompletitud: por algún motivo, ni ellos ni yo podíamos terminar de captar la enormidad de la experiencia, la participación voluntaria en una guerra. Podía escucharlos, reproducir sus vivencias, pero en última instancia descubría que percibíamos el impacto de dos maneras distintas, y que no podíamos explicarnos esa sensación el uno al otro, ni cada uno a sí mismo. No hay mayor soledad que la de padecer una obsesión que no se puede compartir.

Como sea, en el relato de Bredestein en particular, como se iba desarrollando, lo que lo fascinaba era el concepto de mentira, la idea de que le había mentido a su esposa y todas las mentiras subsiguientes derivadas del engaño inicial.

—Sobre el final de la guerra —continuó Bredestein— me encontré de pronto en el desierto, colaborando como enfermero durante la separación entre el ejército israelí y el egipcio. Ahora que estamos yendo a comprar la bomba de agua, te puedo decir por qué me preocupé tanto: yo conozco la sed. Son pocas las experiencias humanas en las que uno puede asegurar qué es lo que vivió: siempre dudamos del amor, de la felicidad, incluso, voy a decir algo terrible, del amor por nuestros hijos. Pero una de las pocas ocasiones en que puedo repetir una verdad absoluta es esta: yo tuve sed. Es inútil que trate de explicártelo.

Avanzábamos por un paisaje negro, donde cada tanto un atisbo de luz nos permitía ver el pasto a oscuras y las sombras de las montañas. Sin embargo, a esa hora de la noche, luego del tabaco negro francés en un cigarrillo armado, no me costaba imaginarme en un jeep israelí, en pleno desierto, padeciendo una sed mortal. Imaginé que de pronto nos quedábamos sin agua a nuestro alcance, y que debía escalar las montañas para recoger nieve y hielo y traerla convertida en agua para mis hijos. Pero en el libro *Stalingrado*, de

Beevor, había descubierto que la ingestión de nieve es dañina para el cuerpo humano.

—No teníamos agua, ni ninguna perspectiva de recibirla pronto, y comencé a arrepentirme de todo: de haberle mentido a Marta, de haberme voluntarizado para la guerra, de haberme dejado llevar al desierto. Pensé en desertar, o en provocarme algún tipo de herida para que me llevaran en jeep a la ciudad. O en suplicar que me permitieran buscar agua en algún sitio. Pero no podía hablar ni moverme. Ya no quería pertenecer a ningún pueblo, y odiaba a todos: lo único que me importaba era tomar agua. Aunque la situación de riesgo militar ya había pasado, en ese momento lo que yo quería era morirme, llegar al Paraíso, y que Dios me recibiera con un vaso de agua helada. Me dejé caer en la arena y dejé de escuchar los gritos de dos soldados que me exigían que continuara la marcha, para colmo con una camilla al hombro. Lo siguiente que supe fue que una mano se metía en mi boca con un pañuelo amarillo. Era un oasis en forma de pañuelo. Un manantial en un pedazo de tela. Sentí el agua pasar del pañuelo empapado a mi lengua y al paladar, pero me costó que pasara por la garganta. Chupé el pañuelo hasta secarlo, pero cuando lo saqué de mi boca lo sentí húmedo, por la saliva. La cara del muchacho era morena, era muy buen mozo. Y en ese momento lo amé.

Me arrebujé incómodo en mi asiento, pero Bredestein no lo notó.

"Estoy seguro de que el muchacho era un sabra, un nacido en Israel. No debía tener más de veinte o veintitrés años. Ningún otro de los presentes pidió agua ni el pañuelo. Esa ración de agua me tranquilizó del todo: hubiera necesitado continuar bebiendo, pero el solo hecho de saber que el agua seguía existiendo en el mundo, de que alguien podía llegar a conseguir agua en alguna otra ocasión, me permitió recuperar la compostura. Me até el pañuelo al cuello, todavía húmedo de saliva, y continué marchando por la arena, con mi camilla al hombro. Unas tres horas después, nos enteramos por la radio que se habían reanudado hostilidades no sé dónde, y un grupo de cuatro soldados, incluyendo el sabra que me había dado el pañuelo, se marchó en un jeep. No volví a saber de él.

Pasé dos semanas más en Israel. El ánimo era muy sombrío. Habían sobrevivido una vez más, habíamos sobrevivido una vez más, pero a un costo que nadie se esperaba. Había infinidad de soldados desaparecidos y se hablaba de tres mil muertos. Te encontrabas madres preguntado por sus hijos a las puertas de los ministerios, y gente protestando por los motivos más diversos contra el gobierno: los que acusaban a Golda Meir de haber sido demasiado clemente con el enemigo, y quienes la tenían por haber sido demasiado dura previamente. Era una catarsis sin demasiado razonamiento: demasiados muertos. Regresé a casa destemplado, casi sin fuerzas para mantener la mentira ante Marta: pero la mantuve. Después de todo lo que había sufrido, tenía derecho al menos a resguardar mi mentira, a preservar mi secreto. A contarme a mí mismo, por las noches, antes de dormirme, una historia que la persona que dormía a mi lado no podía siquiera imaginar.

Una vez que Marta dejó de preguntar acerca de aquel viaje (preguntas que abandonó muy rápido, porque después de diez años de casado a nadie le interesa mayormente qué hace el otro) el mayor desafío que se me presentó fue cómo continuar escondiendo el pañuelo amarillo. No podía decirle a Marta que lo había comprado porque yo no usaba pañuelos de cuello, y mucho menos podía llegar a utilizar ese trozo de seda amarilla, ciertamente femenino. Quizás al soldado se lo había regalado su novia. Tampoco le podía contar cómo había llegado a mí, ni inventarle una historia aparente, porque resultaría inevitable que viera en ese pañuelo el halo de una mujer desconocida. De modo que decidí guardarlo con mi secreto: ¿pero cómo le ocultás a tu mujer un pañuelo amarillo?

Si no estuvieras casado, pensarías que no hay nada más fácil. Pero vos sabés tan bien como yo que es casi imposible mantener un secreto de palabras en el matrimonio, e imposible resguardar un objeto, sobre todo para un hombre.

Sin embargo, durante un tiempo funcionó. No me resultaba difícil llevarlo conmigo todo el tiempo (en un bolsillo interno o en el maletín), porque me recordaba una historia que valía la pena. Hubo ocasiones en que el pañuelo quedó desparramado sobre la cama, cuando vaciaba los bolsillos de un pantalón para ponerlo a lavar, o en el piso del baño, cuando entraba a bañarme. Pero milagrosamente Marta nunca lo vio.

Dos años más tarde, una semana después de que se fuera Mary, nuestra primera doméstica, el pañuelo desapareció. Yo no podía recordar en qué momento preciso. Para ese entonces, el pañuelo era tan parte mía como un dedo. Uno no se fija todos los días, al despertarse, si tiene, por ejemplo, cada uno de los dedos del pie. Del mismo modo yo me había despreocupado del pañuelo. Lo busqué por cada uno de los bolsillos de mis pantalones, camperas y camisas. No estaba. Era claro que no le podía preguntar a Marta si lo había visto. Tampoco era factible que se lo hubiera llevado Mary. Había trabajado con nosotros durante cinco años y nunca nos había faltado nada. Se había ido a otra casa donde le ofrecían mejores condiciones de pago; justo coincidió con el "Rodrigazo" y no pudimos contraofertar, entramos en crisis como todo el mundo. Igual que ahora: pero al menos entonces aguantamos en la ciudad. No tenía ninguna lógica que se llevara un pañuelo usado, por muy bonito que fuera, luego de abandonarnos por una casa donde le pagaban más. Incluso lloró al despedirse, y durante varios meses siguió llamándonos para hablar con la nena. Quizá había encontrado el pañuelo y lo había guardado en algún sitio impensable, pero las pocas veces en que la atendí por teléfono no me atreví a preguntárselo. Mary y Marta habían establecido, durante esos cinco años, una relación respetuosa y cordial, y me resultaba un desatino enterarla así como así del secreto mejor guardado de mi matrimonio. También evalué la posibilidad de haberlo perdido yo, en algún bar u oficina, al abrir el maletín. O que alguien me lo hubiera robado en esos mismos sitios. En la época de las pericias, lo sabés por tu padre, yo era un trabajador

20

itinerante y, de habérseme caído el pañuelo amarillo en alguno de los tantos sitios donde realizaba trámites, no había manera de recordar dónde ni a quién reclamar. De modo que lo di por perdido. Con una honda pena, sí, pero no sin cierto alivio. Ahora el secreto de mi participación en la guerra de Iom Kippur consistía nada más que de recuerdos. Incluso en el más terrible de los casos, esto es, que Marta hubiera descubierto el pañuelo y, temerosa de una historia romántica, lo hubiera hecho desaparecer para no ver la menor huella de infidelidad en su marido, jamás abrió la boca al respecto, hasta el día… hasta el día de su muerte.

—¿Dijo algo el día de su muerte? —pregunté, involuntariamente, embriagado por el relato, sin escrúpulos.

—No —respondió Bredestein—, quería decir que nunca dijo nada al respecto.

Como estrellas caídas, o expulsadas, una docena de lámparas mortecinas alumbraron por fin nuestra llegada. Eran los doce faroles que abrían la entrada vial a El Montecito, la población urbana más cercana a El Bolsón.

—Llegamos —me dijo Bredestein.

—Un minuto —le pedí, después de que estacionó en una explanada de pasto—, la guerra de Iom Kippur, quiero decir, el hecho de haber participado de esa guerra, ¿fue lo más importante que te pasó en la vida?

Bredestein se tomó unos minutos para contestar, estábamos rodeados de montañas que parecían aguardar la respuesta junto a mí. Era uno de esos escasos instantes en que un hombre, en este caso Bredestein, tiene derecho a sentirse importante, al menos tan importante como el misterio del universo que lo rodea.

—Sí —respondió finalmente—, fue lo más importante que me pasó en la vida, junto con el nacimiento de mi hija.

Entonces fui yo quien se tomó el derecho al silencio, y rematé:

—¿Y nunca te impresionó, o te dolió, o se te hizo insoportable, ocultarle a la persona con la que viviste la mayor parte de tu adultez, a la persona con la que tuviste a tu hija, semejante episodio de tu vida?

21

Bredestein sonrió.

—Claro que me impresionó, pero muy bien. Tenía derecho a ser una persona independiente, con un secreto. Tal vez, justamente a la inversa, no hubiera soportado estar casado de no poder preservar una historia que solamente yo supiera.

—Ahora también la sé yo —dije.

—Vamos a comprar la bomba antes de que Tony se duerma, y en el viaje de vuelta te cuento el final.

Yo no sabía quién era Tony, pero era la una de la mañana y no me podía imaginar criatura alguna permaneciendo detrás de un mostrador a la espera de que dos expulsados de la ciudad, recientes campesinos, trasnochados, acudieran a comprar nada menos que una bomba de agua. No un paquete de cigarrillos, ni una cerveza, ni un chocolate, sino una bomba de agua a la una de la mañana. De todos modos, el suceder de los acontecimientos acabaría demostrándome que la compra de una bomba de agua, absurda como resultaba a esa hora de la madrugada, nos hubiera resultado muchísimo más inocua que el intento de beber una cerveza o fumar un cigarrillo.

Bredestein me llevó hasta un local, en cuya vidriera se leían en letras blancas las palabras Ferretería, Herramientas, Electrodomésticos, y que estaba más cerrado que las puertas de acceso al pasado, con ese color metálico excluyente que tienen todos los negocios cerrados de noche. Ya de por sí las ferreterías me deprimían de día, abiertas y funcionando; mucho más un negocio que bajo ningún concepto yo había podido esperar abierto pero que, al presenciar efectivamente cerrado, me recordó con dolor que mi familia podía estar muriéndose de sed, igual que Bredestein en el año 73, en el desierto del Sinaí.

Bredestein tocó un timbre, detrás de la reja metálica, que despertó en mí una esperanza. Pero no despertó al dueño. Luego de siete timbrazos y otros tantos minutos de espera, se dio por vencido.

—¿Cómo estarán los chicos? —le dije a Bredestein, por toda respuesta al negocio cerrado.

22

–No te preocupes –me respondió–, ahora llamamos a Tony.

Quizás Tony era un pequeño semidiós del sur de la Argentina, al cual había que convocar por medio de algún rito secreto cuya *performance*, a esa altura, yo estaba dispuesto a ejecutar, aunque me valiera el castigo divino que habían sufrido mis ancestros en el Sinaí –el mismo Sinaí en el que en el año 73 le habían salvado la vida a Bredestein con un pañuelo amarillo embebido en agua–, por haber desesperado de la llegada de Moisés y haber adorado el becerro de oro. Quizás todo se había debido, igual que le había ocurrido a Bredestein, a que tenían sed. Nuestros ancestros del Sinaí no se llamaban Bredestein, ni Mossen; sus apellidos o nombres habían recorrido el mundo hasta llegar a Europa y transformarse en esos largos amasijos de letras, y luego, a partir de 1948, habían regresado al Medio Oriente para recuperar sus formas originales: Barak, Meir, Eliezer. Pero aquí estábamos Bredestein y Mossen, tres mil años después, solos ante la inmensidad de la montaña, con la misma sed.

Como si hubiera escuchado el final de mis reflexiones, Bredestein me llevó hacia un bar. Era un pequeño sitio de madera, con cuatro mesas y un mostrador, con su correspondiente repisa colmada de licores y whiskys importados que en Buenos Aires ya no se encontraban. No veía teléfonos por ningún lado, ni públicos ni del bar, por lo que volví a imaginarme una convocatoria no terrenal al tal Tony, o bien que Bredestein ocultaba secretos bizarros no solo a sus esposas, sino al resto de los seres que tenían la desdicha de compartir experiencias con él. Pero me indicó que me sentara mientras le pedía al dueño del bar que llamara a Tony.

–Acaba de salir –dijo el dueño del bar–, recién se tomó una ginebra y salió para la casa. Dijo que volvía en media hora. No quiero llamarlo porque me parece –lo dijo sin vergüenza– que fue a pasar un buen momento con la esposa. Siempre se da valor con una ginebrita.

Y se rió.

—Si no vuelve en una hora lo llamamos —agregó Jacinto. Era un anciano joven, con la barba crecida, el pelo blanco atado en cola de caballo y, sorpresa, un pañuelo celeste atado al cuello. Un artesano metido a dueño de bar.

—¿Qué van a tomar?

Yo pedí un JB sin preguntar el precio. Y Bredestein un agua mineral sin gas.

Cuando llegó mi bebida, más por intentar dejar de pensar en la sed de mi familia que por verdadera curiosidad, le pregunté a Bredestein:

—¿Y qué pasó con el pañuelo amarillo?

Bredestein tomó un trago de su agua directamente de la botella, sacó el paquete de tabaco que había guardado en el bolsillo, comenzó a liar un cigarrillo y me preguntó si yo quería uno. Antes de responderle que sí con un gesto de la cabeza, descubrí que al sacar el paquete se le había caído al suelo un billete de dos pesos.

—Aquí tenés tu pañuelo amarillo —dije dándoselo—. Mi abuela siempre me decía que no hay que poner el pañuelo y el dinero en el mismo bolsillo.

—Y tenía mucha razón —asintió Bredestein guardando la plata hecha un bollo, sin el menor cuidado—, pero mi pañuelo amarillo no estaba ahí.

¿No estaba dónde?, le iba a preguntar cuando ambos descubrimos, al mismo tiempo, que dos policías estaban parados junto a nuestra mesa con la intención de dirigirnos la palabra.

Durante un instante tuve la leve esperanza de que nos preguntaran qué estábamos haciendo, una pregunta de rutina para dos forasteros; pero intuí que las cosas iban a terminar mal, muy mal, cuando el más viejo de los dos policías, uno de no más de treinta años y el otro bien pasados los cincuenta, nos dijo sin contemplaciones:

—¿Qué están fumando?

Nos habían visto armar cigarrillos desde afuera, por la ventana, y habían pensado inmediatamente en marihuana. No cabía

24

duda de que sabían, como cualquier argentino, especialmente en zonas rurales, que no tenía nada de extraño armar cigarrillos de tabaco; pero yo ya había leído en el diario que la marihuana se había vuelto un problema extendido para la policía en El Bolsón, y era evidente que Tony (como inmediatamente bauticé para mis adentros al más viejo de los dos policías) y Douglas (como llamé del mismo modo al más joven) estaban mucho más acostumbrados a levantar en redada a armadores de cigarrillos de la hierba prohibida, que a encontrarse dos forasteros liando en papel tabaco francés, con un paquete de color celeste y un aroma muy distinto al de los Gavilán nacionales. Por más que les explicamos de inmediato, con una inusitada tranquilidad en mi caso, considerando el pánico que me provocan las fuerzas de seguridad, que no se trataba más que de tabaco francés, nos obligaron a ponernos de pie y a "acompañarlos".

Cuando unos días después reconstruimos las circunstancias con Bredestein, llegamos a la conclusión de que los dos policías bajo ningún concepto podían haber ignorado que se trataba de tabaco, y que simplemente seguían una política de "mano dura" que los obligaba, reglamentariamente, como durante muchos períodos en Argentina, a "levantar" al menos dos transeúntes por noche, para cumplir con las reglas de prevención. El hecho de que fuéramos forasteros y la hora de la madrugada se les habían presentado como una combinación propicia.

Antes de salir del bar, Bredestein tuvo la presencia de ánimo suficiente como para decirle a Jacinto:

—Decile por favor a Tony que nos espere, cuando vuelva.

A lo que mis pensamientos respondieron que no tenía sentido que "nos espere", ya que moriríamos en prisión, y que lo único que estaba haciendo con el pobre Tony, más que asegurarle una venta, era implicarlo en un futuro y seguro juicio por narcotráfico. Mi familia, por su parte, debería emigrar en busca de agua, y me resultaba extremadamente dudoso que volviéramos a vernos alguna vez.

"No hay que mantener secretos", me dije, "ensucian el alma y corrompen el entorno. Todo esto es culpa de los secretos de Bredestein".

Y con la misma intensidad con que lo había admirado y querido cuando me dio la mano con la vaca finalmente muerta, lo odié.

"La vaca murió por su culpa, también. Por el efluvio de sus secretos ponzoñosos, guardados porque sí. Algo en la Torá debe prohibir guardar secretos si no es estrictamente necesario".

Tony y Douglas nos llevaron hasta una pequeña edificación con el escudo de la policía provincial, una comisaría. Parecía el aula vacía de una escuela, con la misma propensión a lo siniestro que convocan las escuelas vacías de noche.

Nos encerraron en dos compartimentos separados, compuestos de tres paredes, una ventana ínfima a nuestras espaldas y una puerta de hierro sin rendijas en la cara. Lo único que llegaba hasta allí era la voz de uno de los policías, creo que Tony, llamando al comisario. Douglas no hablaba.

El miedo y la desesperación ciega que sentí entonces, no tengo la menor esperanza de poder expresarlos. Otros escritores, más dotados, podrían. Mi fracaso como narrador de historias se basa en la incapacidad para detallar fielmente los peores momentos de mi vida real.

Puedo decir que no me cupo duda, en esos momentos, de que moriría de hambre y sed allí encerrado, acribillado a balazos o sencillamente de miedo y desesperación. Cada persona tiene un punto de quiebre, un atentado a su integridad que no puede soportar; yo tengo muchos: no puedo soportar la soledad, no puedo soportar ser intimado por un policía, no puedo soportar un juicio y, definitivamente, en ese momento no pude soportar que me encerraran en un cubículo sin rendijas. Me dije que lo que debía hacer, como había hecho Bredestein en el desierto, era perder inmediatamente toda esperanza –aunque fui más lejos que Bredestein, porque incluso me permití perder la esperanza en el mundo venidero– y dejarme morir, para sufrir lo menos posible. No había sido capaz de darle agua a mi familia, mi esposa debería buscar un hombre con más recursos, lo que derivaría en provecho para todos; un hombre que no se dejara llevar por el relato de secretos inútiles. Un hombre de verdad.

Curiosamente, fue una más de las atrocidades verbales de Bredestein lo que me sacó de aquel sopor mortuorio, de mi decisión tomada de morir en el acto. Dijo:

—Son los egipcios.

Estaba a punto de pensar que se había vuelto loco, cuando remató su gag con una risa.

—Nos atraparon los egipcios —dijo riéndose otra vez.

Así como yo había escuchado la voz del policía más viejo, con la misma precisión estarían escuchando nuestras voces. Pero no pude impedir responderle:

—No hagas esos chistes: van a pensar que narcotraficamos con egipcios.

Bredestein tomó como una continuación de sus insensatas bromas mi respuesta, y se rió con ganas.

—No estoy jodiendo, Bredestein —susurré y a la vez grité, con el temor de que me escucharan y con el pánico de que Bredestein ahondara nuestra desgracia—. Callate.

—Tenemos que esperar el intercambio de prisioneros —continuó Bredestein con la voz quebrada por la risa—. Dicen que los egipcios son mejores que los sirios.

Decidí no contestar. O se había vuelto loco o era un imbécil, y para hablar con imbéciles o locos ya tenía suficiente con mis monólogos introspectivos.

No puedo decir cuánto tiempo pasó, me daba miedo mirar el reloj. Tenía la convicción de que, si miraba el reloj, el tiempo no pasaría nunca, y ni siquiera moriría, sino que permanecería allí eternamente.

De pronto mi puerta de hierro se abrió, y con el milagroso soplo de aire libre, un viento que llegaba al infierno desde el cielo, me lancé, inopinadamente, sin control de mis actos, a abrazar al uniformado que me abría la puerta, ignorando si era Tony, Douglas, o el comisario. Era Tony, que de inmediato interpuso un brazo entre mi inexplicable impulso y su cuerpo, con una mezcla de asombro y desprecio. No menos extraña que mi impulso de abrazarlo fue la certeza, que me asaltó en ese instante, de que si Tony, o Douglas o el comisario, pretendían volverme a encerrar yo no tendría el menor empacho en intentar quitarles sus armas, o morderles la yugular o ahorcarlos con mis propias manos hasta que me abatieran. Como no se trata de un abismo de desesperación, sino de una inesperada conciencia de valentía o de espíritu temerario, con la misma candidez con que puedo reconocer mi permanente cobardía, puedo sí detallar, sin temor a sobrevalorar, el ánimo heroico que me asaltó entonces, y afirmar sin hesitaciones que yo hubiera sido capaz de pelear hasta la muerte o la libertad, con tal de que no me encerraran otra vez. Ahora cobraba un poco más de sentido la metáfora de los egipcios que tan descuidadamente había propalado, de celda a celda, el animal de Bredestein.

También a Bredestein lo dejaron salir y, aunque no nos pidieron disculpas, para mi gran sorpresa reintegraron a Bredestein su paquete de tabaco francés. Nos dejaron en el umbral de la comisaría y los dos quedamos parados como esperando una nueva orden. Pero a los cinco minutos, con la puerta cerrada a nuestras espaldas, descubrimos que ya nos podíamos ir sin más explicaciones, como los judíos cuando salieron de Egipto. Primero caminamos con pasos muy medidos, como si temiéramos que quisieran matarnos fingiendo un intento de fuga (al menos esos eran mis pensamientos), luego aceleramos un poco más el paso (pues si querían matarnos no tenía mayor sentido la cautela), y finalmente descubrimos que la pesadilla efectivamente había terminado.

—No corras que es peor —le dije a Bredestein.

—¿Eso también te lo decía tu abuela, no?

Tuve que asentir.

Llegamos al bar y Jacinto no preguntó nada. Apenas informó que Tony ya estaba en el local.

En el espejo detrás de las botellas de whisky, descubrí mi rostro pálido y totalmente transpirado. No supe cuándo me había crecido así la barba; recordaba haberme afeitado esa mañana, pero parecía no haberlo hecho en la última semana. Pensé que era una sensación, pero Bredestein me miró también en el espejo y me dijo con amable sorpresa:

—Te creció la barba.

El sudor que rodeaba mi cuerpo parecía congelarse con el frío del ambiente. La noche se había destemplado de pronto.

—Qué bueno morir de fiebre y no encerrado —dije.

—Dice Tony que los espera en el local —masculló Jacinto.

Bredestein asintió y se dispuso a armar un cigarrillo antes de salir. Lo detuve con una mano sobre la suya, con el mismo arrojo que me había poseído cuando me abrieron la puerta de la celda:

—Mejor fumamos en la camioneta —sugerí.

Bredestein asintió y salimos.

Tony, el verdadero Tony, dormía sobre el mostrador, a lo largo.

Nunca había presenciado la escena de un comerciante durmiendo sobre su mostrador.

Dormía boca arriba, con la nuca apoyada en las manos y las piernas juntas, pero relajadas. Me resultó evidente que, después de la ginebra, había pasado un buen rato con su mujer. Yo esa noche estaba dispuesto a liquidarme la botella de whisky nacional que guardaba en el compartimento inferior de la mesita de luz. Me la bebería íntegra, a la salud de la libertad, por mucho que mi mujer durmiera. Tony despertó antes de que tocáramos el timbre, como si nos hubiera entrevisto a través de sus párpados cerrados y en dirección al techo, confirmando el halo místico que yo le asignaba a su persona.

Resultó ser, en apariencia, un muchacho mucho más joven de lo que yo había supuesto a lo largo de esa noche terrible en que no habíamos hecho más que buscarlo. También llevaba el pelo atado en cola de caballo, aunque mucho más prolijo que Jacinto. Un artesano metido a ferretero.

Me reí solo sin explicar que se me acababa de ocurrir que le pedíamos la bomba de agua y nos decía que no tenía. Pero nadie me preguntó de qué me reía y tampoco lo conté. Esa misma risa mutó rápidamente en ahogo cuando descubrí, luego de que Tony nos informara el totalmente módico precio de la bomba de agua, que no traía dinero conmigo. Pero Bredestein le firmó un papel en el que había una decena de compras anotadas. Pagaba todo a fin de mes.

El mismo Bredestein cargó la bomba bajo el brazo y me dijo que no hacía falta cuando ofrecí llevarla entre los dos. Tony salió con nosotros y cerró la puerta del negocio. Lo vimos perderse por una calle de tierra, caminando. Subimos a la camioneta y dije:

—Yo no me bajo nunca más.

Bredestein soltó una risa leve, apagada por el ruido del motor al arrancar. Así abandonamos El Montecito. Miré el reloj: eran las tres de la mañana.

—Ni bien salgamos de este pueblo de mierda —dije—, parás en la banquina y te armás dos fasos. Y además voy a ver la manera de empezar por primera vez en mi vida a fumar marihuana, cocaína y LSD, la concha de su madre.

Bredestein, como si se hubiera olvidado de hacer cualquier otra cosa, se rió otra vez con toda energía. Detuvo el auto cuando lo consideró oportuno y armó los dos cigarrillos requeridos, bien gruesos. Pité como un preso que sale por primera vez a la calle después de treinta años. No era mi momento para dejar de fumar.

—Y ahora —dije—, ¿qué carajo pasó con el pañuelo amarillo?

—Ehhh —respondió Bredestein risueño—. Bajá los decibeles, que estamos a salvo y llevamos la bomba de agua.

—Por un momento pensé que la bomba de agua era una farsa, que lo único era fumarte un faso a espaldas de Gema. Si era así, no me iba a quedar más remedio que no hablarte nunca más en mi vida.

—Te pusiste dramático —respondió Bredestein—. ¿Pero por qué me echás la culpa de lo que nos hicieron los egipcios?

Fumé para no contestar, porque no tenía argumentos. Después de todo, era gracias a Bredestein, y por su persistencia, que yo estaba regresando a mi casa como un hombre de verdad, con la provisión de agua para los míos. Era el impulso protector de un padre, del padre que yo había perdido mucho antes de convertirme en un hombre.

—Contratamos una doméstica un mes después —dijo Bredestein luego de que terminamos cada uno nuestro cigarrillo, y arrojamos las colillas al campo, prudentemente apagadas. Sin avisar, Bredestein nos puso otra vez en camino. ¿Cuántas veces las circunstancias nos permiten graficar las abstracciones fundamentales? La libertad era viajar en camioneta en esa noche precisa.

Recomenzó su historia y yo descubrí atónito que era capaz de escuchar aquellos sucesos del pasado remoto sin la necesidad de intercalar una y otra vez los comentarios acerca de la demencial situación que acababa de sufrir en la celda de El Montecito (que sería desde entonces el escenario privilegiado de mis pesadillas); de escuchar una historia lejana por encima de lo peor que me había sucedido en la vida. También tuve el destello de alguien que yo era e ignoraba. Aquella noche me estaba enterando de más cosas de mí mismo de las que me había enterado en los últimos treinta años. Quería decirle a Bredestein que no hay secreto más intenso que aquel que uno posee sin saberlo.

—Tuvimos que contratar otra doméstica, por mucho Rodrigazo y crisis económica que hubiera. Marta confeccionaba vestidos a pedido, y alguien tenía que cuidar a Dianita y ayudar a limpiar la casa. La doméstica que contratamos se llamaba Guillermina, como si la hubiéramos sacado de una telenovela, y era una morocha de veintidós años.

Cuando dijo morocha de veintidós años, mi silencio y una mirada lo persuadieron de que le estaba preguntando, silente, si la descripción tenía connotaciones sexuales. Aunque, para mi gran regocijo, Bredestein ponía toda su atención en el camino, no obstante comprendió mi pregunta.

—No, no me interesaba en lo más mínimo. No recuerdo si le fui infiel más de una vez a Marta, de verdad no me acuerdo, porque hubo muchas entre su muerte y mi casamiento con Gema. Pero jamás, jamás se me hubiera ocurrido con una doméstica en mi casa. Me parece, además de una imbecilidad, un pecado. Es hacerle un daño directo a tu esposa. Eso no es infidelidad: es maldad. No, ni la miraba en ese sentido. En el sentido en que la tuvimos que mirar, tanto Marta como yo, fue en el de delincuente, es decir, preguntarnos si robaba o no, porque a los seis meses empezaron a faltar cosas.

Libros de Dianita, dos remeras de Marta y un cinturón negro mío. Habíamos pasado tanto tiempo tan confiados con Mary, que nos resultaba inverosímil que alguien que trabajara en casa pudiera robarnos. Luego de que desaparecieron dos tenedores de plata que no habíamos usado nunca, regalo de bodas, le dijimos a Guillermina que necesitábamos hablar con ella.

Nos reunimos en la cocina, Dianita dormía. Marta le explicó que no teníamos ninguna prueba, y que nos sentíamos muy mal por tener que recurrir a esa conversación, pero que habían faltado cosas en los últimos seis meses, y no nos quedaba más remedio que preguntarle si ella sabía algo.

Guillermina no se ofendió. Incluso entendió que le preguntáramos, aun sin tener pruebas.

—No es tanto por las cosas —le dijo Marta—, es que te estamos dejando el cuidado de nuestra hija; y eso requiere confianza ciega.

Guillermina dijo que nos entendía, pero que ella no sabía nada acerca de las cosas que faltaban. ¿Para qué quería libros infantiles?, nos preguntó. ¿Y por qué iba a arriesgar su trabajo por dos remeras usadas, que ni siquiera eran de su medida? Los cubiertos de plata —abundó—, reconocía que valían la pena el riesgo, pero nunca los había visto. Nos habló con tanta tranquilidad y firmeza que decidimos dejar pasar el fin de semana antes de tomar una decisión. Esa noche, con Marta, intentamos encontrar otros culpables de las desapariciones: los libros de la nena podía habérselos llevado sin querer algún amiguito; los cubiertos y las remeras, alguna de las tantas personas que habían trabajado en casa –plomeros, electricistas– en los últimos seis meses. Pero a poco de recorrer culpables, concluimos que el único que había trabajado en casa en ese período era un viejo plomero al que conocíamos de toda la vida, y que si alguno de los amiguitos de Diana se hubiera llevado, queriendo o sin querer, un libro, los padres nos habrían avisado. Estábamos en la horrible situación de aceptar que le habíamos creído y le seguíamos creyendo a Guillermina cuando nos había dicho que era inocente, mientras todo demostraba que estaba mintiendo. Pero no teníamos pruebas, y no podíamos tomar una decisión.

Entonces Marta sugirió una solución por fuera del sentido común, que me impactó por provenir de ella, a quien yo había considerado siempre una mujer equilibrada (y era precisamente su modestia, su capacidad para operar con la realidad, lo que me enamoraba cuando se desataba en la cama o cuando me permitía sentirme más misterioso que ella, al mismo tiempo que me aseguraba un remanso sin el que no puedo vivir).

No emití comentarios sobre las confesiones de Bredestein, y continuó hablando como si no quisiera enterarse de que me estaba revelando mucho más que lo que se espera entre dos hombres que no son amigos íntimos y se llevan más de veinte años. Pero yo sabía que nuestra permanencia en dos celdas separadas, por el tiempo que fuera, nos había unido mucho más de lo que podíamos sospechar.

–Lo que Marta sugirió fue llamar al esposo de una amiga suya, que era peletero, y que sabía cuando la gente decía la verdad.

–¿Sabía cuando la gente mentía? –dije, no para corregirlo, sino sorprendido por el don del peletero.

–Bueno, es lo mismo –dijo Bredestein, malinterpretándome–, el peletero te miraba a los ojos, te hacía algunas preguntas… sobre todo –decían–, observaba tus gestos, y sabía si mentías o no. Era un detector humano de mentiras.

–¿Pero qué era? ¿Un adivino, un espiritista?

–No. Un sobreviviente del Holocausto.

–¡Ah, no! –grité–. ¡Eso sí que no! ¡Qué es esto, una película!

¡Estamos todos: el soldado de Iom Kippur, el sobreviviente de la Shoa, el joven judío apresado por la policía! ¡No! Un poco de decoro. Bredestein, perdoname que te tutee, empezá de nuevo. Sacá un personaje: no entran todos.

Bredestein no se rió. Casi me parece que se ofendió. No le había gustado cómo lo había interrumpido. Así como sentía pasión por mentirle a sus esposas, lo enojaba con la misma intensidad que alguien pusiera en duda, siquiera someramente, un relato que proponía tan verdadero como su propia existencia.

—Era un sobreviviente de la Shoa —continuó Bredestein adaptándose a mi terminología—. ¿Acaso vos no escribiste un cuento que se llama Historias de mi tribu, donde decís que no podés encontrarte con un grupo de judíos sin que aparezca uno que peleó en la guerra de los seis días, uno en la de Iom Kippur, y un sobreviviente de la Shoa que tiene un pariente muerto en la guerra del Líbano?

—Sí —acepté—. Es verdad: pero de a uno por vez. No entran todos en una noche.

—Pues los vas a tener que hacer entrar, porque don Yitzhak era un sobreviviente de la Shoa. Tenía el brazo tatuado.

—¿Se lo viste?

—No —dijo Bredestein—, porque era invierno y vino con gamulán. Pero Marta sí le había visto el número tatuado más de una vez, en la casa. Porque ya te dije que Marta era amiga de Sarita, la esposa.

Agregó con una sonrisa en el espejo retrovisor:

—Y me podés tutear.

Yo lo trataba de usted y de vos alternativamente, como hago a menudo con cierta clase de amistades, según lo imponga el tono del diálogo.

Después de aquella sonrisa, la primera desde que yo había gritado que eran demasiados personajes célebres para una sola noche, continuó más distendido:

—Esto sí no te puedo decir si es verdad, porque Marta lo supo de oídas: en el barrio de Sarita, el Once…

34

—¿Ustedes dónde vivían, vos y Marta?

—En Belgrano. Ya estábamos en decadencia económica, pero seguíamos en Belgrano. Lo que Marta escuchó era que don Yitzhak sabía distinguir cuando una persona mentía... Es decir, que Yitzhak tenía ese don, porque su madre, en Rujenoy, que era Polonia o Rusia, según la época, le había dicho que su padre estaba haciendo negocios en Varsovia, cuando en realidad lo habían apresado los nazis en Varsovia, meses antes de que mataran a los 3500 judíos de Rujenoy. Al padre de Yitzhak ya lo habían matado, unos dos meses antes de que atraparan a Yitzhak y su madre. Lo habían atrapado en Varsovia, a donde había ido, precisamente, a comerciar cueros. Pero la madre le mintió a Yitzhak durante por lo menos un mes. Durante un mes le dijo que su padre estaba bien y consiguiendo grandes negocios para la familia. Lo que me dijo Marta fue que en el barrio se decía que esa mentira fue tan sentida y tan patente, que era como si don Yitzhak hubiera podido ver el color de la mentira, el halo o la forma, que ninguno de nosotros es capaz de ver cuando alguien miente. Y que desde entonces, supo y sabía cuando alguien mentía.

—Ya está —dije—. Padres muertos, madres muertas, el don... ya está, no hay manera de salvar la noche. Y eso que estaba contento porque hoy salí de prisión.

Bredestein no me prestó atención.

—Marta llamó a Sarita, le pidió el favor, Sarita se lo transmitió a Yitzhak, e Yitzhak aceptó sin reparos.

—Una sola cosa —interrumpí.

—Decime —dijo Bredestein esquivando a un ciclista alumbrado solamente por nuestros faros.

—La madre de Yitzhak...

—Murió, claro, en el campo de concentración.

—¿Y él cómo sobrevivió?

—No tengo la menor idea. Tampoco lo sabía Marta. Ese era su secreto. ¿Pero te sigo contando?

—Por favor.

—Era una tarde de invierno que, en Buenos Aires, hacía más frío del que hace ahora acá. Don Yitzhak se vino con un gamulán gigante, uno de los que él mismo vendía, parecía un oso. Cuando se lo sacó, me impresionó el cuerpo consumido que tenía, en contraste con lo grande que parecía con el gamulán puesto. Era más que flaco: era como si tuviera la carne suficiente como para vivir, y ni un gramo más. Pero estaba sano. Si no me equivoco, todavía vive. Para la ocasión, habíamos dejado a Dianita en la casa de mi suegra. Guillermina estaba limpiando y ordenando nuestro dormitorio, y la llamamos a la cocina. No le habíamos dicho nada previamente, y tuve que hablar yo. Le dije que don Yitzhak era un viejo amigo de la familia, en el que depositábamos toda nuestra confianza, una especie de psicólogo, y que para quedarnos totalmente tranquilos con ella, necesitábamos que hablara unas palabras con él, *delante de nosotros*.

Guillermina sonrió por la sorpresa, y por lo absurdo de la propuesta. Pero aceptó, quizás porque pensaba que era el único modo de conservar su trabajo, o porque la divertía. ¿A vos no te interesaría que alguien trate de descubrir si mentís o no, como un juego?

—Sí —reconocí—. Como un mago. Si no es nada grave, podría entretenerme.

—Yo creo que para Guillermina, nada era grave. Excepto… pero no me quiero adelantar. Yizthak tenía los ojos celestes, muy claros, muy celestes. Y el rostro tan arrugado que parecía terso: como si tantas arrugas impidieran distinguir lo liso.

Bredestein se pasó una mano por la cara, en un vano intento por graficar. Lo entendí.

—Primero la miró normalmente. Pero yo descubrí que la miraba, con una intensidad desconocida para mí, cuando ella parecía menos atenta. Comenzó preguntándole por su familia y, aunque era una conversación de lo más trivial, de inmediato tanto Marta como yo descubrimos que el padre era preponderante en su vida, como nos dijimos un rato después en el dormitorio, cuando Yitzhak nos pidió que saliéramos. Le había hablado con tanta na-

36

turalidad, que ella respondió sin precauciones, y se reveló ese dato menor de sus preferencias familiares. Después le preguntó por sus estudios, que había abandonado en el tercer año del secundario, cosa que ni yo ni Marta habíamos sabido hasta entonces, y también apareció su deseo de, con el tiempo, llegar a ser maestra jardinera, luego de recomenzar sus estudios, cuando pudiera, en la escuela nocturna. Fue cuando comenzaba a preguntarle por su novio que don Yitzhak nos pidió a Marta y a mí que saliéramos, porque quería hablar a solas con Guillermina, y que ella se sintiera cómoda. Nos fuimos al cuarto y cerramos la puerta. Te cuento una infidencia: como siempre que estábamos en el cuarto sin la nena, las pocas veces que podíamos, nos dedicábamos a la intimidad, Marta, casi como un acto reflejo, me tocó un poco. Yo me dejé tocar, un ratito, pero no pasamos de ahí. Después comentamos lo del padre, los dos nos habíamos dado cuenta. Creo que Marta prendió la tele. Si no me equivoco, yo terminé de leer un libro de economía política. Don Yitzhak golpeó la puerta. Guillermina, en la cocina, tenía los ojos llenos de lágrimas, pero no dijo una palabra.

Era viernes. Marta le dijo a Guillermina que podía irse y que nos veíamos el lunes. No la queríamos tener ni un segundo más antes de que Yitzhak nos revelara si había mentido o no. Si había mentido, el lunes le pagaríamos su indemnización en la puerta. Y si Yitzhak nos confirmaba que decía la verdad, le daríamos un tiempo más de prueba, sin bajar la guardia.

Yitzhak se puso el gamulán y volvió a parecer un oso. Lo inquirimos en silencio, con nuestras miradas.

—Ahora le digo —tenía acento idish.

Noté que quería que lo acompañara a la puerta, y eso hice.

En la puerta de la calle, miré a un lado y a otro para confirmar que Guillermina no se hubiera quedado por ahí, no sé por qué. Yitzhak salió a la vereda, y me miró desde abajo, porque yo había quedado en el escaloncito del umbral.

—Le pregunté por cada una de las cosas —me dijo Yitzhak—. Por los libros, cada uno; por las remeras y los cubiertos. Estoy seguro de que no robó nada de eso.

Hizo una pausa mientras yo comenzaba a suspirar con alivio, y me desengañó:

"Pero algo robó.

—Qué macana —le dije—. ¿Está seguro?

Yizthak asintió:

—Algo robó. Y su esposa está mal, cuidelá.

Me desorientó el comentario sobre Marta, tanto que al principio no supe a qué se refería. Me pareció una especie de sueño, como si alguien en un sueño me hablara de una supuesta "esposa" de Guillermina, o de la madre de Guillermina. Pero se estaba refiriendo a Marta, y yo no le pregunté nada. Cuatro meses después, Marta murió de una pleuritis fulminante. Fulminante para mí, por lo menos: ella sabía que estaba enferma desde hacía más de seis meses, y me lo había ocultado.

En este punto Bredestein detuvo la camioneta lo suficientemente entrado en el campo como para no resultar un peligro, sacó el paquete de tabaco y armó otros dos cigarrillos. Por el paisaje, supe que faltaban menos de quince minutos para llegar.

—Subí y le conté a Marta lo que me había dicho Yitzhak. Decidimos mantener a Guillermina un mes más. Si la descubríamos robando, podríamos echarla con la conciencia tranquila y sin pagarle indemnización, que como estaban las cosas se nos hacía muy cuesta arriba. Y si no, la echaríamos igual, con una indemnización doble, por muy cuesta arriba que se nos hiciera, y con la conciencia menos tranquila, pero más seguros en casa.

El mes pasaba sin novedades, pero el día veinte, un viernes, también, a la nochecita, cuando ya Guillermina se había ido, a Marta le faltó un deshabillé. Si hubiera sido una prenda mía, habría asegurado que la había perdido no sabía dónde, por muy imposible que resultara. Pero Marta era ordenada, sabía dónde tenía las cosas, y un deshabillé no sale de la casa. El robo era de semejante torpeza que se hacía inverosímil. Pero tal vez con eso jugaba Guillermina: robar con semejante desparpajo que pareciera natural y a la vez imposible. Casi como si no fuera un robo, como si tuviera derecho a llevarse nuestras cosas. Decidimos no dejarla entrar el lunes, y pagarle la indemnización contra un telegrama de renuncia, en el correo. Pero no el doble, como habíamos pensado, sino una indemnización legal.

Lo que ninguno de los dos pudo haber anticipado era que Guillermina iba a tocarnos el timbre el sábado a la mañana, a las nueve de la mañana. Me contestó con una voz rara, por el portero eléctrico, cuando le pregunté quién era. Marta se asustó: pensó que nos había robado a conciencia y que ahora venía a chantajearnos.

–¿Cómo nos va a chantajear? –le dije–. ¿Con qué?

–¡Qué sé yo! –explicó Marta–. Yitzhak dijo que algo robó. ¿Y si vino con un pariente y nos roban a mano armada?

–No, Marta, por favor –la tranquilicé–. Quizás nos robó algo, pero no es Al Capone.

Finalmente, decidí bajar con el dinero de la indemnización en el bolsillo. Le preguntaría qué quería y luego le ofrecería acompañarla hasta el correo: si mandaba el telegrama de renuncia, yo le daba el dinero, y terminábamos.

Me recibió deshecha en lágrimas. No intentó abrazarme, pero lo necesitaba. Su padre había muerto el viernes por la noche, acuchillado en un bar, en las afueras de Lugano. A Guillermina le costaba hablar, el sollozo no le permitía terminar las frases. Marta, escondida en lo alto de la escalera, detrás de la baranda, bajó cuando escuchó los gemidos de dolor. Eso no podía ser una actuación; porque de lo contrario, Guillermina podría haberse dedicado al cine en lugar de limpiar casas ajenas. El viernes a las doce y media de la noche, tal como contaba, un borracho había acuchillado a su padre reclamándole un dinero o tratando de robarle. Ahora el cuerpo de su padre estaba en un salón de velorios, también en las afueras de Lugano, y ni ella ni su madre podían pagarle al dueño del salón, y el dueño del salón no las dejaba llevarse el cuerpo hasta que no le pagaran. Guillermina y su madre estaban solas; Guillermina era hija única. El único hermano varón del padre les había pedido, desde un teléfono público, que lo aguardaran en la puerta del velorio con dinero, para pagarle el remís con el que llegaría, puesto que no tenía ni para el colectivo; madre e hija se negaron.

Yo estaba seguro de que Marta diría que le cerrara la puerta en la cara, que ni siquiera le diera la indemnización, que no sabíamos en qué nos metíamos. Pero una vez más me equivoqué. Cuando le dije a Guillermina que me aguardara abajo, y le sugerí a Marta, por muy duros que fueran nuestros problemas económicos, pagarle a Guillermina un sueldo entero en ese instante, y no decirle sino el martes o el miércoles que la despedíamos, Marta contrarrestó con que yo no podía dejar a esa chica sola, que debía acompañarla al velorio, nos hubiera robado o no, y darles una mano a madre e hija al menos hasta que el hombre descansara bajo tierra.

Se me llenaron los ojos de lágrimas. Se despertó Dianita y Marta tuvo que ir a darle la mamadera. Me despidió diciéndome que con el dinero que llevaba en el bolsillo, el de la indemnización, costeara el viaje en remís hasta el salón, el pago del salón, el viaje en coche fúnebre hasta la Chacarita, y el regreso en remís a mi casa.

Llovía, pero Guillermina estaba empapada por sus propias lágrimas, y a mí nunca me importó mojarme, no uso paraguas. Caminamos una cuadra y media, hasta la casa de remises, sin hablar. Guillermina no abrió la boca más que para decirle al chofer la dirección del salón del velorio, en Lugano. Yo le pregunté al chofer si sabía dónde era, y asintió sin hablar. Guardó silencio por el resto del viaje. Yo hice otro tanto. Guillermina lloró ininterrumpidamente hasta que llegamos.

Ya había pensado en lo primero que debía hacer al arribar al salón. No era saludar a la madre ni rendirle respeto al muerto, sino pagarle al dueño, que seguramente impedía el responso con sus

40

exigencias. Efectivamente, el dueño del salón miró a Guillermina, cuando llegó, como te miraría un acreedor antes de embargarte –y yo he visto a muchos hombres mirarse así unos a otros, a lo largo de mi carrera, a veces con tu padre–. El dueño era un petiso, pelado y gordo, con solo dos dientes abajo salidos hacia fuera. Se parecía a un actor cómico argentino del que nunca me acuerdo el apellido, pero que tengo muy presente. Me miró como preguntándome quién era: ¿el amante de la madre; o peor, de la nena? No le di el gusto de permitirle intentar saciar su curiosidad: saqué el dinero, y contándolo delante de sus ojos, pregunté cuánto era. El hombre hizo unas sumas mentales y me tiró una cifra ridículamente alta.

–Guillermina me dijo que no es ni un cuarto de eso –le dije–, soy contador público.

Le mostré mi credencial de contador público del Estado que guardaba en la billetera, un carnecito que no servía más que para asustar giles.

–¿Le pago lo que corresponde o hacemos una investigación en regla de cuáles deberían ser sus honorarios?

Nicanor Abrellano, que así se llamaba el funebrero, me dijo que, por tratarse de una emergencia, ya que "las chicas no tienen", me iba a cobrar la mitad de un cuarto de lo que me había dicho. Pagué sin estar convencido, pero dispuesto a terminar con todo cuanto antes.

Entonces, sí, me acerqué al cajón, junto al cual lloraban imparablemente madre e hija, aunque con más sentimiento la hija.

¿Cómo te lo cuento, Mossen? ¿Qué te digo, primero, que le vi la cara?

¿Que casi me muero ahí, o que no me sorprendió?

–Cuente igual que como yo cuento mis cuentos –dije–. Como puedo.

–Cuando me acerqué al cajón, lo primero que vi, porque los cristianos entierran a sus muertos a cajón abierto, vos sabés, lo primero que vi fue mi pañuelo amarillo de seda atado al cuello del padre de Guillermina.

41

Estábamos en la camioneta, detenidos en el medio del campo, y no había para dónde caerse, de modo que me quité el cigarrillo de la boca y grité. Pegué un verdadero grito de terror y de asombro. Quizá también grité por el tiempo que había pasado preso en la celda de El Montecito… pero no, no, grité simplemente por el azoramiento que me produjo la revelación del destino final del pañuelo amarillo.

—Yo no pude gritar —me dijo Bredestein cuando mi grito se apagó—. No pude gritar porque estaba en un velorio, porque la madre y la hija del muerto se deshacían en lágrimas a mi lado, y porque no hubiera podido gritar aunque quisiera, dado que la sorpresa y la estupefacción me dejaban totalmente al margen del mundo de los sonidos. Si hubiera gritado, no me hubiera escuchado a mí mismo. Lo que hice fue mirar a Guillermina. En su llanto, dolor y desesperación tuvo un instante de dignidad, de agradecimiento hacia mi gesto de haberla acompañado, y me confirmó, con una mirada rápida, huidiza, pero definitiva, que efectivamente ese era mi pañuelo amarillo, que ella se lo había llevado de mi casa. Luego de esa mirada confirmatoria siguió llorando, pero una media hora después, cuando llegó la hora de irse, me dirigió otra mirada más, una mezcla de sonrisa y explicación: le había regalado ese pañuelo robado a su padre a modo de despedida, y era tal su amor por ese hombre que no le importaba desafiarme, o más, aun cuando me pedía ayuda, también quería mostrarme lo que era capaz de hacer por su padre.

—El padre no hubiera usado ese pañuelo en vida —apunté—. Según lo que me describiste, era un pañuelo femenino.

—Sí —aceptó Bredestein—. Se lo puso como a un Faraón del antiguo Egipto, para que descienda a la tierra con sus joyas. Claro que ella no sabía que tendría que recurrir a mí, pero finalmente no le importó… Por supuesto, cuando quise acompañarlas a la Chacarita, me dijo que no hacía falta. De todos modos, le pregunté al del coche fúnebre cuánto costaba el viaje, y le pagué. Pero el resto de la indemnización de Guillermina permaneció en mi bolsillo.

Ni yo intenté dársela ni ella vino nunca a reclamarla. No apareció más por casa. Como se había quedado con un juego de llaves, cambiamos la cerradura. Quedó como un chiste de humor negro, entre Marta y yo, que gracias a que me había ido en remís hasta el velorio, nos habíamos salvado de pagarle la indemnización. Lo que le dije a Marta fue que Guillermina, transida de agradecimiento, me había reconocido que algo había robado, aunque sin aclararme qué.

Durante muchos años después, incluso hoy, ahora mismo, mientras hablo con vos, me pregunté y me sigo preguntando: ¿dónde encontró el pañuelo? ¿Cómo pudo haber dado vueltas por la casa sin que yo lo viera, o sin que Marta lo viera y me preguntara? Pero la realidad es muchas veces más sencilla que nuestras elucubraciones: Marta podía haber visto mil veces el pañuelo sin prestarle atención. Después de todo, la esencia perturbadora del pañuelo estaba mucho más en el secreto que yo sabía que guardaba que en el objeto en sí mismo. Podía haber quedado escondido debajo de alguna ropa o, como ya te dije, Mary lo había guardado en algún sitio imposible de descubrir para mí, y Guillermina, por pura casualidad, lo había encontrado. Lo cierto fue que se lo llevó y que quiso que su padre estuviera presentable, con ese pañuelo al cuello, en su última hora. Seguro era la prenda más cara que tenía en su casa. La prenda de una familia de clase media. De haber sabido la historia del pañuelo, creo que se lo hubiera anudado al cuello aún con más convicción. Así se fue mi pañuelo amarillo, atado al cuello de un muerto desconocido. Y yo sigo reconstruyendo, en mi imaginación, el momento en que Guillermina encuentra el pañuelo en mi casa, el momento en que se lo lleva a la suya, el momento en que, al enterarse de la muerte de su padre, decide atarle el pañuelo al cuello.

Ahora era yo quien tenía los ojos llenos de lágrimas, y Bredestein lo notó. Eran cerca de las cinco de la madrugada, y la luz de la aurora, aunque todavía tenue, revelaba mi debilidad emocional.

43

Bredestein tuvo el buen tino de arrancar. En los quince minutos que restaban para llegar, me dijo:

—¿Sabés qué…? No le digas a tu mujer que nos encerró la policía; yo a Gema no le pienso decir nada.

—No sé —respondí—. No soy de guardar secretos. No me siento cómodo… Algo más: ¿y los cubiertos, y los libros, quién se los había llevado?

—Nunca lo supimos a ciencia cierta. Nunca pudimos estar seguros de si fue o no Guillermina.

—¿Quién, si no?

—No sé. Creo que la aparición y desaparición de cosas en esta historia amerita que uno se otorgue el derecho a decir: no sé, no sé.

Tuve que reconocer que, por mucho que considerara a Bredestein, injustificadamente, en deuda conmigo, debía aceptar la naturaleza irresoluble del misterio de la desaparición de los cubiertos de plata y los libros infantiles; de las remeras, el cinturón y el deshabillé.

—Hacelo por mí —insistió Bredestein, refiriéndose a guardar el secreto de nuestra estadía en prisión—. Es la única vez que te lo voy a pedir.

Permanecí en silencio hasta que vi el tejado de mi casa. Y entonces respondí con una decisión:

—No. Yo soy de los que necesitan contar las cosas.

Una experiencia sindical

I

Esto ocurrió cuando yo era periodista. Creo que ya han transcurrido, desde entonces, doce años. Los judíos consideramos el cumpleaños número trece como el hito en el que un muchacho pasa a convertirse en alguien útil para la comunidad. Quizás el mismo tiempo precisa un recuerdo personal para abandonar su guarida de intimidad y convertirse en un relato. ¿Qué permite a una anécdota que ha marcado nuestro corazón ascender a la superficie? Creo que despojarse del peso del dolor, arrojar como un lastre la carga que la unía a los sentimientos del narrador, sentimientos que la volvían un órgano de la memoria. Pero me temo que estas reflexiones no sean más que teorías sin comprobación empírica, y a la hora de escribir descubrimos que aquello que ya podemos narrar de todos modos sigue doliendo.

Como gracias a Dios no he conocido el hambre ni la falta de libertad (salvo por el breve episodio de El Montecito), no ha existido en mi vida mayor dolor que el provocado por los desencuentros del amor sexual. Extraño a mi padre cada día un poco más desde su muerte, hace ya más de dieciocho años, pero, curiosamente, siempre

47

encontramos consuelo para lo inevitable. Son aquellos dolores que podrían no habernos sucedido los más difíciles de sobrellevar. Es necesario tener hijos para descubrir que existen criaturas que pueden interesarnos más que una mujer a la que amamos. Por entonces yo tenía veinticuatro años, y en los meses en que transcurrían los sucesos que pasaré a relatar, no sabía de mí más que la condición de ser un hombre abandonado. Ella me había dejado por otro, sin reconocerlo y porfiando que aún me amaba.

—Somos muy chicos para iniciar una vida juntos —me dijo desnuda, luego de que creí que la había hecho una vez más mía, que luego de aquel escándalo de gemidos no podría separarse nunca más, que mi pasión se había instalado en su cuerpo como una cadena—, si me quedo ahora con vos, es para siempre. Y todavía quiero conocer muchas cosas.

—Yo te amo —dije. Y en la frase escuchaba mi propia debilidad, el rezo que nunca será escuchado precisamente porque lo expresamos en voz alta.

—Yo también —respondió—, pero no podemos pasar la vida juntos desde ahora, después nos vamos a arrepentir. Mejor separarnos ahora y encontrarnos dentro de unos años.

—Pero me tenés que prometer que nunca vas a llamar "mi amor" a ningún otro.

Yo era muy joven.

—Te lo prometo.

—¿Es un pacto?

—Es un pacto —asintió.

Y lo sellamos con nuestro último suspiro compartido. Nunca más la vi.

En el diario, mientras cubría las vicisitudes de la política argentina, con sus pequeños protagonistas, cada vez que debía escribir la palabra "pacto", recordaba el mío, el de ella; y cuando no debía escribirla, también. Inventé distintas reglas conductivas para no llamarla: primero, decidí fumar un cigarrillo en cada ocasión en que el deseo de escuchar su voz se me hacía acuciante. Pero cuando comencé a escupir un líquido negro y a toser por las noches, preferí cambiar de táctica. Opté por la masturbación, y no tardé en sentirme degradado y disociado. Recurrí a correr por el parque y más tarde a beber whisky. Como sea, aunque los subterfugios variaban cotidianamente, nunca la llamé. La única compañía de un hombre abandonado es su propia voluntad; y mientras no la pierda, no hay dolor que le robe su aplomo.

Ocurre habitualmente, y ocurrió en este caso, que la técnica para permitirnos olvidar momentáneamente una obsesión es aquella que no habíamos imaginado. La que no nos propusimos. Creo que no me equivoco, si asevero que no existe otro modo de descansar de un recuerdo.

Delelis, Juan Delelis, el secretario de redacción del diario izquierdista en el que yo fungía como redactor —en política, cultura y variedades—, me encomendó la cobertura del acto sindical de la derecha peronista. Aún no sé si querían librarse de mí de un modo expeditivo o si preferían mantenerme escribiendo notas que nunca publicaban. Yo había entrado al diario, en realidad, para colaborar en la coordinación de las páginas de humor. La persona que me había contratado ya no trabajaba allí, y junto con él se habían esfumado también las páginas de humor. Ahora les resultaba más barato sostener mi inoperancia que pagarme el dinero de la indemnización.

Para el diario importaban dos actos: el de la izquierda peronista —por entonces comunistas, trotskistas y socialistas se habían unificado en una coalición que duraría dos meses, y pretendían contar con una "pata peronista", quizá no más de quince personas, a las que el Partido Comunista les financiaba un acto en regla, con técnica y concurrencia—, y el de la Reforma Peronista, una rama del peronismo con veleidades socialdemócratas que había logrado hacerse hegemónica. El acto marginal de la derecha peronista no le interesaba a nadie.

Por lo tanto, enviaron a Mossen a cubrirlo.

Era tal el desinterés de mi jefe respecto *del* evento, que ni siquiera se ocupó de conseguirme una acreditación. Sugirió que mostrara el carnet del diario. Dicho carnet estaba ilustrado por una foto en la que aparecía despeinado, con una remera azul y una expresión de cierta estupidez infantil, como agregando el epígrafe: "No permitan ingresar a ningún sitio al poseedor de este carnet".

Pero no fue por mi cara, mi remera ni por mi peinado que me impidieron ingresar a aquel acto en el estadio de Morón, sino por el diario al que pertenecía.

–¿De ese diario sos? –me increpó el robusto y poco amigable muchacho que custodiaba los molinetes de la entrada– Si no me mostrabas el carnet, te dejaba entrar. No, pibe, no entrás.

Aunque ya era octubre, 17, todavía hacía frío en Buenos Aires. Quizás el aire de la noche se destemplaba por el escenario que me rodeaba. Las agrupaciones de hombres hoscos, con miradas perrunas, chocándose unos con otros sin hablar. El estadio de donde provenía el ruido de las bombas de estruendo. Humo y oscuridad. Por un instante, me alegré de que no me hubieran dejado entrar. Pero luego me dije que como fuera debía realizar mi trabajo. Lo único que me mantenía entero como hombre era cumplir con cada una de las tareas que me encargaban, no contaba con otro modo de demostrarme a mí mismo que sostenía mi libertad pese a la opresión sentimental. El fluctuante aquelarre humano en los alrededores del estadio, más hostil en mis percepciones de lo que puedo expresar, se me representaba como una metáfora de mi tragedia amorosa. Y la salida que encontraba no era huir incompleto, sino huir por medio de la consecución del objetivo que me había llevado hasta allí.

El ingreso que me habían vedado era a la *Sala de Prensa*, y el acuerdo con Delelis era que yo llamaría desde dicha sala a los verdaderos (yo era un subterfugio) redactores de política para pasarles un resumen de cada discurso.

Hay ciertos episodios de la política, nacional o internacional, que siempre me han resultado fascinantes, entonces y ahora, sobre los que me atrevo a escribir e incluso a soltar opiniones impopulares que me valen reprimendas y derrotas laborales. Pero hay otros tantos asuntos en los que prefiero no entrometerme. El primer discurso, por ejemplo, lo daba un dirigente sindical bastante famoso por sus crímenes, y cuyo nombre y sindicato quedará lamentablemente velado por mi cobardía. Lo mencionaré, y espero que tal cargo no exista, como el Secretario General de Sindicato del Canasto. Por su importancia, debería haber sido el último en hablar, el orador que cerrara aquel acto al que, si bien no se podía llamar multitudinario, sí muy nutrido. Pero como por entonces nunca se sabía si tales actos efectivamente concluirían o se desintegrarían en una batalla campal de facciones contrapuestas, supongo que nuestro célebre amigo habrá preferido garantizar que su palabra fuera escuchada. Creo que en aquella época yo era un valiente en el amor: mi capacidad para no llamar a la mujer por la cual se me estaba yendo la vida era la prueba de mi extenso coraje. Del mismo modo que las complicaciones estilísticas en las que me veo por no mencionar el apellido del dirigente sindical en cuestión son la evidencia de la extensión de mi cobardía. Como sea, lo que hice fue comprarme veintidós cospeles telefónicos –el lector sagaz podrá deducir, por la existencia de estas fichas doradas de la empresa estatal telefónica, a qué épocas no me refiero, ya que cuidadosamente estoy omitiendo aclarar cuál sí es la época de referencia–, disponerme a escuchar los discursos desde un bar, y llamar desde allí a la redacción, a la mitad y al final de cada discurso. Dejé mi pequeño bolso con el grabador y la libreta sobre una mesa pringosa del bar El Pachango y me dirigí al teléfono público anaranjado, milagrosamente en funcionamiento. Apoltronado en la barra, un pelado alto de bigotes me miraba.

Mientras transmitía como un periodista del siglo XIX mis reportes, oralmente, al despreocupado Margarino –para quien tener que hacerse cargo de escucharme era una afrenta–, evaluaba de reojo la altura del pelado de bigotes y presumía que la estricta atención prodigada a mi persona no podía obedecer más que a los motivos de un espía del sindicato que, en cuanto me escuchara tergiversar o ma-

51

lograr alguno de los vocablos propalados sin eses por su jefe, partiría en mi cabeza una de las botellas de caña Legui empolvadas, eternas, alineadas en las repisas, observando la efímera comedia humana desde lo más alto de la pared de El bar El Pachango. Hoy sé que semejantes sospechas eran infundadas y patéticas, pero en aquel estado de ánimo y rodeado por el escenario antes descripto, yo intentaba amortiguar el volumen de mi voz curvando la mano alrededor de mi boca y el micrófono del teléfono, a lo que Margarino replicaba, mientras le decía un piropo a la cincuentenaria redactora de cultura y espectáculos que pasaba a su lado, "¡¿Qué carajo decís?! ¡Hablá bien que no se te entiende una mierda! ¡Mirá el culo que tiene esta vieja!". Me hubiera gustado colgar, acercarme al gigante calvo, y explicarle que tanto él como su jefe se verían soberbiamente beneficiados, si tan solo no me observara mientras yo intentaba, con mi mayor buena fe, transmitir del modo más literal posible las gramaticalmente vanguardistas y políticamente inefables declaraciones del Secretario General. Corté al promediar el discurso, para regresar a mi mesa, tomar nota, y pasar un detalle pormenorizado, ordenado, de la parte final; pero no me acerqué a aquel símil del coronel Cañones con unos años menos, sino que fue él quien se acercó a mí.

–¿De qué diario sos, pibe? –preguntó, dejando sobre la barra el café y el vaso de ginebra que había estado bebiendo.

Pensé en todos y cada uno de los diarios argentinos para la respuesta, e incluso en algunos latinoamericanos, con la ilusión de que estarían menos prestos a asesinar a un periodista extranjero, aunque fuera uruguayo, ecuatoriano o puertorriqueño. Pero no solo el acento me hubiera delatado, sino que no se me ocurría un solo matutino o vespertino que pudiera resultarle moderadamente simpático a este inesperado espía sindical. De modo que saqué mi carnet y lo puse de cara sobre la mesa. El gigante pelado lo recogió con su no menos gigantesca mano y lo acercó a media distancia de sus ojos sin color, con una expresión de entre asombro y calma que no me pareció asesina.

–¿Y qué haces acá? –preguntó.

—Este acto nos parecía tan importante como cualquier otro —respondí con un aplomo que me sorprendió, mintiendo dos veces: en el "nos", como si yo tuviera alguna influencia, y en la importancia que los que sí la tenían le asignaban al evento.

—Ya sé, ya sé —dijo tranquilizador—. Quiero decir por qué estás acá y no en el acto.

—No me dejaron entrar —murmuré procurando no delatar disgusto, mientras, ya en un gesto de bondad sobrehumana, el hombre me reintegraba el carnet y me permitía guardarlo en el bolsillo superior derecho.

—¿Quién no te dejó entrar? —preguntó, como un preceptor de mi parte.

—No sé. El del molinete del acceso a la *Sala de Prensa*.

—Ahora venís conmigo y entrás. Nosotros respetamos a todos los medios por igual.

Me extendió su propia tarjeta: Responsable Gremial del Área de Cultura del Sindicato del Canasto, José Domingo Fusuro.

Indicó con un gesto que la guardara.

Lo cierto es que resultaba harto improbable que el Secretario General del Sindicato del Canasto —que en breve concluiría su discurso— destinara partidas de fondos a sostener una secretaría cultural. Y tampoco gozaba de mayor verosimilitud la posibilidad de que la mole calva, en aquel momento dirigiéndose a mí con total civilidad —con la calma que solo saben impostar los hampones—, ocupara aquel cargo de algún modo ni medianamente funcional. Pero aquella era su carta de presentación y nada había de saludable en impugnarla.

—Escuchame, ¿querés entrar?

—Sí.

—Bueno, ahora te venís conmigo y entrás.

Es un chiste fácil escribir que cuando al fin supe que podría entrar, lo que de verdad me importaba era contar con la garantía de poder salir. Pero no hago más que poner en palabras los augurios que mi temor silente profetizaba en aquel bar, y que bajo ningún concepto asumía como chistes o parodias.

—Tengo una reunión de cinco minutos con los muchachos y vamos.

Asentí. Caminé temblando hasta el teléfono público y, sin ordenar mis notas, transmití los párrafos finales del discurso.

—Todavía te queda una hora y media de acto —dijo Domingo Fusuro—, y no te preocupes que total ahora viene el número musical.

Actuaban Pedro Valerdenera y sus Chamameceros.

Asentí nuevamente.

Unos minutos después de terminado el discurso, casi orillando en el pecado de no haberlo escuchado hasta el final, entraron media docena de esbirros al bar. Se dirigieron en un grupo compacto y decidido a mi benefactor.

—Fusuro —dijo un gordo al que el pelo le tapaba la vista—, lo tenemos que hacer ahora. Hay que pincharle el globo a Pomesano.

Fusuro miró a su interlocutor y, por encima —la altura se lo permitía— de la mata de pelo, a mí.

—Un pacto es un pacto —dijo Fusuro—, y si le dijimos al gordo Pomesano que en los actos nos portamos bien, en los actos nos portamos bien.

—Pero él prometió que no iba a poner el globo —dijo otro, medio albino—, y puso un globo de no sé cuántos metros. Parece que el acto fuera de Pomesano.

—Una cosa es poner un globo —replicó Fusuro—, y otra portarse mal. Pomesano se equivocó, es verdad. Pero estas cosas se hablan: no hagamos quilombo en el acto.

Recién entonces asocié el gigantesco globo ¿aerostático? verde fosforescente que había visto, en el cielo, izado en la punta de una soga atada a una de las columnas de luz en lo alto del estadio, en el que se leía en letras blancas "Pomesano diputado", con la conversación en curso.

Ya no recuerdo si, por entonces, Pomesano todavía era una figura sindical o un funcionario gubernamental de tercera o cuarta línea, sí que nunca llegó a ser diputado.

El más alto del grupo, que le llegaba al pecho a Fusuro, se descargó del hombro un bombo con redoblantes, metió la mano en el bolsillo y sacó una pistolita que puso sobre el mostrador:

—Yo estuve en la reunión en la que Pomesano nos prometió, y vos estabas también, Fusuro, te lo prometió a vos, que no iba a hacer campaña con el acto. Este acto lo preparamos todos. Yo paso rápido y le hago mierda de un balazo el globo. La gente ni se entera.

Fusuro, como si se dirigiera a un grupo de chicos que le estuvieran exponiendo una teoría bizarra y errada sobre la rotación de la Tierra, hizo que no con la cabeza. Y guardó la pequeña pistola en su propio bolsillo.

—Todos estamos calientes —dijo Fusuro—, y por eso no hay que hacer nada ahora. Ya vamos a hablar.

Promediaba la segunda canción de Valerdenera y sus chamameceros. Los muchachos bajaron la cabeza decepcionados, pero también resignados. Aunque Fusuro no pareció quedar convencido frente a aquellas muecas de contrición, porque agregó:

—Y al primero de ustedes que arme quilombo lo cago a patadas.

Los miró salir cabizbajos, y ordenadamente, por la puerta de El Pachango. Se acercó a mi mesa, me miró con una sonrisa y dijo:

—Vamos, pibe. Como siempre: lo fundamental es mantener la paz social. Lo decía el General, y lo repito yo. Podés escribirlo, si querés.

II

Nunca supe por qué Fusuro se tomó semejantes molestias conmigo. Atesoro un par de hipótesis al respecto, pero no solo no lo he vuelto a ver –igual que no volví a ver a la mujer del pacto– sino que mucho me temo que ni aunque lo viera todos los días me sería dado dilucidar la raíz exacta de sus propósitos. Mi primera sospecha es que desde la muerte de mi padre mi apariencia a menudo propiciaba en ciertas personas una misteriosa piedad; tal vez Fusuro simplemente se apiadó de mí por mis gestos, mi modo de caminar, de hablar y de mirar.

La segunda hipótesis, más verosímil, pero no necesariamente más verdadera, es que Fusuro buscaba comenzar a armar un séquito de periodistas. No le alcanzaba con civilizar a sus muchachos, sino que deseaba contar también con muchachos previamente civilizados. Esta hipótesis se derrumba por el peso de mi nimiedad: ¿por qué, en caso de buscar un crecimiento personal en los medios de comunicación, habría de elegirme a mí como uno de sus propagandistas? Lo único seguro es que nunca lo sabremos a ciencia cierta. Pero deben creerme cuando cuento que no solo me permitió presenciar –mudo como un árbol y temblando como una hoja– la improvisada asamblea que decidió por minoría de uno –Fusuro contra todos– no pincharle el globo verde a Pomesano, sino también que me llevó personalmente hasta el molinete donde me habían impedido el paso y, desde lejos, me otorgó con un gesto el salvoconducto de ingreso.

Llegamos con Fusuro hasta a unos cinco metros del molinete.

–Ahora andá y decile que Fusuro te dejó pasar. Mostrale mi tarjeta.

Seguí sus instrucciones y, antes de que le presentara mis nuevas credenciales, el guardamolinetes repitió:

–Vos no entrás.

Hay que reconocer que fue apenas un poco más locuaz que el guardián de la parábola de Kafka, y ni un ápice más amenazador.

–Me manda Fusuro –le extendí la tarjeta.

Hizo que no con la cabeza mientras miraba mi nuevo talismán.

–Allá está –dije señalando hacia el humo de las improvisadas parrillas donde se habían cocido los choripanes, y dejando que un rayo invisible de poder se deslizara desde mi dedo hasta la lejana calva de Fusuro que, como un padre el día del examen de Historia de su hijo, presenciaba la escena. La calva de Fusuro se movió hacia arriba y hacia abajo, reflejando la luna, y quizá hasta las estrellas, diciendo que sí.

Me apersoné inmediatamente en la *Sala de Prensa*, donde había dos teléfonos a disco y dos periodistas sexagenarios, uno de un diario sensacionalista y el otro de una radio de ultraderecha. Ninguno de los dos me saludó y, en vista de que solo había dos teléfonos, ambos dejaron en claro, con sus gestos, que no pensaban compartirlos. En el escenario, se dirigía al público el diputado Benosini, cuya carrera al Parlamento no guardaba mayor diferencia con la que habitualmente conduce a las personas a prisión. Tomé nota y grabé simultáneamente, apoyando la libreta en una esquina del escritorio que me dejaron libre. Tras los cristales de la *Sala de Prensa* se veía el estadio vacío en sus tres cuartas partes. Pero repleto de gente de pie en las plateas centrales. En el césped, se amuchaban distintas agrupaciones, cada cual con su respectiva bandera, respondiendo con rimas cantadas a tal o cual declaración puntual de Benosini. Benosini se llevaba las manos a la cintura cuando deseaba que el público lo interrumpiera gritando su aprobación. Mientras anotaba pensé que, dado que mis dos prestigiosos colegas no se desprenderían de sus respectivos teléfonos, seguramente me habría resultado más cómodo transmitir los retazos del acto desde el bar. Allí al menos tenía un teléfono y cospeles. Había fracasado en mi intento de transmisión simultánea, había fracasado en el amor... pero al menos me había hecho amigo de Fusuro. Un estrépito de petardos, gritos, y la milésima entonación masiva de la marcha peronista cerró el discurso de Benosini. Los chamameceros interpretaron dos cumbias, y el locutor anunció a Pomesano. Los dos veteranos no se desprendieron del teléfono ni durante el intermedio musical. Guardé grabador y notas y me dispuse a regresar a El Pachango. Me sentía como Ulises decidiendo, una vez en Ítaca, regresar a la Isla de las Sirenas. Entre el tiempo y la belleza, habrá pensado el griego, ¿por qué no elegir la belleza? Tal vez Penélope fuera más bella que cualquiera de las sirenas, pero ella, como el propio Ulises, envejecería. Telémaco, con los años, le reprocharía su larga ausencia y lo responsabilizaría por su inmadurez afectiva. ¿Por qué no morir heroico en los brazos de los seres femeninos más hermosos del mar? Tuve la hidalguía de saludar con un "buenas noches" al retirarme. Pero no me respondieron. Pomesano inició su discurso.

Aunque había llegado con toda facilidad a la *Sala de Prensa*, ahora no encontraba la salida. Me perdí dos veces. Una fui a dar a las plateas y otra a los baños. Gané un pasillo oscuro, con paredes y piso de cemento sin pintar. Un hombre solo hablaba por *walkie talkie* (aún no se habían popularizado los teléfonos celulares), de cara a la pared. Parecía un judío practicante en el Muro de los Lamentos. Aguardé unos instantes a que concluyera su conversación y le pregunté si sabía cómo salir. Cuando giró hacia mí, descubrí que su postura obedecía a que estaba orinando. No se inmutó ni subió la bragueta. Me señaló el recorrido que llevaba a la salida con el dedo índice y sin una palabra. Alcancé la calle cuando Pomesano decía que la opción de la hora, como siempre, era Liberación o Dependencia. Lo vitorearon y saludaron con salvas, como si acabara de inventar una frase única.

Los alrededores del estadio estaban por completo vacíos. Habían levantado las parrillas y no quedaban rastros de la multitud que hacía apenas unas horas marchaba enseñoreándose de la noche. Tan solo el globo verde de Pomesano, como observando a su dueño, se alzaba imperante en el cielo.

De pronto, de las brumas de la nada, apareció una silueta familiar. En un instante de locura pensé que Fernanda, la mujer del pacto, se materializaría allí mismo. Había llamado al diario, había preguntado por mí, le habían dicho dónde estaba, y había concurrido, desesperada, épica, a buscarme. Nos abrazaríamos en las inmediaciones del estadio, nos declararíamos amor eterno, me acompañaría a El Pachango a concluir mi tarea y luego nos iríamos a casa. Pero la silueta familiar era Fusuro que, contra todas las predicciones, me sonrió.

—Gracias por todo, Fusuro —dije.

—¿Por qué te vas?

—Estuvo todo perfecto, de verdad. Del diario me dijeron que ya es suficiente.

No quería quejarme, como un escolar indefenso, de los dos colegas que me habían impedido el uso del teléfono. Quizás eran sus amigos; o peor, sus enemigos, y me obligaba a regresar a la sala y conquistar por la fuerza al menos uno de los dos aparatos.

—Ustedes nunca entienden nada —sentenció Fusuro utilizando un plural en el que creí que me sumaba a la ineptitud del periodismo de izquierda o progresista—. Lo mejor está al final del discurso de Pomesano.

—Bueno —dije—. Lo escuché casi todo.

—Pero no el final —dijo Fusuro—. ¿Estuvo bien el acto, no?

60

—Perfecto —reconocí.

—Paz y orden.

—No se podía pedir más.

—¿Entendés para qué sirven los pactos?

¿Era un ángel del Señor involucrándose en mi vida afectiva? Había alguna posibilidad, efectivamente, de que Fusuro fuera un ángel —los ángeles del Viejo Testamento no son amables criaturas aladas, sino seres ambiguos que desafían o fastidian al protagonista bíblico—, pero ninguna de que a semejante poderosa criatura le importara un ápice mi derrotero amoroso.

—Entiendo.

Fusuro pudo haber esperado que me fuera. También, antes, pudo haberme echado del bar para que no presenciara la reunión con sus muchachos. Pero cuando sacó la pistolita —la misma que su esbirro había puesto sobre el mostrador—, intuí que por algún motivo, algún motivo que yo siempre desconocería, porque no entendía, no entendía ni a Fusuro, ni a Fernanda ni la vida en general, por algún motivo Fusuro deseaba que yo fuera testigo de sus actos. Apuntó al globo como restándole importancia, como si no quisiera, o no le interesara, acertar. Yo nunca había visto dispararse un revólver.

Quizá porque las bombas de estruendo del acto me habían dañado la audición, no me resultó un ruido aterrador. Sí recuerdo el chispazo que explotó en el aire. Y casi al mismo tiempo el reventón del globo verde, peor que cualquier bomba de estruendo, un sonido oclusivo, absorbente. Un soplo de brisa artificial me rozó la cara. Lo más resonante fue el silencio. La súbita interrupción del discurso de Pomesano. Luego, unos gritos cruzados, y el inconfundible tornado de voces recortadas al desatarse una gresca descomunal.

Fusuro me sonrió a modo de despedida, guardó la pistolita en el cinturón, la cubrió con su saco negro, y caminó hacia la avenida con una tranquilidad pasmosa. Caminé en sentido contrario y, en un arranque de valentía inaudita, aguardé la llegada de un colectivo en lugar de tomarme un taxi.

61

Ya sentado, sintiéndome más importante que el resto de los escasos pasajeros, mirando por la ventanilla, descubrí que Fernanda me había dejado para siempre. El único pacto posible entre hombre y mujer ocurría mientras los cuerpos se hallaban sellados el uno al otro. Por algún motivo, algún motivo que nunca comprenderé, aquel descubrimiento me alivió.

La esposa de Philip Dick

No se trata de la esposa del escritor, que tuvo cinco, sino de un personaje femenino, precisamente una esposa, al que tuve acceso en un cuento inédito de este mismo autor, en el año 1994. Nunca vi el cuento publicado ni filmado, pese a las muchas antologías editadas y películas realizadas en base a sus tramas. Esto ocurrió en un barrio que me es bastante ajeno, no tanto geográficamente como por su sofisticación: Palermo Viejo. Sospecho que la clase media estándar es para mí un estrato social inamovible. Es evidente que un rico puede volverse pobre; y mucho menos frecuente, pero posible, que un pobre se vuelva rico. En ambos casos, el sujeto, afortunado o desafortunado, modificará radicalmente su lugar de residencia y sus costumbres. Pero las veces en que mi vida se ha vuelto cuesta abajo, por duro que fuera el temporal, me las arreglé para subsistir en mi barrio de siempre y accediendo, con severas limitaciones, utilizando recursos insospechados, a mis hábitos y placeres usuales. Y cuando la Providencia me bendijo con alguno de sus caprichos filantrópicos, tampoco me alejé de mis calles ni varié mayormente mis preferencias respecto *de* objetos y alimentos. Tal vez compré más libros cuando pude, y recurrí a bibliotecas cuando no; pero continué sin prestarle importancia al arte pictórico, no me interesé especialmente en los avances tecnológicos ni pensé en asociarme a tal o cual modo de esparcimiento porque el dinero me lo permitía. En fin, me siento cómodo en la clase media tradicional, y quizá por eso no me sentía especialmente cómodo en aquel loft de Palermo Viejo donde me hallaba dando vueltas por el piso totalmente borracho. No me acuerdo el motivo preciso por el que estaba borracho, pero sí que era para olvidarlo; de modo que tuve éxito. Tampoco recuerdo si, para cuando leí aquel cuento, estaba en plena etapa de embriaguez o en el entresueño mortífero de la resaca, cuando todavía no tenemos la tranquilidad de la vigilia, pero sí la aspereza del contacto con el mundo real. Había ido a parar a aquella casa directamente desde un bar, en compañía de un hombre afeminado que, a las dos y cuarto de la mañana, me había sugerido que podía pagarme o contratarme –ya no recuerdo las palabras exactas– para escribir un guión. Le pregunté de qué se trataba, si de un largometraje, un corto o un programa televisivo. Quizás un documental. Se negó a responderme y me dijo que debía leer el texto, en su casa.

En realidad, yo había llegado solo a aquel bar. Por mi propia voluntad. Me había alejado de mi barrio porque ya no me soportaba. Cada rincón me aburría, cada comercio me deprimía y hasta el cielo que techaba cada una de esas cuadras me parecía distinto del cielo abierto, que debía hallarse lejos, en alguna locación distante a la que yo nunca llegaría. Recuerdo que me puse una de esas camisetas sin manga, de algodón, que usaban los viejos en los años cincuenta y que yo usaba para dormir en verano, porque no me gusta andar con el torso descubierto ni siquiera en la intimidad, y salí al calor de Buenos Aires dispuesto a caminar hasta caer rendido, cuanto más lejos mejor. No llegué tan lejos: me detuve sudado como un pantano en un bar cualquiera de Honduras y Serrano, una zona a la que nunca hubiera llegado con la mente clara. Decidí que un poco de autohumillación no me vendría del todo mal. Me sentaría un rato a permitir que las estudiantes de teatro, los asexuados muchachos devotos de los filósofos contemporáneos franceses y los incansables adoradores de Nietszche de ambos sexos, pasaran a mi lado sin mirarme y me dieran la oportunidad de concluir que, por mucho que los despreciara, nadie me había llamado ni invitado, y cualquiera de ellos, por muy errado que yo lo considerara, tenía una vida bastante más feliz y acompañada que la mía, que se sentían mucho más satisfechos y completos, y que seguramente hacían el amor con muchísima mayor frecuencia que yo, tan seguro de la invencible discreción de mis convicciones en contraste con su *glamour* de pacotilla. En fin, no era la primera vez que deseaba administrarme una dosis horaria de sufrimiento y repetirme, con ese halo de verdad que tienen nuestras decisiones cuando nos hallamos lejos de nuestros sitios de referencia, que yo efectivamente no servía para nada. Empecé tomando ese alcohol que se combina con agua tónica, luego seguí con un whisky importado de mediana calidad y finalmente decidí regresar caminando a casa y me gasté hasta lo que guardaba para el taxi en dos raciones del whisky importado de calidad superior. Fue a mediados del segundo whisky Premium que el hombre afeminado se me acercó y me dijo que me había reconocido por la foto–carnet del artículo que yo publicaba, cada cien o quinientos años, en una revista de gran tirada. Por el tono melifluo y los movimientos de manos del hombre, bien podría haber pensado que se trataba de una vulgar ceremonia de cortejo. Pero, en primer lugar, le creí; y en segundo y más importante, no me importaba nada.

Debo reconocer, a despecho de todos mis prejuicios, que el hombre, Matías, aunque era uno de los clásicos elucubradores de proyectos, no caía en ninguno de los tics que a mí tanto me desagradaban de los habitantes de aquellas zonas –a excepción de su gesto de no querer revelarme la trama, en la que supuestamente trabajaríamos, hasta que la leyera en su casa–: no decía las frases "en el punto en que", ni "desde dónde me lo decís" ni "es muy fuerte" para referirse a un evento impactante o asombroso. Frases que con el correr de los años han variado de palabras, pero no de sentido, vale decir, en su ausencia de sentido; todas persiguen un mismo objetivo: no comprometer las palabras con ningún significado preciso. Por el contrario, Matías hablaba en un lenguaje claro, y por momentos profesional. No revelaba sueños de grandeza ni ilusiones descabelladas. Puedo asegurar que mi buena concepción de su persona durante los primeros instantes de nuestra conversación no estaba teñida por la vanidad de sentirme reconocido por un lector anónimo, pero sí confieso que el halago del reconocimiento fue lo que me motorizó a permitir que la charla se iniciara. No solo había leído aquel artículo –una pieza narrativa de cuatro páginas sobre la historia del zoológico porteño–, sino también un cuento perdido que había publicado durante la edición veraniega de un diario. Por entonces, hacía ya tiempo que los diarios y revistas se habían aburrido de mis colaboraciones sin nunca haberse divertido excesivamente antes.

–Por ese cuento y ese artículo –me dijo Matías–, creo que sos la persona ideal para escribir este guión.

Yo asentí; aunque aún no sé con claridad, si en respuesta a la afirmación de Matías o a la pregunta del mozo acerca de si me traía otro whisky, que intuí pagaría mi interlocutor.

La conversación en el bar terminó a las 3 y 42 de la mañana –Matías tenía un reloj digital con pantalla gris–, cuando finalmente acepté acompañarlo a su casa a leer el guión y efectivamente se hizo cargo de los dos whiskys. Raro en mí: hablé poco.

Caminamos, no sé si por Honduras o Costa Rica, unas diez cuadras, en completo silencio. Mi silencio era propio de quien viaja en remís o en taxi y no tiene intenciones de intercambiar pareceres con el chofer. El de Matías, incluso borracho tuve la claridad suficiente como para deducirlo, el de un sujeto, no importa si hombre o mujer, que ha realizado la parte más importante de una conquista y no quiere decir ni una palabra que aparte a la presa del camino hacia su guarida. ¿Por qué no le propuse que leyéramos el guión algún otro día por la mañana, en un bar neutro, cada cual en sus cabales? No tengo idea: por entonces, no se había difundido el e–mail, ni me acuerdo si existía

68

en Buenos Aires. Aunque contaba con algunos ahorros, padecía una severa escasez de trabajo, y se me antojaba que, ya fuera por motivos laborales o por vanas esperanzas, Matías estaría dispuesto a pagarme al menos por la primera escritura del guión, se produjera o no más tarde (producción que, desde la segunda palabra, yo daba por totalmente improbable). Conozco dos clases de elucubradores de proyectos: los que ya han concretado varios y los que no han concretado ninguno. A los primeros, los conozco siempre ya avanzada su carrera, por lo que invariablemente albergo la ilusión de que no es que alguna vez hayan empezado, sino que aparecieron en el mundo con sus aspiraciones realizadas y continuarán en el mismo camino. A los segundos, mucho más numerosos, los conozco a lo largo del tiempo suficiente como para cerciorarme de que pertenecerán eternamente a la segunda categoría. Matías era del tipo 2. Mi posición en este tablero es la de un mercenario desocupado constantemente lábil a aceptar la limosna de los primeros y sin perder nunca la expectativa, incesantemente desengañada, de que un integrante del segundo equipo cuente con una suma algo más seria que la de mis ahorros, y se halle dispuesto a desprenderse de una minúscula parte a cambio de mi participación en la confección de un guión, una obra teatral o una *performance* de payasos sin maquillaje que, en todos los casos, nunca verá la luz.

Caminamos entonces, en silencio, con Matías, por Honduras o Costa Rica, atravesando esquinas coloridas, murales sociales o artísticos, y borracheras o sobredosis de chicas o chicos de clase media alta, vomitando contra paredones pulcros o desmayados en umbrales de casas recicladas. Llegamos, si no me equivoco, a las cuatro de la mañana a su casa–loft, sita en una esquina acerca de la cual no puedo equivocarme, pues la he olvidado por completo.

La entrada era la de cualquier casa vieja, un portal compuesto por dos puertas de hierro y cerrado con una cadena con candado que unía una puerta con otra cruzándose por entre los floripondios metálicos. Matías la abrió con la minúscula llave de los candados y subimos por una escalera blanca, como de mármol, percudida y de la misma época que las puertas. Pero una vez arriba apareció el barrio. O, perdón, toda aquella combinación formaba parte del barrio. A diferencia de mi Once natal, donde las casas se apresuraron a actualizarse y el menor dejo de pasado era visto como una afrenta o descenso en la escala social. En esta casa de Matías, al abandonar la escalera centenaria nos recibió un ambiente gigantesco con solo dos puertas divisorias. Los más novedosos artefactos de iluminación, el último equipo de música, la reluciente videocasetera, una cocina con planchas metálicas en lugar de hornallas, la barra que semejaba la del bar pintado por Hopper, y todos los condimentos originarios de la India y de Inglaterra, perfectamente alineados en las repisas de madera cara, ocupaban aquel perfecto exponente de las viviendas sofisticadas de los años noventa. Era un loft: el opuesto a mi infancia, a mis padres, a mi ser.

Una de las puertas, me informó Matías, comunicaba al dormitorio, y la otra, gracias a Dios, al baño, que estaba fuera del dormitorio y a la vez separado del ambiente central. Las ganas de orinar me urgían y de haberse tratado de un baño abierto no me hubiera quedado más remedio que bajar a la vereda.

—Bueno —me dijo Matías, cuando salí del baño, como si fueran las diez de la mañana de un día laboral—. ¿Otro whisky o querés leerlo ya mismo?

—Las dos cosas —dije.

Matías me sirvió un whisky más caro y mejor que el del bar. Se subió a un banquito, revisó en una biblioteca atiborrada y ordenada, y retiró un delgado fajo de papeles tipografiados. Me lo alcanzó.

El texto estaba en inglés, y escribo "tipografiados" porque no estaba mecanografiado ni impreso en la tipografía habitual de las computadoras, sino que parecía fotocopiado de las pruebas de galera de un libro, con anotaciones manuscritas al margen. Una línea se repetía, en una tipografía diminuta y de tono más claro, en la parte superior de cada página: *The wife*, Philip Dick. No era una fotocopia y, antes de que le preguntara nada, Matías aclaró:

70

—Es un inédito original. Tengo los derechos.

—¿De dónde lo sacaste?

—Lo compré en Los Ángeles —respondió—, a un representante.

—¿Y las anotaciones al margen de quién son?

—Ni idea.

Yo escuchaba mi voz amortiguada por el whisky y, como siempre en esos casos, no sabía si era mi voz o mis oídos los que variaban la percepción de mi propia voz. ¿Así como así había comprado un cuento de Dick? ¿Tanto dinero tenía? Los más importantes directores de Hollywood habían adaptado ficciones de Dick, en muchos casos logrando taquillas multimillonarias. ¿Cómo podía un argentino desconocido, que a todas luces no era un magnate ni un megaproductor de incógnito, hacerse de buenas a primeras con un texto inédito de unos de los escritores más conocidos de la segunda mitad del siglo XX?

No era menos cierto que, aquí y allá, a lo largo de los años, me había encontrado con antologías de Dick publicadas en editoriales de muy bajo presupuesto y con cuentos inéditos aparecidos en fanzines que se distribuían casi a mano. En el caso de los fanzines, y no tenía motivos para sospecharlo, podía tratarse de vulgares pirateadas, pero en cuanto a las pequeñas editoriales me constaba que los habían sacado a la venta cumpliendo todos y cada uno de los rigores de la ley; incluso conocía a algunos de los traductores.

Como fuera, no pude evitar expresar nuevamente mi estupor:

—¿Pero cómo lo conseguiste?

—Llamás al representante, en Los Ángeles, y lo comprás. Por lo que sé, representa a muchos otros autores, muchos vivos. ¿Hay algo que te preocupe?

—No, no.

Entre las brumas del whisky me dije que, cimentando la hipótesis de que todo estaba en orden, también conocía muchos directores sin grandes recursos económicos que habían conseguido este o aquel cuento de autor famoso, argentino o extranjero. Por algún motivo, me daba vergüenza preguntarle a Matías cuánto le había costado. Primero porque siempre me cohíbe preguntar precios. Y luego porque no podría impedir que en mi pregunta se colara la sorna: "¿Y tanto pagaste por un proyecto trunco?". Hasta el momento, yo no había preguntado a Matías si él era director, productor o coguionista. Entonces lo hice:

—¿Y qué querés hacer con el guión?

—Primero tenerlo —me dijo—. Después, conozco un par de actores con nombre.

—¿Pero vos lo vas a filmar?

—Yo buscaría un director.

—Entonces lo vas a producir.

—Puede ser. Pero también vamos a necesitar una productora que complete el presupuesto. A mí me gustaría trabajar en el guión, después de tu primer original. Y también con el director. Quiero meterme en el cine.

Fue su primer desbarrancamiento, en lo que iba de noche, en el inframundo de los diletantes: "quiero meterme en el cine". "No sé si quiero escribir, dirigir, actuar o ser el acomodador". Pero yo ya estaba allí, alguien había comprado un cuento de Philip Dick, alguien ostentaba una casa con una presencia y unos implementos infinitamente superiores a los que yo podría conseguir —tanto por actitud como por capacidad— en lo que me restaba de vida, y alguien pagaría por aquella madrugada en la que transgredía uno de mis principios fundamentales labrados luego de los veintiún años: nunca más trasnochar, nunca más pasar una noche sin dormir.

—Bueno —dije—. Lo leo.

Temí que Matías permaneciera a mi lado, observándome mientras leía, algo que detesto incluso tanto como no dormir a las horas indicadas. Pero continuó demostrando, eludiendo su hundimiento en los bajos fondos de la fatuidad, vestigios de sentido común.

—Leelo tranquilo. Voy a terminar de ver una película. Hace como dos días que por h o por b no la puedo terminar de ver.

Se encerró en su pieza, detrás de la segunda y última puerta del interior de la casa. ¿Y por qué no había podido ver la película, cargaba bolsas en el puerto o lo habían abarrotado de trabajo en la obra en construcción donde se ganaba la vida como albañil? ¿Qué absorbente ocupación lo dejaba sin tiempo? Yo estaba seguro de que trabajaba cien veces más que Matías y sin embargo el tiempo me sobraba. Podía ver películas, una tras otra, leer libros extensos y pasar una buena cantidad de horas reflexionando, en un ocio intranquilo, acerca de la inanidad de mi existencia. Nunca me había faltado el tiempo. Lo que me faltaba era el sentido. Tal vez a las personas que no encuentran el sentido siempre les sobra el tiempo, por muy ocupadas que estén. Yo acumulaba en mi computadora y en mis cuadernos una cantidad de textos que superaban las mil páginas. Y nunca me faltaba el tiempo. Para ser totalmente sincero, e injusto, la experiencia me había invitado a despreciar a todas aquellas personas que se quejaban de "falta de tiempo" en relación con aquellas tareas que supuestamente les resultaban fundamentales. Había personas a las que les faltaba tiempo para escribir su novela, otras que no tenían tiempo para leer, estaban incluso quienes confesaban no tener tiempo para "pensar". Mi respuesta era invariable: "No escribas tu novela", "No leas", "No pienses". A mí nunca me faltaba el tiempo para nada. Me sobraba el tiempo para escribir, para leer e incluso para rascarme el higo.

El cuento de Dick engañaba con el título. Raro en él, un título discreto: *The wife*. La esposa. A primera vista, podía parecer que se trataba de un cuento atípico, en el que tal vez abandonara las pesadillas de la percepción o las preguntas demencialmente ontológicas sobre la identidad para abandonarse en los brazos del costumbrismo afectivo, en el realismo sucio. Y de hecho el cuento comenzaba con una atmósfera familiar —en el sentido de conocida, cotidiana—, en un presente verosímil, como si el propio escritor repitiera el parlamento de uno de sus personajes, la "Precog" del cuento "Reporte Minoritario": "estoy cansada del futuro".

Pero a la segunda página toda sensación de paradójica extrañeza —paradójica porque era el escenario llano en tiempo presente lo que resultaba asombroso en un cuento de Dick, en contraste con los futuros caóticos que siempre expone desde las primeras líneas—, desaparecía, y un par de datos ineludibles nos informaban que marido y mujer se hallaban en el año 2062, con las ciencias de transformación de la percepción en su apogeo.

En realidad, aún no estaban casados: eran dos prometidos a punto de atravesar el umbral nupcial. El cuento ocupaba treinta y siete páginas. Pero yo creo poder resumirlo en bastante menos.

El hombre había conocido a la mujer en un curso de taxidermia de unas mascotas interestelares. No era amor a primera vista. Primero se reconocían como compañeros de clase con inquietudes similares, y compartían horas de estudio, materiales escritos y experiencias con las mascotas muertas. Luego derivaban en una amistad que, como los dos venían de vivencias sentimentales desdichadas, no deseaban dejar avanzar más allá de las fronteras donde el cariño se torna problemático. Pero finalmente ella le confesaba que ya no podía pasar el tiempo sin él, que lo extrañaba las tardes en que no lo veía, y por las noches. Él confesaba otro tanto. Sin embargo, curiosamente, no se besaban. Un día después de este intercambio de confesiones, ambos reconocían, con cierta claridad algo fría, pero no tan fría como para resultar bizarra, que estaban enamorados, y que lo mejor al respecto era casarse. Tampoco en esta ocasión se besaban, ni mucho menos se entregaban a los intercambios físicos que acostumbran las parejas cuando ya se saben comprometidas. Sencillamente ponían una fecha y comenzaban a pasar el tiempo juntos, disfrutando de la mutua compañía. No dormían uno en la casa del otro, pero se quedaban hasta la madrugada, incluso hasta el alba. En tanto tiempo compartido, aparecían nuevas confesiones, de otra índole. El hombre revelaba su pasada relación con una mujer que lo había vuelto loco de amor y lo había abandonado; y la mujer una relación con una suerte de Don Juan posesivo, un hombre sentimentalmente inestable que no

74

obstante la había marcado a fuego, utilizándola como objeto sexual y manteniendo dos o tres amantes alternativamente.

Cuatro noches después de este intercambio de pasados, a dos semanas de la fecha de la boda, el prometido, atormentado, le confiesa (un tercer tipo de confesión) a su futura esposa que el relato de su historia amorosa –de ella– lo ha desequilibrado. Le cuesta dormir imaginando que ha pasado por manos ajenas, especialmente las manos de este sujeto en particular. Ella, en afán tranquilizador, no de enfrentamiento, replica que también él ha conocido a otra u otras mujeres: ahora comenzarán una nueva vida, en la que la fidelidad, la tranquilidad y el amor estarán garantizados. El hombre acepta el argumento y reconoce que no tiene dudas al respecto, pero repite que no es el futuro en común lo que lo desvela, sino ese pasado del que ya no podrá deshacerse. La mujer sugiere que tal vez hubiera sido mejor no intercambiar sus secretos, y el hombre niega con la cabeza, asegurando que era inevitable conocer sus vidas anteriores y que, en todo caso, ya estaba hecho, y el intercambio de información resulta tan inalterable como su contenido. Pero, gracias a los avances tecnológicos, tienen una solución a mano, inmediata, para asegurarse una vida conyugal sólida y estable. La agencia Desmorex puede borrar los recuerdos en cuestión de días. Basta concurrir a una de sus flamantes oficinas –el adelanto no lleva más de dos años circulando– y exponerse a la terapia de extirpación de recuerdos.

La novia duda. No se siente orgullosa de esos recuerdos, ni mucho menos apegada; pero mutilar de un solo intento un fragmento de su memoria no le resulta una decisión fácil de tomar. Después de todo, el futuro plácido depende en buena parte de aquellas experiencias desagradables que, precisamente por haberlas vivido, nos hallamos a salvo de repetir. ¿Qué más prodigioso y saludable que la memoria, que nos permite recordar un suceso despreciable y evitar reiterarlo sin necesidad de experimentarlo nuevamente? El futuro esposo, otra vez, acepta que racionalmente esas justificaciones son irrebatibles, pero agrega que los seres humanos, y especialmente las parejas de seres humanos, se mueven tanto por razones como por emociones, y en su corazón, en sus sentimientos, se sentirá infinitamente más tranquilo si ella se deshace fácticamente de esos recuerdos que, desde su punto de vista, entorpecerán la añorada y plena convivencia. Ella está dispuesta a continuar en sus esfuerzos por tranquilizarlo sin verse obligada a someterse a la operación, pero él alza una mano antes de que pueda exponer su siguiente apología de la aceptación del pasado y su compatibilidad con un futuro distinto, y le dice que, después de pensarlo en varias noches de insomnio, ha decidido, y lo lamenta, pero no ve otra salida, que si ella no se pone en manos de Desmorex, él no podrá casarse. La mujer, que lo ama más de lo que él puede imaginar, incluso, sospeché como lector, más de lo que él la ama a ella, se rinde. Así es la vida.

Concurren a Desmorex y el doctor Pristopher les explica el método operativo de lo que llama, sencillamente, cauterización. Existen varias modalidades espontáneas de instalación de sucesos en nuestra memoria, pero solo una de extirpación artificial de recuerdos: Desmorex. Los sucesos se instalan en nuestra memoria, en la mayoría de los casos, por medio de ondas invisibles —como las de los rayos catódicos o las radiales— que adquieren la consistencia de sustancias líquidas una vez que ingresan al cerebro del sujeto. No todos los recuerdos se instalan en el cerebro: los hay que se detienen en los dedos, el pecho, e incluso el cabello. Pero existe una especie de recuerdos que se distingue del resto por su capacidad de fijación y por la doble naturaleza de su existencia: los sexuales, que a la vez incluyen la circulación de ondas invisibles —motivadas por las emociones—, y el concreto intercambio de sustancias físicas. A diferencia de los recuerdos no sexuales, incluso aquellos entre hombre y mujer que, aun profesándose mutua atracción, no han intercambiado experiencias sexuales, los recuerdos sexuales modifican lo que por ese entonces se llama "La maqueta cerebral". Del mismo modo que las neuronas, una vez desaparecidas, ya nunca se recomponen, los recuerdos de los eventos sexuales modifican inalterablemente, a diferencia de todas las otras clases de recuerdos, la maqueta cerebral. Una persona puede ser, desde este enfoque, la misma, si se desprende de ciertos recuerdos de su adolescencia, de un accidente o de una circunstancia intensamente estresante o angustiosa. Pero ningún ser humano conserva la misma maqueta cerebral luego de recibir un recuerdo sexual ni a posteriori de perderlo.

—Su esposa…

—Futura esposa… —aclara el hombre.

—No volverá a ser la misma —concluye el médico.

—Eso es lo que queremos —remata el hombre, en plural.

La mujer asiente en silencio.

—¿Y usted también desea cauterizar el mismo recuerdo? —pregunta el doctor al hombre—. Me refiero a la información que ya ha almacenado.

El hombre duda unos instantes y responde con una frase que, en el castellano porteño, sería algo así como:

—Y, ya que estamos.

El doctor, antes de invitarlos a pasar a la Cámara de Operaciones, donde serán atendidos por los cirujanos ejecutantes, les completa los detalles del trance que atravesarán: luego de la operación recordarán que se han desprendido de un recuerdo, pero nunca sabrán de cuál. Como si uno pudiera ver una cicatriz en su cuerpo producto de la extirpación de un órgano, pero nunca pudiera saber de qué órgano se trata.

Firman un documento de autorización y, un instante antes de ingresar al quirófano, el hombre vacila, como si de pronto temiera estar por cometer un error irreparable. Pero entonces es la mujer la que con un gesto, apenas una mirada y la sombra de un empujón, lo decide.

La operación dura cuatro horas y deben regresar a la semana para un control y un sello de seguridad. De no aplicar el sello, el muñón del recuerdo, aunque las probabilidades son casi nulas, puede "infectarse" y, si bien nunca recobrará su forma original y nunca lo recordarán como fue, convertirse en pesadilla u obsesión con motivos desconocidos. La pareja concurre a la semana a aplicarse el sello, la intervención funciona, y se casan en la fecha planificada.

A partir de aquí, en el cuento, comienza lo que yo llamo "relleno". No creo que Dick lo integrara por motivos comerciales o editoriales, sino por su propia tendencia a la digresión, profusa además en el resto del relato, al que he podado, a tono con la trama, quirúrgicamente. Pero especialmente luego de la operación de desmemoria, la catarata de artefactos y situaciones futuristas se vuelven frondosas y tornan algo trabajoso un final que, a mi discreto entender, es formidable.

A los cinco años de casados, con un hermoso hijo varón de tres años, la mujer comienza a sentir un anhelo inexplicable por recuperar, solo por curiosidad, el recuerdo del que se deshizo cinco años atrás. Como un niño adoptivo que quisiera conocer a sus padres biológicos, la mujer, con esa energía propia de los anhelos femeninos, como quien deseara vivir una aventura inocua, en una dimensión inofensiva, padece raptos de desesperación y angustia por recuperar su recuerdo extirpado. Esta curiosidad no había sido explicitada por Pristopher y, hay que decir en su favor, por lo reciente del descubrimiento, la desconocía: solo se activaba en determinado tipo de mujeres, de cierta edad y un tiempo posterior al parto. Lo que la activaba, precisamente, era una sustancia desconocida emanada por el cuerpo durante el parto.

La mujer, como un detective, o, repito, como un hijo adoptivo recién llegado a la edad de la razón, parte en busca de su recuerdo, utilizando las pistas de su pasado. Yendo de aquí para allá —no tiene familia—, investigando en bares, moteles y antiguos trabajos, logra dar con el camino de regreso. Nunca recupera el recuerdo, pero en la travesía se reencuentra —sin reconocerlo— con el Don Juan que la marcó y este consigue seducirla nuevamente: abandona a su amado esposo y a su hijo. Fin del cuento.

Terminé de leerlo y fui a golpearle la puerta a Matías para avisarle que se trataba de una extraordinaria futura película o, mejor, capítulo televisivo. Si llegábamos a un largometraje (la lectura me había entusiasmado al punto de concebir semejantes esperanzas) debíamos cambiarle el final por uno feliz, pero si lográbamos un espacio televisivo podíamos dejarlo con su gusto amargo a la manera de los mejores episodios de Dimensión Desconocida. Yo podía adaptarlo perfectamente, incluso mejorarlo. El cuento me había encantado, y me sorprendía doblemente que hubiera podido comprarlo. Eran las cinco de la mañana y golpeé la puerta suavemente, como si la hora me lo indicara. Unos instantes después Matías apenas entreabrió, salió y cerró, mientras yo escuchaba los sonidos de la película y lograba echar un vistazo a unas imágenes que no pude descifrar.

¿Por qué no había abierto más la puerta, y por qué la había cerrado tan rápidamente? ¿Quizás había estado mirando una película pornográfica? ¿Se había estado cebando para animarse?

–Qué te pareció –me preguntó.

–Extraordinario –reconocí–. Según mis gustos, puede ser una de las mejores películas de Dick.

–A mí también me fascina –dijo Matías, ignorante de cuánto me desagradaba aquel verbo –. Sabía que era para vos. ¿Qué se te ocurre?

–Bueno, un millón de cosas. Pero tengo que releerlo, pensarlo, preparar una sinopsis.

Matías se me quedó mirando, en silencio. Por primera vez en la noche me sentí realmente inquieto. No quería tomar otro whisky porque sabía que estaba en el risco donde, un paso más, me llevaría a la náusea, el vómito y el malestar; pero no beber también me condenaba a la inmediata resaca que describí al inicio de este recuerdo. No había salida.

–¿Otro whisky? –preguntó.

–No, gracias.

–¿Qué es lo que más te impactó?

–¿De qué?

–¡Del cuento!

–Ah. La posibilidad de borrar un recuerdo. Discreto como suena, es lo más alejado de las posibilidades humanas. Memorizar algo es un chiste al lado de poder olvidar. Dick podría escribir toda su obra alrededor de esa sola idea.

Matías hizo otro silencio. Lo interrumpió sirviéndose un whisky para sí mismo y diciendo:

—A mí, en cambio, lo que me fascina es la idea de que una relación sexual te marca y te cambia para siempre.

Yo tragué saliva.

—Lo de las moléculas —dijo Matías.

—Ondas —precisé.

—Lo de las ondas. Es tan cierto que da miedo.

Faltaba que agregara: "es tan fuerte que da miedo".

El pobre Matías estaba soltando el resto. Muy pronto se convertiría en una más de las criaturas de su barrio y de su loft: como mucho, Cenicienta puede aguantar hasta las cinco de la mañana, estirando lo más posible el hechizo, pero luego, fatalmente, vuelve a la calabaza, los ratones y los zapatos de arpillera.

—Haceme un favor —me dijo—. Yo todavía no terminé de ver la película. Mañana me voy a Mar del Plata. Pensame un método de trabajo, o una mínima idea de sinopsis; si querés leelo una vez más por arriba, no tengo apuro. Después arreglamos cuándo nos volvemos a encontrar y, por supuesto, te adelanto algo de plata. Ya empezaste a trabajar.

No me gustó. No me gustó el argumento de que al día siguiente se iba a Mar del Plata. No me gustó la mención al dinero en esas circunstancias, tan similar a una proposición de compañía paga. Pero… yo necesitaba trabajar. También necesitaba el dinero. Incluso, de no aceptar, tendría que pedirle prestado para el taxi, porque había desistido de volver caminando a aquella hora y en ese estado. Unas ráfagas de retorcijones habían comenzado a recorrerme el estómago, producto del exceso de whisky y de la mezcla con el gin tonic.

Yo sabía que de allí tenía que salir bajando a paso de tortuga la escalera, subir al primer taxi para llegar entero a mi casa y, en el peor de los casos, poder vomitar en mi propio inodoro. Por mucho que la sensación posterior al vómito sea de completo alivio, el miedo irracional previo a esa experiencia me lleva a tratar de intentar evitarla como sea. Es el exacto opuesto a lo que me ocurre con el amor: por mucho que sepa que luego vendrán los embargos y las brumas, mi impulso primigenio es apurarme a concretarlo. Asentí ante la propuesta de Matías. Los dolores de panza tienen la extraña capacidad de volvernos discretos: no queremos revelarlos. Preferimos esperar a que pasen sin que el otro se entere. Me dije que con unos cuantos minutos sin beber, y sin hacer nada, los retorcijones aminorarían, podría cobrar mi "adelanto de adelanto" y retirarme en paz. No releería el cuento porque con esa sola primera lectura ya me lo sabía de memoria y además, con ese mareo y dolor, intentar leer me pondría peor. Debía fijar la vista alternativamente en uno u otro sitio; tampoco dejarla mucho tiempo en el mismo porque me mareaba más.

Matías cerró la puerta y quedé a solas con el texto y con la casa. Fue cerrarse la puerta del dormitorio de Matías y esfumarse los retorcijones. En realidad, hubo un mínimo acto intermedio: ni bien cerró la puerta, noté que mi panza estaba hinchada como una bombita de agua y, sin desconocer las implicancias de aquel movimiento en aquella casa y en aquellas circunstancias, me desabroché el botón superior del pantalón vaquero. Nunca he sido de usar pantalones ajustados, pero con el estómago a punto de rebalsarlo parecía un embutido y debía aflojarlo. Inmediatamente sentí alivio y al instante desaparecieron los dolores. Como si dejar fluir mi panza fuera la respuesta correcta a todos mis pesares, también se me aclaró un poco la mente y volví a sentir la buena compañía del whisky en su punto justo. Pero, por muy opuesto que habitualmente me sintiera a las interpretaciones baratas, no podía dejar de reconocer que existía la posibilidad de que lo que hubiera estimulado mis retorcijones fuera la presencia de Matías en el mismo ambiente, y que su regreso a la intimidad de su habitación, y la puerta que nos separaba, me hubiera tranquilizado, con la convicción de que ahora sí estaba a salvo en la noche, que presentaría un esqueleto de sinopsis, cobraría ese bizarro adelanto caído del cielo y me retiraría a mi propia casa a dormir en paz en la llaneza de los hogares con varias puertas y diversos ambientes de la clase media autocomplaciente. Me puse de pie como para confirmar que efectivamente me hallaba mejor y, pese a que no podría haberme arriesgado a cruzar por un alambre tendido entre dos rascacielos, lo cierto es que ya tampoco me sentía un barrilete arrastrado por un huracán. Decidí festejarlo con una medida más de whisky y beberla pasando por arriba, con delectación, el cuento. Me lo serví sin pedir permiso y ni bien atravesó la garganta, una voz, mía, pero que no provenía de ningún sitio, me dijo que no debería haberlo hecho. Sentirse bien es una fortuna escasa y, cuando uno la alcanza, no debe hacer ni un movimiento: ni para mejorar el presente, ni para asegurar el futuro. Pero el gran drama de la vida es que todo es movimiento, y nunca nos es dado permanecer donde mejor estamos.

El último trago cayó en mi estómago como una lava consciente que supiera dónde golpear. Aunque tenía el cuento en la mano y cerca de los ojos, no podía distinguir las letras. De inmediato supe que tampoco podía distinguir el resto de las cosas que me rodeaban. Traté de apoyarme en el apoyabrazos del sillón donde hacía unos minutos había estado sentado leyendo, pero le erré y caí redondo. No sé con qué pegué en el suelo, pero fue la primera vez que me desmayé en mi vida.

Regresé del desmayo y desperté del sueño. En algún momento el desmayo se había transformado en el ordinario acto de dormir, y desperté cuando ya el sol estaba alto. La luz del día me encandilaba por un ventanal que ocupaba la mitad de una pared y en el que apenas había reparado durante la noche. Una hilera de árboles con las copas llenas me recordó el barrio ajeno. Abrí y cerré los ojos varias veces, pero no lograba hacerme una composición de lugar en la atmósfera diurna de la casa. Todo parecía distinto, si bien reconocía la biblioteca, la cocina, el equipo de música, y la videocasetera externa. Si tan solo el sol se detuviera unos instantes para que yo pudiera recapitular con la ayuda de la luz eléctrica y la oscuridad nocturna… Estaba boca arriba y tenía los pantalones un poco más abajo del borde superior del calzoncillo; había dormido en el suelo, que era alfombrado, pero duro.

Me los subí y me los abroché. Ponerme de pie no mejoró nada.

Durante unos minutos las cosas me daban vueltas, pero me negué a sentarme. Temía que si lo hacía, ya no lograría pararme otra vez. Tiré la mano hacia el apoyabrazos y esta vez acerté: eso me alentó. Me dije que ahora todo consistía en llegar al baño y lavarme la cara. Luego habría que bajar y rogar por que la puerta estuviera abierta o hubiera a mano algún tipo de llave que me permitiera abrirla, o despertar a Matías y avisarle que me abriera, sin siquiera recordarle el pago prometido. Daba por pago suficiente el hecho de irme cuanto antes de allí.

No quería sentarme, pero tampoco podía llegar caminando. Me concedí un armisticio: alcancé el baño gateando. Abrí la puerta con los hombros y me enderecé tomándome de las canillas de la pileta. Mi cara en el espejo era una admonición. Quité la vista. Abrí la canilla y el agua me pareció un manantial que venía a saludarme. Formé un cuenco con las manos y me empapé la cara y la ropa. Repetí la operación unas quince veces e hice arcadas vacías. Luego, ya seguro de que no vomitaría, un par de gárgaras. Zumbaron potentemente los oídos, regresó la saliva a la boca, sentí la lengua y descubrí que comenzaba a recuperarme.

"Ahora sí", me dije. Me sequé con una toalla que olía a lavanda y salí dispuesto a abandonar la casa.

No sé qué me sorprendió más: si encontrar a la mujer o que no gritara. Me miró con una mezcla de fastidio y asombro, inquisitiva y reprobadora.

—¿Qué hacés acá? —me tuteó.

Usaba un camisón de raso, de seda, de tul… lo ignoro, sé tan poco de telas como de bellas artes, pero era un material que brillaba discretamente. Se le veía el comienzo de los pechos por encima de un escote holgado —que no era coqueto—, llenos y blancos.

Tenía el cabello negro, un rostro entre fuertemente español y ojos del este europeo. Era muy bonita. Una medida de su belleza puede deducirse del hecho de que en aquellas insólitas circunstancias, recuperado pero convaleciente, me excitó repentinamente y tuve la absolutamente desaconsejable intención de tirármele encima. No lo hice, pero en el camino de regreso a casa, finalmente a pie, no dejé de pensar que su actitud, su rostro, sus expresiones, y también el modo en que llevaba su vestimenta —todo— resultaban invitantes, y tal vez no hubiera sido imposible conseguirla aun en esas circunstancias.

—Soy un amigo de Matías —atiné a decir.

Asimiló mi primera frase y dijo, no muy convencida, como si estuviera improvisando:

—¿Dónde está mi esposo?

—La última vez que lo vi —dije como el testigo en un caso de persona desaparecida—, entró al cuarto.

Y señalé.

La mujer miró innecesariamente hacia donde yo señalaba.

—Debe haber salido —agregué.

No dijo nada.

Tampoco aporté lo que sabía de la mención a Mar del Plata.

—Me voy —concluí.

Y sin fijarme, inédito en mí, si se me olvidaba algo, bajé las escaleras y rogué una vez más que la puerta pudiera abrirse sin llave desde adentro. La cadena y el candado abierto estaban del lado de adentro, y la puerta se abría con el picaporte. Salí, respiré hondo y me alejé a paso rápido.

Recién en la quinta cuadra comencé a cavilar: ¿Matías era casado? ¿La esposa había estado todo el tiempo en el cuarto? ¿Era a Matías a quien se refería la mujer cuando preguntó por su esposo? ¿Las relaciones sexuales podían cambiar tanto a un ser humano como para modificar su sexo? ¿Había cambiado Matías de hombre a mujer por medio de una relación sexual, utilizándome mientras dormía? ¿Era su identidad masculina el recuerdo del que se había desprendido y la operación había consistido en el abuso de mis partes pudendas?

Me dije que esa vez sí, era la última que trasnochaba. Me propuse olvidar aquella madrugada, no dejarla ocupar un lugar en mi memoria. Pero inmediatamente, cuando alcancé la altura de la avenida Córdoba en la que podía aseverar que por fin daba por terminada mi visita al otro barrio, recuperé el conocimiento de que olvidar o recordar no eran atribuciones sobre las que yo tuviera dominio.

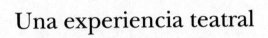

Una experiencia teatral

Esta historia debería haberla contado hace muchos años. Pero supe de ella hace apenas unos meses. Sin embargo, es tal el peso de la época en este suceso, al menos esa es mi sensación, que no puedo dejar de temer resultar anacrónico. La historia sucedió en los primeros años ochenta, esos años de alegría, euforia y estupidez posteriores a la dictadura militar. Más de una vez he dicho que fueron para mí los mejores años de la Argentina, también aquellos en los que conocí a la gente más estúpida.

El penoso suceso que voy a relatarles sucedió en el año 84, pero recién me enteré el invierno pasado, dieciséis años después. Yo estaba caminando por Corrientes, desde la calle Uruguay hacia mi estudio, en Valentín Gómez y Anchorena. Me habían hecho un reportaje en una radio ignota un domingo a las cuatro de la tarde. Me resultaba evidente que, si alguna persona había sobrevivido a esa hora de un domingo porteño, no iba a rifar su última oportunidad escuchando el irrelevante reportaje del que había resultado víctima. La idea de que yo era el invitado relleno de los programas menos escuchados no terminaba de resultarme graciosa. Sin duda, estaba olvidando el credo de la humildad que con tanta sabiduría habían predicado mis ancestros: todo es vanidad y correr tras el viento. ¿Por qué me quejaba? ¿Cuántos hebreos de mi siglo habían soñado con solamente pasar desapercibidos? ¿Qué derecho tenía a sentirme irritado? No sabía. Lo cierto es que yo debía estar agradecido por la placidez de mi existencia, pero rechistaba como un energúmeno. Para rematar mi ingratitud, vi al rengo Miguel Ángel Frassini acodado en una de las ventanas del bar La ópera, en Callao y Corrientes. Si había algún modo de faltarle el respeto al destino por la cortesía con que me estaba tratando, era divisar al rengo Frassini. Sabía que no era mi culpa encontrármelo de casualidad, pero se me antojaba el resultado de haber decidido penar, antes que festejar por mi buena suerte. Por medio de mi melancolía injustificada, había materializado al rengo Frassini en un bar al que me había prometido, hacía precisamente dieciséis años, no volver a entrar nunca más.

El rengo no era rengo: le decíamos rengo porque caminaba mal, bamboleándose. Era un decano de los militantes del Partido Intransigente. Nunca había alcanzado ningún puesto de importancia dentro de ese partido, y tampoco alguna de las pocas mujeres bellas que se acercaron entre el 82 y el 85. Le gustaba que le dijeran "el rengo"; era al menos una cuota de singularidad en su, por otra parte, inadvertida existencia. Lo recuerdo con un poncho en uno de los locales sin muebles, fríos, donde se celebraban reuniones insensatas, aunque, debemos reconocerlo, también inocuas. Yo había prometido no entrar nunca más al bar La ópera, dieciséis años atrás, porque una mujer muy bella me había dejado plantado. No recordaba si era una de esas pocas mujeres hermosas que se habían acercado al Partido Intransigente (¡qué nombre!) —y me olvidé, finalmente, de preguntárselo al rengo—; pero sí que era de una belleza irrefrenable y que "hacía", estudiaba, ejecutaba, teatro. Se llamaba Jimena, pero le decían Yolanda, porque un novio, al que había abandonado, le cantaba una y otra vez, con guitarra y voz de pito, una canción de Pablo Milanés que repetía: Yolanda, Yolanda… Ese mismo novio, Yuri (hijo de militantes del Partido

Comunista), le había dicho una vez a Jimena/Yolanda: vos sos La maga… refiriéndose al personaje de Cortázar. A lo largo de mi vida he logrado fornicar con al menos veinte mujeres a las que sus novios les dijeron: "sos la Maga", y uno de los pocos elementos favorables de mi ser en aquella época es que ya lograba considerar tal declaración como impresentable. Pero no nos dispersemos.

¿Me perdonarán, por esta vez? ¿Seguirán leyendo pese a mi imposibilidad para apartarme del caudal de esa época de modesta gloria? Jimena, en el año 1984, me había dejado plantado durante tres horas en la primera cita que logré arrancarle. En realidad, ella me dejó plantado, a secas; yo decidí esperar tres horas. Es cierto que la belleza de Jimena ameritaba esperarla incluso un siglo, si es que podía guardarse la esperanza de que finalmente viniera; pero lo cierto es que yo entonces hubiera esperado un siglo a cualquiera que me hubiera ofrecido una mínima oportunidad: el hada Patricia o la bruja Cachavacha. Cuando diez años después de aquel plantón le pregunté a Jimena por qué no había concurrido al bar La ópera y reconocí que desde entonces nunca más había vuelto a entrar, me confesó la verdad: su profesor de teatro, quien tácitamente la había rechazado durante un año, a sabiendas de que ella debía encontrarse conmigo, le había suplicado que se quedase después de hora. Jimena lo había elegido. Pueden pensar que sangro por la herida, que miento o que invento, pero el profesor de teatro, Sebastián Robens, resultó impotente cuando llegó la hora. Impotente. Yo era capaz de atravesar el pocillo número siete de café que me pedí en esas tres horas de espera, con solo pensar en ella, y el señor Robens, del teatro del absurdo y la "interacción", no había sido capaz de poseerla *in situ*. Jimena, a su manera, también era una imbécil. Pero creo que eso yo ya lo sabía desde el inicio. Lo cierto es que para mí la estupidez femenina siempre ha sido un poderoso afrodisíaco. Jamás le diría que no a una mujer inteligente y medianamente atractiva; pero lo que realmente me solivianta es una mujer estúpida y hermosa. ¿Por qué esperé tres horas? Quizás permanecí dos horas más para reponerme, sentado, del dolor que me provocó la hora primera, la hora de saber que ya no vendría. Tal vez quería meditar acerca de qué hacer. O pensé que tomar café hasta la mañana siguiente, aprovechando el efecto euforizante y tranquilizante de esa infusión, era el único modo de sortear el suicidio. En rigor, no sé por qué permanecí esperando tres horas. Pero puedo asegurar que hasta el último minuto conservé la ilusión religiosa de que finalmente atravesara la puerta con sus pechos de diosa, su rostro moreno y sus nalgas que parecían la respuesta a la falta de sentido del mundo en general y de mi vida en particular. Si yo hubiera podido tenerla ese día, creo, no me hubiera importado, dieciséis años después, que solo me invitaran a programas inauditos. Lo hubiera tenido todo, y el resto de mi existencia lo habría dedicado a escribir al respecto, sin más expectativas ni necesidades, sin ansiedad ni angustia. Salí del bar, con las piernas entumecidas por las tres horas de inactividad, con los ojos húmedos de unas lágrimas corrosivas, ofensivas, y caminando por Corrientes, hacia el Obelisco, encontré a Niní. Niní era pálida, informe, blanda, el negro pelo enrulado, como de virulana y pegado al cráneo, siempre con caspa. La nariz respingada, la estatura y el modo entre campechano y veloz con que soltaba las palabras le habían ganado el apodo "Niní Marshall". Usaba una boina azul, como la del poema de Neruda. Pero creo que si Neruda la hubiese visto habría cambiado el color o la prenda de su poema. Niní era, no obstante, vanidosa y pendenciera. Fatigaba la calle Corrientes en busca de palabras, afecto, atención, y sabiendo, sin lugar a dudas, que todo lo que conseguiría sería una ración fugaz de genitales masculinos fracasados en otras lides. Niní prefería eso antes que nada y no se amilanaba. Me criticaba la ropa, me decía que era inmaduro y se burlaba de mis propios poemas, pero no he conocido mujer que supiera tratar mejor a la parte baja de los hombres. Todo es cuestión de actitud. Pueden existir mujeres deformes, pero es probable que no haya ninguna exclusivamente fea. Pueden existir mujeres de belleza evidente, pero sospecho no hay una sola que no tenga la posibilidad de soliviantar a un hombre, si la inteligencia se lo permite. Incluso, conmigo, puede jugar el papel de estúpida para resultar más atractiva. Fuí llevando a Niní en colectivo a la pieza de servicio que ocupaba en la casa de mi madre, mientras buscaba toda clase de pretextos para ubicar mi cara de un modo que, sin evidenciar rechazo, de todos modos me impidiera besarla, cuando decidí que nunca más entraría al bar La ópera. Mi juramento duró dieciséis años. El acto sexual con Niní, menos de dieciséis minutos. Los vi en el reloj de pared, encima del termotanque, de la pieza que ocupaba para no compartir el cuarto con mi hermano menor. Entonces no era habitual llamar taxis por teléfono, de modo que bajé a la media hora con Niní, le regalé un billete y en la esquina de la calle Tucumán donde hoy funciona un restaurante bailable boliviano le paré un taxi que la llevó, feliz, rumbo al barrio de Belgrano, donde vivían sus padres ricos, que le ofrecían libertad y, aunque preocupados, no le preguntaban de dónde venía ni qué se había dejado hacer. Niní me salvó la vida, pero el café no me dejaba dormir. A las cuatro de la mañana, sonó el teléfono de la casa de mi madre. Corrí a atender a Jimena, pero era Esther. Todavía no habíamos comenzado siquiera a ser novios. A mí me encantaba, me gustaba más que Jimena, en el sentido más profundo de la palabra gustar. Pero era la novia de un amigo. Paseábamos juntos, ella y yo, incluso íbamos al cine, y leíamos, en la mesa de un bar, un mismo libro. Sabíamos que no nos podíamos tocar. Cuando escuché su voz, agradecí a Dios por haber tenido a Niní hacía pocos minutos y no estar obligado por mis instintos a salir corriendo en busca de esa zorra hermosa que me llamaba a las cuatro de la mañana.

—Estaba muy triste —me dijo Esther—, y segura de que estabas despierto. Te llamé porque sé que tu pieza está al lado del teléfono.

—¿Cómo sabés? —dije.

—Me lo dijo Lucas —era el novio.

—Estaba durmiendo —mentí.

—Perdoname.

—No es nada. ¿Qué te pasa?

—Estoy tan triste que no puedo dormir.

—Yo estoy tan contento que no puedo dormir –repliqué.

—¿Y a vos qué te pasa?

—Tomé mucho café –reconocí.

—Yo estoy tomando mate. Tomé un litro.

—¿Y Lucas?

—Se fue el fin de semana a lo del padre.

Los padres de Lucas estaban separados. El padre de Lucas era un diputado chaqueño, peronista de izquierda. Lucas, a diferencia de su padre, que siempre me pareció un cretino presuntuoso, era una muy buena persona. Yo también. Aquella madrugada permanecí lealmente en mi casa, contra viento y marea. Niní ayudó. ¿Pero de qué estoy hablando? ¿Hacia dónde va este relato agujereado? Acabemos, al menos, con el relato de esa noche, la de las tres horas en La ópera, el juramento de que nunca volvería, Niní y el llamado de Esther. Esa noche me dormí con las primeras luces. Dormí bien. Amanecí totalmente deprimido. Terminemos con esa noche, y con el día siguiente.

Regresemos entonces al pasado domingo del año 2000, dieciséis años después: entro a La ópera. ¿Por qué? ¿Por qué rompo mi juramento? Racionalmente, y no por eso justificadamente, puedo decir que aunque mi vida marcha más o menos apaciblemente por los carriles que yo mismo elijo, una cierta conciencia de nimiedad personal me lleva a buscar cualquier salida que me aparte de mí mismo, como por ejemplo el retorno al pasado por medio de la sencilla alquimia de romper un juramento. Pero sé que es mentira. No me siento mal: estoy fingiendo que me siento mal. Los diarios ya han hablado de mí antes, y volverán a hablar en otro momento. Si no de este libro, del próximo. Mi vida ha marchado más o menos de acuerdo a mis intereses: me casé con la mujer que amaba y sigo enamorado, me gusta y disfruto de ella. Tengo un hijo bello, bueno y valiente. Y una hija apenas nacida que me hace sentir un patriarca, ella es un regalo de senectud. Viajo gratis por el mundo. Entonces,

94

¿por qué rompo mi juramento? Ah, porque sé que hay una historia. Lo sé, lo puedo intuir. No es racional, no es religioso, no es ritual, no guarda lógica alguna: pero, del mismo modo que Aladino sabía que cada vez que frotaba la lámpara aparecía el genio, yo sé que la conjunción de un domingo perdido, el bar La ópera y el rengo Frassini, provocarán, como proveniente de una gigantesca voluta de humo con forma humana, la concurrencia de una historia, de una anécdota, de una penosa aventura. Lo sé. Y las historias y las mujeres son los dos motivos que, desde siempre, me han llevado a romper mis juramentos. Entro al bar La ópera, dieciséis años después. Ahora, ¿por dónde empezamos? Comencemos por Sebastián Robens, el profesor de teatro, dieciséis años atrás, de Jimena. Robens, como yo, le decía Jimena, y no Yolanda, como por ejemplo, el rengo Frassini. Robens tenía el pelo negro enrulado en afro–look, cara blanca como la tiza y ojos azules como Robert Powell. Pero mientras que en la mirada de Powell siempre me pareció encontrar misterio e intensidad (es el único actor al que puedo imaginar como posible reemplazante de Peter O'Toole en Lawrence de Arabia), en la de Robens brillaba la pretensión de ser misterioso y el halo malsano de la artificialidad. Su belleza no era femenina, pero el modo en que la llevaba sí. No era homosexual, ni afeminado, pero le faltaba fuerza. De hecho, como ya he dicho, fracasó frente a Jimena. Ella no le dio otra oportunidad, o él no la quiso, pero cuando me la encontré aquella vez, diez años más tarde, me dio a entender que no hubo más intentos con Robens. La última vez que vi a Robens, en el bar La ópera, tenía veintiocho años y yo dieciocho. Jimena tenía dieciocho también. Robens había regresado, hacía uno o dos meses, de Polonia. Allí, en Varsovia, becado por una institución socialdemócrata europea, había puesto en escena una suerte de *happening* de su especialidad: el teatro interactivo. Ahora es muy común utilizar la palabra "interactivo", que cobró súbita fama con el auge de Internet. Como ocurre con muchas de estas palabras supuestamente técnicas, pero no científicas, el exceso de uso las ha vaciado de sentido, una inflación semántica: todos la repiten y nadie sabe bien qué significa. Pero en 1984, aunque Robens trataba de asignarle a cada uno de sus actos y palabras una mucha mayor eminencia de la que realmente tenían, entendí bien lo que quería significar con "interactivo": un teatro en el que el espectador participara. A mí ya por entonces todo lo que incluyera la palabra "participativo" me parecía una sandez. No creía en las novelas en las que el lector debía interactuar ni en las obras de teatro en las que los espectadores eran molestados por los actores. No creía entonces, ni ahora, en la participación del lector ni del espectador. Cuando voy al cine, espero que me entretengan; lo mismo cuando leo (al teatro sencillamente no voy). Pero eso no era algo que le pudiera explicar al eminente Robens, símbolo sexual de todas las Jimenas/Yolandas de la calle Corrientes en 1984. De modo que lo escuché. Tenía la esperanza de que, caminando por la avenida, Jimena lo viera y entrara. Esto fue antes de que me dijera que sí a la cita en la que finalmente me plantó. Robens me contó que en Polonia, en Varsovia, había puesto en escena un "proyecto" con la "gente de la calle". Los transeúntes. Robens y dos o tres ayudantes estacionaban un camión en una de las calles principales de la ciudad y repartían a los peatones chocolates de calidad. Tabletas de chocolate de cien gramos, de una marca soviética. Si tenemos en cuenta que por entonces el orbe soviético todo, y Polonia en particular, comenzaba a padecer un período de acuciante austeridad, podemos imaginar el contento de cada una de las personas al recibir su chocolate gratis, sin cupones ni explicaciones. Pero la "experiencia teatral" recién comenzaba. Robens y los suyos, de pronto, comenzaban a discriminar. Elegían, arbitrariamente, a qué peatón le darían chocolate y a cuál no. Allí debía aparecer la "interactividad". Los peatones discriminados debían reaccionar. Aunque no tuvieran ningún derecho, ni positivo ni de ningún tipo, a ese chocolate, era evidente que los "benefactores" estaban privilegiando a unos y dejando de lado a otros, por motivos desconocidos, pero a todas luces injustos. Cuando los peatones no incluidos en la repartija se acercaban y los increpaban en polaco, Robens y sus secuaces, que desconocían el idioma, les hacían que no con la cabeza y continuaban entregando chocolates. Nunca entendí cómo los jerarcas soviético–polacos permitieron a Robens semejante infamia (realizada con similar éxito en Canadá, la campiña francesa y Nápoles), pero sospecho que algo tendría que ver con las buenas relaciones que por entonces comenzaban a tejerse entre la socialdemocracia europea, una de cuyas fundaciones solventaba a este papanatas, y los europeos del Este. También a la poca importancia que las autoridades culturales soviéticas debieron haber prestado a Robens. No sé. Robens me describió el éxito de su operación: "Fue alucinante. Los 'excluidos' se juntaron en un solo grupo, atacaron la camioneta y se llevaron el canasto con chocolates. Alucinante. Se rebelaron. Interactuaron".

–Pero pudo haber habido violencia –dije en 1984–, te pudieron haber pegado…

–¿Y? ¿Qué es un golpe? También es una forma de actuar.

No era que yo no entendiera lo que decía: no tenía sentido.

–No sé –dije–. Me parece ofensivo para todas las personas que participan. ¿Y qué es lo que hacés, en suma? Te construís un falso poder, engañás…

Además de que yo estaba celoso por Jimena, también leía a Marcusse, no lo entendía, y repetía algunas de las pocas palabras que me habían quedado de El hombre unidimensional. Había intentado leer, con idéntica mala suerte, a Althusser y *Lukács*. Pero no me separaba de un pequeño libro de Sartre, El existencialismo es un humanismo, al que no solo comprendí, sino que asentó para siempre mi teoría general de la vida: "No importa lo que han hecho de uno, sino lo que uno hace con lo que hicieron de uno". Pero como nos demostrará esta penosa aventura: es necesario que al menos nos dejen algo de "uno", porque si no la verdad es que no se puede hacer nada.

Sentado frente a Robens, sin decirlo, me pregunté por qué las autoridades soviético–polacas no habían puesto en juego su siempre denunciada política represiva y enviado a Siberia a aquel payaso despreciable y su *troupe* de inútiles. ¿Qué era eso de molestar a las personas por la calle? ¿Qué fin perseguía con esa fantochada repudiable? Uno de los pocos posters enmarcados del que nunca me desprendí, desde la casa de mi madre hasta el final del largo periplo de hogares rotos que me depositó finalmente en mi actual verdadero hogar, es el del soldado soviético clavando la bandera roja con la hoz y el martillo en las ruinas del Reichstag en 1945. Me pregunté entonces, frente a Robens, por qué no surgía un nuevo héroe soviético, el último de ellos, antes de que todo terminara, para clavar la bandera en el pecho seguramente velludo, histriónico y desagradable del imbécil de Robens. Pero me pedí un café. Jimena tampoco llegó en aquella ocasión, Robens comenzó a contarme su puesta de Ionesco con "tortazos de crema" y… y regresemos al presente, por favor.

Me senté, este domingo del año 2000, y le pregunté al rengo Frassini, sin saludarlo, después de dieciséis años sin vernos:

—¿No está el Morsa?

—No, ¿cómo va a estar el Morsa?

El Morsa era nuestro mozo de cabecera entre 1982, año en que comenzamos a concurrir al bar, y 1984, año en que dejé de hacerlo. Era parco, pero diligente. Atendía sin ganas, pero sin pereza. Lo llamábamos el Morsa por los bigotes; creo que él nunca lo supo. No le gustaba ser mozo, eso era evidente. Más de una vez, en mi estupidez de época, había intentado intercambiar un chiste o un comentario que no fuera el de rigor entre mozo y comensal, con el Morsa. Pero siempre me había respondido con gruñidos, e incluso, en una ocasión, con cierto tono ofendido. "¿Por qué lo molestaba?", parecía preguntarme. Él era mozo y yo comensal. Y, por supuesto, si él no fuera mozo, no perdería el tiempo hablando con un infeliz como yo. De modo que el solo hecho de que yo intentara hablarle para algo más que para pedir mi Paso de los Toros, le resultaba ya un trabajo forzado, una carga extra.

—¿Cómo estás? —preguntó el rengo— ¿A qué te dedicás?

Lo miré sorprendido. ¿Se estaba burlando? ¿No había visto ni uno de mis artículos, de mis notas, de mis libros? Parecía que no. Además de rengo, se había vuelto ciego. Falso rengo y falso ciego: como la zorra y el gato de Pinocho. Pero no tenía cara de estar disfrutando con mi anonimato. Más bien parecía haber pasado congelado los últimos dieciséis años. Había estado allí, acodado en una mesa de La ópera, durante los últimos dieciséis años, esperando que llegara el responsable político de su grupo, esperando que regresaran los ochenta, esperando que alguien, de ser posible una mujer, le alcanzara su poncho un día de frío.

—Me dedico a la publicidad —le dije.

—Ah, qué bien. ¿Qué avisos hiciste?

—Marcas menores. Esa bebida Raycola, la de las pelotas de plástico Bellboll, la de las carpas Agustina… Nadie se entera. Pero vendemos.

Yo mismo me sorprendí por la cantidad de marcas inventadas y de la fluidez con que había expresado mi falso oficio. Tal vez debiera dedicarme realmente a la publicidad: me habían dicho que se ganaba mucha plata.

—Pero lo que acá importa sos vos, rengo —le dije—. ¿En qué andás, qué fue de tu vida?

—¿Te cuento? —me preguntó.

—Por supuesto —dije entusiasmado.

El rengo Miguel Ángel Frassini no se había casado, no tenía hijos, no tenía trabajo. Vivía de las rentas de dos departamentos que le había dejado como herencia su abuela. Por culpa de uno de esos dos departamentos, estaba peleado con sus padres. Sus padres trabajaban, tenían una farmacia; Miguel Ángel Frassini, (a) el rengo, se negaba a formar parte del negocio familiar, y mucho más aún se negaba a entregar el departamento que la abuela le había legado expresamente, para convertir la pequeña farmacia en un verdadero local que ocupara toda la esquina de Entre Ríos y Rondeau, evitando así desaparecer en el vendaval de los tiempos que corrían. Ambos padres Frassini estaban por cumplir setenta y siete años, y el rengo tenía cuarenta y cuatro, cuarenta y cinco. Nunca me había leído. Era hijo único y estaba tramitando la ciudadanía europea, aprovechando su ascendencia italiana. Pero los padres, que debían facilitarle no sé qué papeles y firmas, se negaban por el asunto del departamento, porque el rengo no trabajaba ni los ayudaba.

—¿Y la política? —me preguntó.

Antes de que pudiera responderle, se lanzó.

—Yo pasé por todas las alternativas de cambio nacionales y populares que te puedas imaginar —me dijo cambiando el tono y la postura, con seriedad e impostación—. De alguna manera, nunca abandoné el Partido Intransigente, pero cuando ganó Menem, en el 89…

—Esperá un poco —le pedí—. Te quiero escuchar con calma y tengo que llamar a Esther.

—¿Esther? —me preguntó regresando a su naturalidad— ¿Esa Esther?

—Esa Esther —dije—. Nos casamos.

—¡Mirá vos! —dijo casi alegre— Te casaste con Esther. Y… eran el uno para el otro.

—Parece que sí —dije—, pero nos costó mucho convencernos.

—Llamala, llamala y volvé.

Me dirigí al teléfono público, persistente, eterno, al fondo a la derecha del bar La ópera, pegado a la salida del baño de hombres en el que un día había visto la mano de un sujeto sostener el miembro de otro mientras orinaba, ese mismo teléfono desde el que había llamado a tantos amigos y mujeres, desesperado o eufórico, informativo o necesitado de información, siempre recibiendo los vahos amoníacos, ese mismo teléfono desde el que tantas veces había llamado a Esther y desde el que ahora la volvía a llamar, siempre enamorado, siempre desconcertado, siempre sin saber bien qué decirle, y ahora casados y con dos hijos. Le expliqué el encuentro, se sorprendió, se rió, suspiró con nostalgia y desagrado, y acordamos una hora para mi regreso al hogar. Debía ayudarla, al menos, a bañar a los chicos.

—Te decía… —siguió y concluyó el rengo— en cada movida política, siempre busqué lo mismo, lo mismo que comencé a buscar

100

en el 73 cuando voté por primera vez al PI. Porque yo te llevo unos cuantos años. Pero vos, políticamente, en qué andás.

No respondí con mi habitual parrafada contra la izquierda y contra mi pasado político. El país se estaba deshaciendo en las manos de los políticos que lo gobernaban: todos económicamente liberales. Y yo continuaba, como si nada sucediera, burlándome de la izquierda. Yo no creía que fuera la política económica liberal lo que estaba destruyendo al país, ni que la izquierda conociera alguna alternativa para recuperarlo. Pero no era momento para burlarme de una izquierda inexistente. Solo confiaba en el paso del tiempo.

Le dije al rengo que no estaba en nada. Me resignaba a tratar de sobrevivir como se pudiera.

—¿Y por qué no te casaste? —le pregunté, sin crueldad.

—No soporto el compromiso —respondió—. Fijate que ni siquiera llegué a convivir con una mina…

Preferí no seguir inquiriendo. ¿Pero de qué podíamos hablar?

El destino se encargó de ofrecer el tema.

Por la puerta del bar La ópera, por la puerta de la calle Corrientes, entró el pasado. De todos los disfraces que el pasado utiliza para meterse dentro de nuestros corazones, el de mujer es el más efectivo. El pasado disfrazado de mujer ingresa sin vaivenes: es un caballo de Troya al que le permitimos el engaño, porque nos parece más bello que nuestro corazón. Ya ganaste la partida con tu majestuosa apariencia, caballo de Troya, ahora ingresa en la fortaleza y disfruta de creer que me engañaste: soy yo quien te engaña; te dejo entrar porque eres hermoso.

Entró Jimena por la puerta del bar La ópera. Jimena. Jimena. Es increíble, es inverosímil, es lo que ocurrió. Tres horas y dieciséis años después, concurrió a la cita.

—¿Qué hacen acá? —nos gritó— ¿Volvió la democracia?

Era el pasado disfrazado: ninguna mujer real podía permanecer tan hermosa después de tanto tiempo. Tenía los pechos elevados y bruñidos, apretados en un pulóver de lana recién tejido, con punto ancho; sus pechos hacían pensar que era recién tejido. Tenía los labios

101

gruesos, marrones, inexplicables. Tenía labios de fruta y veneno. Estaba hecha para mí desde siempre y yo nunca la había tenido. Tenía la voz amable, pero inasible, y el pelo nuevo, un cabello brioso, desde el que se podía deducir cómo serían, aunque en distinta textura, los pequeños puntos depilados que encontraríamos en sus axilas (a las que yo quería chupar en ese instante) y la pelambre áspera del vientre, también recién cortada, y las nalgas lampiñas, morenas también, desarmables y destructoras; todo eso podíamos saber a partir de su cabello de amazona. La invitamos a sentarse y ya desde ese momento noté la mirada del rengo. Una extraña mirada. El rengo miró a Jimena como si fuera ella la renga. La miró como miramos a alguien con problemas, cuando evitamos mencionar el problema. La miró, en suma, como no nos gusta que nos miren, si por algún motivo estamos lisiados.

El rengo, quizá por única vez en su vida, quizá porque la ocasión era realmente única, extemporánea, fantástica, tuvo un momento de lucidez que coincidió por completo con mi percepción:

—Domingo, bar La ópera, me encuentro con este... tenía que aparecer Yolanda.

Injustamente, le respondí con una advertencia:

—Es verdad. Pero si le decís otra vez Yolanda, me voy. Eso sí que no lo voy a soportar.

—Es que ya no me acuerdo cómo se llama... Yolanda.

Hice el gesto de levantarme para irme. Jimena se rió.

—Jimena, se llamaba –dije.

Y ella no aclaró: "me llamo". Era el pasado disfrazado, y no mentía.

En cambio, dijo:

—Hay que reconocer que nos encontrábamos a otras horas. Siempre de noche.

—No sé –repliqué–. Yo más de una vez, por la tarde, me senté acá a ver si caía alguien.

—A ver si caía Esther –precisó Jimena.

—Puede ser –acepté.

Jimena pidió un café cortado y yo una Paso de los Toros. El mozo le preguntó al rengo qué quería, y dijo que nada. Llevaba cerca de tres horas allí sentado, con solo un café. Le hice un gesto ínfimo, pero perceptible, de que se pidiera algo, yo pagaba. Se pidió un capuchino.

Jimena tampoco se había casado, lo supe antes de que lo revelara. Las mujeres casadas, incluso las divorciadas, tienen en su belleza la marca de la estabilidad, una marca que me gusta. Se les nota que en algún momento bajaron a tierra, supieron algo, se convencieron de sí mismas, se supieron humanas, y aun así continuaron atractivas, deparando ganas de fornicar, de perpetuar la especie o crear especies nuevas, las especies sin descendencia, sin corporalidad, que se generan en las fantasías del amor sexual. Yo sentía debilidad por las mujeres maduras no en el sentido de la edad, sino de la experiencia: que hubieran atravesado, con éxito, la odisea de casarse y tener hijos. Pero Jimena era hermosa en su vacío. En la cara se le notaba esa falta de cohesión, consecuencia de nunca haber afrontado los trámites del amor, la cotidianeidad del amor, la pasión por los hijos, el sexo, para mí igual de gozoso, entretejido con la costumbre. Jimena nunca había sido la esposa de nadie: no había recibido un hombre cansado por las noches, no había tirado pañales a la basura, no había tenido que sobrevivir a la vida sin dormir por el llanto de los niños. Se le notaba en la cara: una mezcla de juventud y vejez, por separado; que es lo opuesto de la madurez, donde se cohesionan la juventud y el paso del tiempo. ¿Qué me diría Jimena esta vez?

La escuchamos hablar de sus éxitos. Tenía un novio funcionario de cultura. No me sorprendió escuchar el nombre: todos los poetas malditos que conocí en mi vida, los que despotricaban contra el mercado y me acusaban de comercial, todos, acabaron cobrando su dinero del Estado, dinero extraído a los trabajadores y a los jubilados. Consiguieron un cargo como funcionarios del gobierno, o un premio municipal, o una beca de la Nación. Lo que fuera. Todos los sabandijas que a lo largo de veinte años se llamaban a sí mismos marginales, que me llamaban para que diera charlas gratis desde sus puestos asalariados. Y ahora uno de ellos, además, se llevaba a Jimena. El mundo, por primera vez desde el fin de la Segunda Guerra Mundial, se estaba volviendo injusto. Jimena trabajaba como subgerenta en un supermercado, puesto al que había ascendido luego de comenzar trabajando como asesora de los gerentes de toda el área latinoamericana en "marketing y negociación", coordinando, desde la epistemología del teatro, talleres de oratoria, de "postura", de "inflexión de voz". Era cierto que en los noventa semejantes dislates resultaban un oficio rentable, pero yo suponía que el órgano sexual de alguno de los responsables mayores de la cadena en la Argentina no había sido del todo ajeno a la consecución del trabajo, y ahora del puesto, por parte de Jimena. Sin embargo, lo que realmente importaba era que Jimena acababa de conseguir su primer papel teatral destacado: protagonista femenina de El caso Dora, obra que se había estrenado recientemente en un teatro escondido en San Telmo. Y entonces, palmeándome la frente, recordé que había visto los posters de una mujer muy atractiva, realmente despampanante, con una teta al aire y cara de puta, anunciando el estreno. ¡Era Jimena! No la había asociado con "mi" Jimena. Lo que pensé, cuando la vi en el poster, fue, sin más: "¿quién se la garcha, el productor o el director?". Hablamos. Y el rengo continuaba mirándola con aquella mezcla de lástima y recato. El rengo apenas le habló. Y cuando en un momento ella se levantó para ir al baño, hizo algo increíble, se levantó él también, como si ella fuera una dama, una princesa o una directora de colegio. O como quien ve pasar a un muerto y se pone el sombrero contra el pecho. Por la destartalada manera en que se puso de pie, supe que el apodo "el rengo" continuaba cuajándole. Cuando vi desaparecer a Jimena en el baño, me animé a preguntarle al rengo:

—Che, ¿me parece a mí o vos la mirás raro? ¿Te pasa algo?

—Claro que me pasa algo –dijo–. ¿Vos no sabes nada?

—No –dije–. ¿Qué pasa?

—Después te cuento –intentó callarme el rengo.

Jimena recién había entrado al baño.

—Contame ahora.

—Ahora no —dijo el rengo con autoridad.

—¿Y cuándo me vas a contar? Si no nos vemos nunca…

—Pero esto ya lo debes saber.

—Te juro que no.

—Los judíos no juran —dijo el rengo con una sonrisa.

—Rengo, contame, por favor.

Mientras el rengo agitaba su cabeza en una negativa silenciosa, Jimena salió del baño.

Ahora éramos dos mirándola raro: el rengo porque sabía algo, yo porque no lo sabía. Tomó asiento en una silla distinta a la que había abandonado; quedó a mi lado. Acababa de bañarse y exhalaba esa mezcla de aromas agradables: a pelo todavía mojado, piel húmeda y perfumes que venían en su sangre. Yo me había preocupado por no tener de qué hablar con el rengo hasta que ella irrumpió como una respuesta, pero todas las respuestas verdaderas confluyen en el mismo punto final: el silencio. No sabía qué decir y lo que sabía no podía decirlo: "Quiero volver atrás el tiempo. Quiero tener otra vez diecinueve años y esperarte y que llegues. Quiero acostarme con vos ahora y que me digas que tengo diecinueve años y que acabás de llegar, que se te hizo un poco tarde porque te bañaste, porque querías llegar recién bañada para mí".

También tenía ganas de decirle que un encuentro entre el rengo Frassini, ella y yo en el bar La ópera no podía ser sino un sueño y que, como en mis sueños, ella debía aferrarse a una de las mesas individuales redondas, sacarse la ropa y dejarme ver cómo eran sus pechos aplastados contra el mantel de tela rojo. Aunque en mis sueños, para ser totalmente sincero, había unas mesitas ratonas de vidrio que en La ópera faltaban. Pero la dejé hablar de El caso Dora y me permití discretos comentarios. El rengo aportó su defensa del teatro de autor contra las grandes superproducciones pese a que, como yo, no tenía la menor idea de quién era el autor de El caso Dora. Y continuaba observando extrañamente a Jimena. Cuando ella terminó su cortado, el rengo se lo alejó de la mano, como se hace con las tazas en las bandejas de los enfermos. Con un recato excesivo.

Mi mente fue invadida por imágenes sexuales con Jimena y la pequeña parte de conciencia libre se ocupó en buscar pretextos para irme de aquel bar en su compañía. En eso estaba cuando Jimena se puso de pie. Descubrí que había hablado una buena cantidad de minutos durante los cuales yo asentí sin escucharla. Pero le presté atención cuando dijo, parada: "Bueno, chicos, me tengo que ir. Me espera Mario".

—¿Quién es Mario? —pregunté.

—El productor de la obra.

Nos saludamos con un beso en la mejilla. El rengo Frassini se puso de pie aparatosamente, la saludó con otro beso, con esa especie de abrazo leve que parece un apretón de manos mal dado y una caricia en el hombro. Ella se fue.

—Bueno, rengo —dije, y noté en mi voz cierta tendencia a romperse en mil pedazos; me repuse—, ahora, contame.

El rengo se clavó la mano en la cara.

—Bueno —dijo—. Te cuento.

—Esperá —pedí—. No empecés, que se me va a hacer tarde. Pago y me contás mientras caminamos.

El rengo asintió. Esperé que pusiera la moneda de su primer café. Pero me dejó pagar todo: lo de Jimena, lo suyo y lo mío. Le pagué a un mozo que no conocía: con todo el pelo, ágiles movimientos de manos y gesto despreocupado.

Salimos a la calle. Caminamos por Callao hasta Lavalle, y luego por Lavalle hacia Ayacucho. Acababa de mudarme y todavía no conocía los colectivos. Ya estaba harto de tomar taxis. Caminé con el rengo, quería escucharlo. Yo caminaba, él se desplazaba con ese bamboleo incoherente.

—La petisa sufrió mucho —dijo el rengo.

—¿Quién es la petisa? —pregunté.

—Yolanda.

106

—Se llama Jimena —dije exasperado—. Y no es petisa.

—No me dejás que le diga Yolanda, no me dejás que le diga "petisa". ¿Querés que te cuente o no querés que te cuente?

Esa réplica parecía de una película argentina protagonizada por Carlitos Balá. Yo hacía el papel serio: Palito Ortega.

—Creo que todo fue culpa de Robens —dijo el rengo.

—¡Robens! —grité— ¿Qué fue de Robens?

—Lo último que supe fue que vivía en París, con una…

Me adelanté a completar la frase:

—Con una beca.

—Con una beca —repitió el rengo. Y agregó—: Eso es lo que yo quiero cuando tenga la ciudadanía italiana. Robens le había dado la lata a la petisa con lo del teatro interactivo.

—Mirá, rengo —dije—, no hay nada que me importe más en este momento que escucharte, de verdad. Pero me resulta físicamente imposible si le decís "petisa", o "Yolanda" o "negrita"…

—¡No le dije "negrita"!

—Ya sé. Pero lo podés decir en cualquier momento. Te suplico que le digas "Jimena" y tengamos paz.

—Jimena. Una vez le dije Jimena —dijo el rengo. Y la voz, y hasta el paso cambiaron—. Robens trabajó con Jimena, en su estudio, en las clases de teatro, distintas técnicas de teatro interactivo, como ese famoso asunto de los chocolates que había hecho en Polonia. Le pasaba material, ensayos, películas. El teatro interactivo, dentro y fuera de la sala. En plazas, en cines, en bares…

La peti… Jimena estaba entusiasmadísima. No veía la hora de salir al ruedo. Ella quería practicar el teatro interactivo. ¿No podría llevarla Robens a Polonia, a Francia, a Canadá? Ella, sus padres, pagarían el pasaje. Quería participar de uno de esos eventos, se desvivía. Pero Robens, como todos los gurús, siempre le decía que todavía no estaba preparada.

—Es verdad —interrumpí al rengo—. Siempre que alguno de estos brujos se arma el negocio con una chantada, lo primero que le dice a los alumnos es que no están preparados: no estás preparado para hacer esculturas con miga de pan, te falta oficio para recibir energía de la pirámide, todavía sos un aprendiz de la colorterapia. Sí, nunca nadie está preparado salvo ellos. Pero perdoná, contame.

—Jimena, según Robens, no estaba preparada para un gran evento. No estaba lista. Pero podía probar con algo chico. Un ensayo en vivo. Un pequeño experimento. Una pequeña experiencia teatral. Lo que Robens le propuso, ya lo había practicado él en Inglaterra, en Londres. Se trataba de una pequeña experiencia teatral en un bar: desconcertar a un mozo. Los mozos, decía Robens, no son conscientes de su rol servil, de lo indigno que es ocupar el lugar de servir eternamente a otros…

—¿Pero por qué iba Robens a La ópera si pensaba así? —interrumpí nuevamente, arrepentido, pero incapaz de quedarme callado.

El rengo se encogió de hombros y su gesto fue mucho más inteligente que mi pregunta. Siguió:

—Por medio de una experiencia teatral, podía señalársele al mozo que su oficio era coyuntural, y también absurdo. ¿Por qué debía servir a otros? ¿Acaso no éramos todos seres humanos? Estas afirmaciones y preguntas podían ser materializadas por medio de una experiencia teatral que resaltara el "malentendido" de la relación entre mozo y cliente. Igual que con lo de los chocolates, la actitud del "movilizador", es decir, del actor interactivo, no era contemporizadora ni compasiva, no era la clásica lástima burguesa, como dejar una propina, sino agresiva, provocadora, buscando una reacción. Luego de muchas conversaciones y ensayos, concluyeron en que Jimena debía hacerle un pedido absurdo, definitivamente absurdo, a un mozo en un bar. Por supuesto, Jimena eligió La ópera y, por ley transitiva, al Morsa. Sentía propio ese bar, y le interesaba ver las reacciones, ante el teatro interactivo, de un mozo conocido. Lo que Jimena hizo, finalmente, fue pedirse un tostado de jamón, salame, aceitunas, morrón y lechuga.

—Bueno —dije—. Eso es un sandwich bastante completo, pero no absurdo.

–Pará, pará –me detuvo el rengo. Se paró alto como era, derecho como nunca–. No interrumpas. El Morsa le preguntó dos veces si efectivamente quería un tostado así. Ella afirmó, repitió los ingredientes, "sin queso", agregó. El Morsa hizo un gesto de "qué me importa" y gritó el pedido, como siempre.

–¿Vos estabas? –pregunté.

–Yo estaba; en otra mesa, pero estaba.

–¿Y Robens?

–No, Robens no. El Morsa regresó al rato con el tostado de jamón, salame, aceitunas, morrón y lechuga. Entonces Jimena puso el sandwich sobre el mantel, lo abrió, le sacó las aceitunas, le sacó el morrón, le sacó la lechuga, sacó el salame, los puso en el platito y le dio el platito al Morsa. "Llévese esto, por favor", le dijo.

El Morsa permaneció con el platito en la mano. Mirándola. Jimena comenzó a comer lo que le había quedado de sandwich.

–Usted se está burlando de mí –dijo el Morsa.

–¿Burlando? –dijo Jimena mordisqueando su tostado de jamón solo–. No. ¿Por qué?

–Usted me pidió dos veces salame, morrón, aceitunas y lechuga, y ahora no lo come.

–Cualquier pedido es igual de absurdo –dijo Jimena triunfal.

–Usted se está burlando de mí –repitió el Morsa.

–No me estoy burlando –dijo Jimena, pero ya no mordisqueó.

La mirada del Morsa era asesina. Tenías que verlo. Los bigotes parecían un arma mortal. La estaba taladrando con los ojos. Más que furioso.

–¿Por qué se burla de mí? –siguió el Morsa–. Si yo nunca la molesté… Si yo nunca le hice nada, ¿por qué se burla de mí?

–Es todo lo contrario de una burla –dijo Jimena ya medio lacrimógena, más culpable que asustada–. Es tratar de que…

–Yo nunca la jodí –insistía el Morsa–. Ni siquiera le hablé. Siempre me mantuve en mis trece. Usted… usted… yo nunca me acerqué, siquiera. Hace dieciocho años que trabajo acá. Tengo esposa, hijo… nunca me metí con usted…

Jimena miró para todos lados en busca de ayuda. La experiencia teatral se le había ido de las manos. Me encontró a mí, en las mesas del fondo, cerca del baño. Me levanté y acudí en su ayuda. Estaba pálida y no hablaba. "Disculpelá", le dije al Morsa. "Fue un error, ¿sabe? Ella es actriz. Se equivocó. No lo quiso molestar. Mil disculpas, por favor". Jimena, pálida y muda, se vino a la mesa conmigo. La mirada asesina del Morsa no varió. "Yo nunca la había jodido", repitió. En la mesa, Jimena me suplicó que nos fuéramos, y eso hicimos. Por Corrientes hacia el Obelisco, llorando, me contó lo culpable que se sentía por haber molestado a un pobre hombre. "¿Te parece que se volvió loco?", me preguntó llorando. "No, no se puede volver loco por tan poca cosa", le respondí. Paró un taxi con una mano y partió a toda velocidad, desesperada, a contarle a Robens, a preguntarle qué había hecho mal…

—Pero qué es lo que esperaba —le pregunté al rengo como si él supiera—. Quiero decir, ¿qué reacción esperaba por parte del Morsa? ¿Que fuera un educador–educando de Paulo Freire y descubriera la pedagogía del oprimido? ¿Que se pusiera a bailar? ¿O que comenzara a tirar los platos por la ventana? Quiero decir, su reacción fue bastante normal, bastante previsible, ¿no la había preparado Robens para una reacción así? ¿Cómo siguen estos chistes? ¿O lo único que le había enseñado Robens era lo de la aceituna, el morrón y la lechuga?

—Y el salame —me recordó el rengo—. La reacción no fue tan previsible. De hecho, Jimena nunca más pudo ser atendida por el Morsa, tenía que buscar otras mesas, porque el Morsa la miraba con los ojos inyectados en sangre, con un odio que no te puedo explicar. Y Jimena, más que miedo, sentía culpa. Estaba indignada con ella misma.

—¿Y Robens?

—Robens no fue más a La ópera. Le dijo que, efectivamente, ella no estaba preparada ni siquiera para esa pequeña experiencia

110

teatral. Todavía faltaba mucho más ensayo, ensayo y error. Pero Jimena decidió no estudiar más con Robens.

–Menos mal –dije.

–No –dijo el rengo–. Mucho mal. Mucho mal.

Hablábamos de un suceso ocurrido hacía dieciséis años, pero yo lo sentía como si estuviera sucediendo mientras el rengo lo narraba. Para bien o para mal, las terminales sensoriales de mi espíritu desconocían los límites entre el presente y el pasado.

–El Morsa la violó –dijo imprevistamente el rengo–. Soy uno de los pocos que lo sabe. Robens no lo sabe. Ahora lo sabés vos. Una madrugada, Jimena se quedó hasta el cierre del bar, como hacíamos tantas veces; la acompañaba una amiga. El Morsa se acercó y le dijo que quería hablar sobre lo que había pasado. ¿Qué más podía querer Jimena sino arreglar esa situación horrible en la que había quedado entrampada? Despidió a la amiga y caminó con el Morsa hasta el Pasaje Rauch. La metió en la parte de atrás de una camioneta, le tapó la boca con la mano y la amenazó con una navaja. Alguien manejaba, un cómplice. ¿Quizás otro mozo? Jimena nunca lo supo. Lo último que le dijo el Morsa fue: "Yo nunca te había jodido. Nunca te hubiese hecho nada si vos no me molestabas". Le pegó una terrible trompada en la cara. Pero peor fue lo otro…

–Pará… –le pedí al rengo. Me detuve contra una parada de colectivo. Me faltaba el aire– pará.

El rengo me abrió los brazos. Lo abracé.

Nos separamos.

–¿Cómo pudo pasar una cosa así? –le pregunté.

Se encogió de hombros nuevamente.

–La destrozó. La dejó marcada.

–¿La embarazó? –pregunté espantado.

–No –dijo el rengo, y fue un "no" inequívoco–. Adrede con violencia: le tuvieron que dar varios puntos. La dejó tirada en el descampado, con una hemorragia, desnuda. La habían llevado a un descampado cerca de Parque Patricios…

111

—Cerca de la farmacia de tus viejos —dije con una precisión innecesaria.

El rengo asintió:

—La atendieron en el Garrahan. Y esa es la historia. Yo soy uno de los pocos que lo sabe. Ahora lo sabés vos. No sé por qué, pensé que quizá vos ya lo sabías, también.

Tomé aire.

El rengo tomó aire a su vez, pero como una pausa:

—Te voy a decir una sola cosa más —dijo—, tan secreta como esta. Yo estuve una vez con Jimena, después… Fui uno de los pocos a los que se animó a contárselo…

Acentuó la palabra "estuve".

—Una de las cosas que más me impresionó, fue que las primeras veces me lo contaba como parte de la experiencia teatral. Como si después de tanto silencio y odio reconcentrado, el Morsa por fin hubiera reaccionado a su acto. Pero ella se volvió un poco loca. No le daba cabal significado a lo que le había pasado: la habían violado. Creo que solo varios años después pudo llorar de verdad, sentir de verdad la tragedia. Los primeros meses, las primeras veces que me lo contó, estaba como despegada. El Morsa no apareció más por el bar y, supuestamente, Jimena lo denunció. Pero ella seguía contando todo como si fuera una relación entre dos personas, y no entre un violador y su víctima. Casi nadie supo por qué el Morsa dejó de trabajar en La ópera. Tampoco era un gran misterio: todos sabíamos que odiaba su oficio. Lo que te quiero decir es que yo me acosté una vez con Jimena.

Me detuve y palidecí. El rengo también paró, derecho, al lado mío.

—Sé que a vos también te gustaba. Esos días en que me contó la violación, un día pudo llorar de verdad, no del todo convencida, no quedaba del todo claro, no decía por qué lloraba, pero lloró desarmada. Y yo la consolé, en la pieza de servicio de la casa de mis viejos, y nos acostamos.

—¿En la pieza de servicio? —pregunté.

–Sí –dijo el rengo–. ¿Por qué?

–No, por nada. ¿Y qué pasó, entonces, entre ustedes?

–Yo no pude hacerlo más que esa vez… prefería… no podía… –hizo un silencio–. Me daba impresión.

Un colectivo se detuvo junto a nosotros y busqué las señas de mi nuevo barrio en su cartel de recorrido. Creía que sí, pero no estaba seguro. Nadie nunca debería mudarse. El tiempo no debería transcurrir. Los momentos, las épocas, deberían ser como ese camarote de los hermanos Marx que podía albergar un número infinito de personas: nunca se saturaba, nunca implotaba. Dejé que el colectivo siguiera su curso.

–Yo creo que eso la cambió para siempre –dijo el rengo–. No sé bien cómo, pero nunca más fue la misma. No se casó ni tuvo hijos, una mina como ella.

–¿Quién sabe? –dije– Tal vez no se hubiera casado nunca de todos modos.

El rengo me dio la razón en silencio.

–¿Me podés prestar un peso? –preguntó.

–¿Para qué?

–Para el colectivo.

–¿Y el que te sobró del café que te pagué yo?

–No, no tenía un centavo.

–¿Y con qué ibas a pagar el café?

–No pago. El mozo que nos atendió es muy gamba, me banca: me fía.

–¿El mozo?

–El mozo, me fía.

Le presté el peso y me abrazó nuevamente, otra vez destartalado.

–Hasta muy pronto –dijo, y retomó Callao.

–Hasta nunca –pensé. Pero cada vez más "nunca" me parecía muy pronto. Paré un taxi.

113

El verdadero motivo de los creyentes

—Soy anestesiólogo —dijo. Y yo necesitaba anestesia.

Estaba muriendo de dolor. Mi esposa se encontraba en Bélgica con mis dos hijos. Había sido invitada por una fundación para exponer sus investigaciones respecto de las reacciones de no sé bien qué vegetales químicamente tratados, resistentes a climas radicalmente opuestos. Yo no podía siquiera subsistir en mi hábitat. Al día siguiente de su partida, comencé a sentir que ni ella ni mis hijos regresarían nunca. Ella encontraría un nuevo marido, y ellos un nuevo padre. Temía que si confesaba estos temores, asustaría a mi esposa y los concretaría. De todos modos, cuando me llamaba, le suplicaba que me dijera varias veces que regresaría, súplica que ella cumplía con toda clase de garantías y declamaciones amorosas. Pero era cortar y sentir que no se trataban más que de mentiras. Intentaba por todos los medios continuar con mi vida: pero no podía comer ni trabajar. Pensé en buscar algún tipo de atajo. Pero las drogas me aterrorizan y el alcohol no es útil para dolores de largo alcance: no soy un alcohólico. Los psicofármacos tampoco resultaban: no era un loco, solo un hombre maduro al borde una de las tantas crisis que nos llevan a la vejez.

—Anestesiólogo —dije. ¿En qué especialidad?

–Cirugía –dijo el señor Molinari.

"¿No podría sacarme el corazón y devolvérmelo nuevo?", quería preguntarle. "No es solo su piel, ¿sabe?, no es solo su aroma, no es solo que me muero por su calor. Es lo importante que me hace sentir".

El Colegio Salesiano de la Ciudad de La Falda, en Córdoba, me había invitado a dar una charla, junto con un escritor cordobés y un chaqueño, sobre "Dios en su ficción". Aunque el título me resultó atractivo, inicialmente me había negado explicando:

–No me atrevo a hablar en un colegio religioso –dije al sacerdote que me llamó–. Yo sé que el de ustedes es un intento ecuménico, y que me llaman precisamente porque soy judío. Pero aunque menciono mucho a Dios y a mi credo en mis libros, la verdad es que no sé nada. Me da vergüenza presentarme ante sus alumnos, que me hagan preguntas y no saber qué responderles. Nunca leí entera la Torá, no festejo las fiestas… No sé nada.

–Mi querido amigo –me dijo el padre Pécerez, nacido en España y con acento acorde–, Dios es el único tema sobre el que todos sabemos lo mismo. Mis chicos han leído sus libros para adolescentes, y yo sé que usted es creyente. Será un honor contar con usted, podemos prepararle comida *kosher*, hemos recibido a varios rabinos…

Lo interrumpí avergonzado:

–Ni siquiera como *kosher*. No se preocupe. Mándenme los pasajes, allí estaré.

Ahora el encuentro había terminado. Habían participado los alumnos de tres cursos, padres de alumnos y adultos interesados en el tema. El escritor cordobés, Mario Muskat, era católico, aunque el apellido tenía el sonido de mi tribu. Y el chaqueño, Wilfredo Zango, ateo; no obstante, había escrito una novela titulada *Diálogo de sordos con Dios*, publicada por una Casa de la Cultura del Chaco que, después me confesó, era su propia casa, donde organizaba peñas de poesía y talleres literarios. Nunca supe cómo los salesianos se habían enterado de su existencia. Tampoco de la mía. Muskat había publicado un libro de cuentos policiales de fuerte contenido católico, en la línea de Chesterton y Chamico pero, a diferencia de la resolución estrictamente deductiva de los antedichos, todos terminaban con una aparición divina y una moraleja. Primero pensé que me interesarían, porque la idea no dejaba de ser atractiva, pero no pude pasar del primero. En el bar donde esperaba el colectivo que me llevaría de La Falda a la ciudad de Córdoba, habiéndome despedido del señor Pécerez y de mis dos contertulios, abrí una y otra vez el libro, por distintas partes, en un intento de encontrar al menos un párrafo entretenido. Dando vueltas al libro, recordé las últimas veces que había tenido a mi esposa. Cuando nos amábamos, yo la daba vuelta una y otra vez, la miraba, la freía con los ojos antes de entrarle, y ella me decía entre risas: "no soy una milanesa, pará de apanarme". Pero yo necesitaba mirarla, girarla, marearla, para que olvidara que un día debía aburrirse de mí.

Cerré el libro y pedí un whisky doble. Me trajeron el peor, que también era el único que tenían. Dos moscas revoloteaban por todo el salón, con poco trabajo: sólo otro hombre y yo. Cuando llegó mi vaso, miré un segundo al otro. También tomaba whisky. ¿Qué hacía tomando whisky a esa hora? Apenas era la una de la tarde. ¿Era un alcohólico? Yo no. No me había querido quedar a comer con los salesianos, con Zango y Muskat. ¿Para qué permitir que presenciaran mi anorexia, las náuseas que me invadían cuando intentaba pasar bocado al tiempo que podía sentir, como un sonido leve pero irritante, el proceso de mis cabellos pasando del castaño al blanco, de cierta plasticidad a la consistencia de la hierba seca? Los vegetales que mi esposa estudiaba reverdecerían, por obra de la acción humana, en las condiciones más adversas. Yo me marchitaba en las estaciones sin nombre de mi espíritu. Me había pedido aquel vaso de whisky porque sabía que era el único modo de, a las tres o cuatro de la tarde, poder comer algo: un helado, un canapé de caviar o un queso de cabra. Solo podía comer cosas

119

especialmente atractivas, y medio borracho. El hombre, descubrí, había estado en mi charla. Lo miré de refilón, como siempre que nos fijamos en un extraño. Pero encontró mi mirada y me saludó alzando el vaso.

—Muy buena la charla –dijo.

—Gracias –repliqué–. Fueron apenas balbuceos.

—A mí me pareció muy bien, aunque no estoy de acuerdo.

—Prefiero que le parezca bien a que esté de acuerdo.

El hombre rió y apoyó el vaso.

—¿Sabe si el micro llega puntual? –pregunté.

—Nunca –dijo.

—¿Usted también lo espera?

—Claro. Me vine desde Córdoba.

—¡Desde Córdoba! –dije asombrado– ¿Para participar de este encuentro? ¿Usted es docente?

—Soy anestesiólogo –dijo; tomó un sorbo de whisky–, pero me interesa el tema.

Entonces fue que le pregunté por la especialidad.

—Permítame que le diga –siguió el señor Molinari, luego de responder mi pregunta–: usted dijo que todos somos creyentes.

—Sí –respondí afirmativamente–. Puede que exista o no Dios, pero lo que aseguro no existe es el ateísmo.

—Discúlpeme que le diga, pero eso es un lugar común.

—Tiene razón –reconocí–. Los lugares comunes también son una forma de anestesia.

—Pero no es con eso con lo que no estoy de acuerdo. O mejor dicho, tampoco estoy de acuerdo con eso, pero no es mi desacuerdo principal. Mi mayor desacuerdo es que usted dijo que todos somos creyentes porque nadie puede aceptar la idea de su propia muerte.

—Es una posibilidad –dije. Y no me animé a agregar: "algo tenía que decir".

—Permítame disentir –dijo Molinari sacando un cigarrillo–. ¿Fuma?

120

—Lamentablemente, no —dije—. Por ahora.

—Yo sé cuál es el verdadero motivo de los creyentes.

—¿Usted es creyente? —le pregunté.

—Lamentablemente, no —me remedó—. Por ahora.

—¿Y cuál es el verdadero motivo de los creyentes?

Molinari sonrió y dio una pitada al cigarrillo. Me resultó desagradable: soltaba una adivinanza y tardaba en dar la respuesta. Quería atención.

—Primero me presento: Francisco Molinari.

A lo lejos se alzó el polvo. Llegaba el micro. Molinari se puso de pie y llamó al mozo para pagarle.

—Parece que nos vamos —dijo.

Debía tener apenas unos años arriba de sesenta y nada en su aspecto revelaba la porción de astucia barata que había denunciado presentándome un acertijo sin que se lo pidiera y negándose a darme la respuesta cuando se la pedía. Conservaba todo el pelo, canoso, largas patillas, ojos grises y anteojos culo de botella. Tenía la piel muy blanca y el cuerpo embutido en una camisa celeste y una campera de tela que parecían la misma prenda. No era gordo ni flaco. Me dejó subir primero y luego tomó asiento a mi lado.

—¿A Buenos Aires viaja en avión?

—Sí —respondí—, pero mañana.

—¿Y en qué hotel para?

—El Adriático.

—Ah, muy bueno. Pero muy caro. ¿Quiere parar en casa?

—No —respondí—, el hotel me lo pagan los salesianos. Pero muchísimas gracias.

—Es lo menos que podía hacer por un escritor que viene desde tan lejos para hablar de un tema que me interesa.

—Usted tampoco se quedó corto. Yo vine porque me invitaron, pero viajar desde Córdoba hasta acá, solo para escuchar una charla…

—No es largo si a uno le interesa. Además, no lo voy a engañar, desde que murió mi esposa me siento más solo que el diablo.

—Yo también —dije conmovido por su sinceridad.

—¿A usted también se le murió su esposa?

—No —reconocí—. Yo también me siento más solo que el diablo.

—Y pensar que vinimos a hablar de Dios… —dijo Molinari cerrando la frase con una risa forzada. Metió la mano en el bolsillo interno de la campera y extrajo una petaca de whisky importado. Me la extendió, se quitó la campera y la metió en el portaequipajes.

—Tómese un trago —me dijo. Le hice caso. Bebí incómodo: ¿a qué llamaba "un trago"? Además, me desagradaba tomar del mismo pico. A mi modo, soy una persona muy reservada. Pero el whisky era el mejor que conocía.

—Quédese con la petaca —ofreció—. Yo no voy a tomar más.

—No corresponde —respondí. Pero hizo con la mano un gesto de falta de importancia. La acepté y tomé otro trago.

—Las dos mejores cosas de haber dejado la carrera —reflexionó Molinari—, son poder chupar y no estar obligado a pensar todo el tiempo sobre Dios.

—¿Ya no ejerce?

—Abandoné hace años.

—¿Y por qué pensaba todo el tiempo en Dios?

—En el quirófano, cuando el alma se va del paciente y queda el muñeco, ¿en qué pensaría usted?

—Nunca entraría a un quirófano, si no es por prescripción médica —dije. Molinari se rió.

—¿Toda su vida fue anestesiólogo? —pregunté.

—Salvo el intervalo de la dictadura.

Tomé otro traguito.

—De la dictadura del 76 —agregó—. Porque hay que aclarar.

—¿Sabe qué es lo más parecido a vivir bajo un régimen de opresión? —le pregunté.

—Dígame —dijo Molinari.

Pensé en responderle: "Dígame usted primero cuál es el verdadero motivo de los creyentes". Pero yo no era tan pueril.

—Quiero que le quede claro —dije llegando a la mitad de la petaca—, que no me refiero a alguien que esté preso, o torturado, o perseguido. Me refiero a un civil común, de buena voluntad, amante de la libertad y las buenas maneras, una buena persona, ¿sabe qué es para esa persona lo más parecido a vivir bajo un régimen de opresión?

—No. Dígame —insistió Molinari.

—Ser abandonado por una mujer que te dijo que te ama. Que una mujer te diga que te ama y después te abandone.

Reflexioné unos segundos acerca de si lo que había dicho tenía sentido. Y agregué:

—Me sentí importante. Ahora, como usted dijo de los muertos en el quirófano: soy un muñeco. No tengo alma. Vivo bajo una tiranía.

—Lo entiendo.

—Yo muchas veces fui un criminal de guerra en el amor, ¿sabe? Pero hoy les iría a pedir disculpas de rodillas, una por una. Ahora no puedo siquiera ser un partisano: marchar a los bosques, a librar batallas breves, victorias fugaces y decisivas, como se lucha contra una tiranía. Ya no me alcanza con fornicar. Pensé que era el Marqués de Sade, y me siento como Rubén Darío. Yo no puedo ser romántico, me hace sentir un maricón. Me siento más cómodo cuando me consideran un malvado. Pero ahora perdí todos mis poderes, hasta el de la impostación. ¿Cómo voy a ser malvado si los malos son los nazis? ¿Qué voy a hacer? Dígame, qué hago. ¿Me pongo a fornicar sin parar? La verdad es que ya no me sirve.

—Nunca me acosté con otra desde que nos casamos: la amé hasta el último día.

—Yo también amo a la mía. De eso le estoy hablando.

—No quise decir que no —dijo Molinari—. Pero nunca necesité otra mujer. Solo quería acostarme con mi esposa.

—Eso es una suerte —dije—. Una bendición.

—No existen las bendiciones —dijo Molinari.

—¿Y qué es, entonces? —dije— ¿Genética? ¿Química? Un hombre como usted, que solo quiso acostarse con una mujer a lo largo de no sé cuántos años de vida, ¿no es la comprobación de que los hombres somos distintos de los animales?

—Eso no se lo niego —dijo Molinari—. Somos distintos de los animales. Incluso le reconozco que tenemos alma. Pero yo le puedo garantizar que los motivos por los cuales creemos en Dios son de la más baja estofa. Ni siquiera es por desesperación, como parecía sugerir usted.

—Pero entonces usted no es que no crea en Dios —argumenté, sin pedirle que me puntualizara el verdadero motivo de los creyentes—, sino que le parecen espurias las explicaciones que damos al respecto.

La palabra "espurias" resultó paradójica: la utilicé porque ya estaba medio alcoholizado, pero por culpa del mismo alcohol la pronuncié mal y rocié con saliva al señor Molinari.

—Me parece que en cualquier momento vuelvo a fumar —dije.

—No lo haga —replicó Molinari—. Hace mal.

—Es que ya no puedo más… No puedo comer, no puedo leer, ¿qué voy a hacer?

—¿Pero qué es concretamente lo que le pasa? —preguntó por fin Molinari.

Me sorprendió que terminara interesándose por mí. No es que me pareciera egoísta ni egocéntrico, pero sí de esas personas capaces de escuchar a un orador sin hablar, o de hablar ellos mismos sin prestar verdadera atención a los dichos del otro. En buena parte de la charla durante aquel viaje, yo había tenido la fortuna de poder expresar el nódulo de mi malestar sin pasar por el árido trámite de aclararlo. Pensé que era mejor dejar las cosas como estaban.

—Nada —dije—. Creo que no puedo soportar estar encaneciendo tan rápido.

Le mostré el repentino brotar de los cabellos blancos, jaspeando mi cabeza.

—Pero al menos tiene todo el pelo —me consoló Molinari.

Yo mostraba mis canas a los interlocutores ocasionales para que me las confirmaran, porque me habían aparecido con tal velocidad y profusión durante esta última crisis, que temía estar sufriendo una alucinación.

—Mi esposa está de viaje —seguí—. Gracias a Dios, también a mí me tocaron como tres viajes desde que estoy solo. En movimiento, me las arreglo.

—Como yo con la muerte de mi esposa —dijo Molinari—. De algún modo me las arreglo.

—¿Tuvieron hijos? —pregunté.

—Uno. Terminó la universidad. Me dio un nieto hermoso.

—¿Su esposa llegó a conocer al nieto?

Molinari hizo que no con la cabeza. Tomé otro trago y reflexioné.

—Me parece que hemos conversado sin un sentido claro —dije—. La conversación no fue acerca de si existe o no Dios, sino sobre por qué creen los que creen. ¿Puede ser?

—¿A usted se le aclara la mente cuando toma? —preguntó.

—Yo creo que el ser humano verdadero es el borracho lúcido. La sobriedad es una condición a la que debemos resignarnos para sobrevivir.

—Ya estamos llegando —anunció Molinari. La petaca estaba vacía—. Escúcheme: es temprano. ¿Qué va a hacer en el hotel? Se va a poner más triste. Vengase a casa y seguimos tomando.

El micro llegó a Córdoba.

La casa de Molinari quedaba al fondo de un jardín tupido de cardos. Aunque la maleza era consecuencia del descuido, no le faltaba encanto. La casa por dentro, en cambio, padecía la ausencia de la mujer que la había habitado. Parecía una de esas jaulas de pájaros vacías, a las que no limpian durante los meses posteriores a la muerte del canario. Las paredes tenían el color del orín y la alfombra agujeros e interrupciones.

—Siéntese que ya traigo el whisky. —Señaló un sofá individual tapizado en una tela áspera y vieja. Temiendo el escozor, preferí permanecer de pie. El whisky que trajo también era importado.

—¿Cuál es la diferencia entre una mujer y otra? —pregunté— ¿La diferencia entre una mujer y la masturbación? Si los agujeros son los mismos, ¿por qué unos duelen y otros no importan?

—Yo soy anestesiólogo —dijo Molinari—. No el rey Salomón.

125

–Al menos dígame cuál es el verdadero motivo de los creyentes –pedí sintiendo que estaba en la mejor cornisa de la ebriedad, cuando sé que debo esperar al menos media hora para beber el siguiente trago. Me senté sin notarlo.

Molinari suspiró.

–Tuve un almacén en Jujuy –comenzó–. Desde los veinte años trabajé como anestesiólogo en el Hospital Gastroenterológico de Córdoba, pero en el 76 me echaron. Y después me sugirieron que me fuera de la provincia.

Nunca sé cómo preguntar estas cosas: si digo "¿usted en qué estaba?" tengo la impresión de resultar policial; si hablo como si nada pasara me resulta artificial.

–¿Por qué lo echaron?

–Organizar y participar en asambleas, pedir remedios más baratos para los pobres, reclamar por mayor atención para los chicos de los trabajadores…

–Comprendo –dije–. ¿Y a Jujuy se fue? ¿Era más seguro?

–Si usted estaba en Jujuy era más seguro irse a Misiones, si estaba en Córdoba era más seguro Jujuy. Lo importante era cambiar de profesión, en lo posible cambiarse a una en la que no hubiera agrupaciones de ningún tipo, y no levantar cabeza. Estos hijos de puta te podían matar por regalar un mejoralito.

–Lo sé –dije.

–En Jujuy, con unos ahorros, puse un almacén. Lo atendíamos mi mujer y yo.

–A mí siempre me tentó la idea de poner un comercio –dije.

Molinari hizo que no con la cabeza:

–Ni se le ocurra. Hay que tener madera, para eso. Las deudas te vuelven loco, te cansás al segundo día. Yo lo hice porque no me quedaba otra. Sufrí mucho.

–¿Le gusta su profesión?

–Me gustaba. Por suerte a mi pibe lo pude mandar a estudiar a Buenos Aires. ¿Le dije que se recibió?

126

—Me dijo, pero no de qué.

—De médico. Ese sí que es un orgullo para mí. No trabajó ni un día en el almacén. Y no era fácil. Fueron cinco años de carrera. De esos cinco años, hubo dos meses en que no le pude mandar un centavo. Nunca supe cómo se las arregló. Hablábamos una vez al mes por teléfono, y el resto por carta. No mencionó la falta de su mensualidad: ninguno de los dos meses. Yo tampoco dije una palabra. Si hablaba, lloraba: ¿qué le iba a decir? "No tengo plata para pagarte los estudios, no tengo plata". Yo estoy especialmente orgulloso de mi hijo. Terminó la carrera.

En el almacén vendíamos de todo: galletitas, yogur, velas. Lo que usted quiera. Estábamos sobre una calle de tierra, pero muy bien ubicados: justo entre una fábrica de cemento y un barrio pobre. Los obreros de la fábrica de cemento nos compraban a la salida, y la gente del barrio las cosas más baratas. Nos las arreglábamos para vivir. Lo que se puso difícil fue seguir pagándole los estudios al pibe. Después de esos dos meses, cuando pensé que se venía el mundo abajo, apareció Guiesen.

Guiesen era bajo, rechoncho y majestuoso. ¿Lo maté con esa, eh? A usted, que es escritor. Bajo, rechoncho y majestuoso. La majestuosidad le venía de esa apariencia de… como de no tener facciones. ¿Se lo puede imaginar?

—¿Morocho o rubio?

—Blanco, totalmente blanco, como un papel. Y totalmente pelado, también.

—¿Nombre?

—Guiesen, a secas. Era un tipo que no sonreía ni se entristecía. Parecía manejar el mundo sin inmutarse. Con él llegaron a Jujuy putas de lujo y dinero. Nunca lo vimos del brazo de una, ni cobrándoles, ni siquiera cerca. Pero llegaron juntos, como llegan ciertos animales con ciertas estaciones. Guiesen, claro, era la estación. La primera vez que entró al almacén me saludó con un buen día y me pidió trescientas bolsas de azúcar, de las de un kilo. No le voy a decir que me caí para atrás de la sorpresa, porque yo ya sabía quién era. Quiero decir, tanto Lali como yo, habíamos oído hablar de Guiesen. Sabíamos que era alguien, todos creíamos que uno de esos civiles con más o igual poder que los milicos. Yo incluso llegué a pensar que era de la CIA: todavía no habían liquidado al ERP en Tucumán, y Jujuy era una vía de escape para los que quedaban vivos, incluso podía ser un lugar donde intentaran operar. Pero tampoco se lo veía nunca con los milicos, ni entrando a ministerios. Los pocos obreros y los pobres vieron a las putas por las calles, pero ninguno tenía acceso a ellas. Pronto se supo que esas mujeres eran solo para los militares y los ricos. También llegamos a saber que una de ellas viajaba habitualmente a Tucumán para acostarse con el comandante de la lucha antiguerrillera. La "Cofi" le decían, se llamaba Sofía y parecía tuberculosa. La cuestión es que Guiesen llegó a mi almacén y me compró trescientas bolsas de azúcar a precio minorista. Entre mi mujer y yo se las dejamos en la puerta de calle —le dejamos las ciento setenta y cinco bolsas que teníamos ese día— donde él las pidió, y se fue después de pagar, como si las hubiera comprado para dejar acumuladas allí. Pero a los quince minutos llegó un camioncito rojo, nuevo, importado, creo que japonés, conducido por un morocho, cargó las bolsas de azúcar y se las llevó. Al día siguiente el mismo camioncito pasó a buscar las ciento veinticinco restantes.

—Tanta azúcar no podía ser para sus chicas —dije.

—Seguro que no —dijo Molinari—. Yo creo que usaba las bolsas para ocultar cargamentos de cocaína. De algún modo comprarme a mí era un tinglado que compartía con los militares: una manera de camuflar una situación que le permitían. Pero no es más que una suposición, incluso, quizás, una pelotudez. La verdad es que de esas cosas no sé nada.

—¿Pero cuándo se dio cuenta de que no usaba el azúcar? —pregunté.

—Cuando me compró otras trescientas bolsas a la semana siguiente.

—Entonces las cosas empezaban a andar bien —intuí.

–No tanto. Apenas si pude empezar a pagar las deudas. Yo debía mucho más que trescientas bolsas de azúcar. Pero no estaba mal: todas las semanas Lali y yo nos subíamos por turno a la escalera y bajábamos las trescientas bolsas.

–¿Lali?

–Mi mujer, Lara. ¿Puede creer que yo la miraba subiendo la escalera y me excitaba? Cómo me gustaba la carne de esa mujer. Puedo entender a los caníbales.

–¿Tiene una foto?

Molinari se puso de pie como si no hubiera bebido un trago, desapareció en su habitación y regresó con un portarretratos.

Era una gordita. Una linda gordita. La cara blanca como la leche y el pelo renegrido. Una sonrisa de contenida entrega, de respetuosa lujuria. A mí también me hubiera gustado verla subiendo una escalera. Me la imaginé con buenas caderas, buenos pechos y muy amable en el amor. Seguramente le hablaba con ternura a Molinari.

–Al mes, mil doscientas bolsas de azúcar después de nuestro primer encuentro, Guiesen me invitó a comer. Me invitó al restaurante más pituco de Jujuy, el más caro: el Jabalí de Roble.

–¿Se comía jabalí?

–Una exquisitez. Había un jabalí tallado en roble, en la entrada, en el hall de espera. Porque tenían hall de espera, aunque nunca había la suficiente gente como para tener que esperar. No me aclaró si me invitaba con Lali, pero preferí ir solo; menos mal. No le pregunté por qué me invitaba, imaginé que me iba a permitir suponer que era la atención de un cliente a un comerciante que lo trataba bien. Pero tampoco tenía mucho sentido: lógico hubiera sido que el comerciante invitara a su mejor cliente. La verdad, la verdad, el único motivo adivinable era temible: me vendés trescientas bolsas por semana sin preguntarme nada, y yo las uso para motivos inconfesables; te voy a recompensar por tu discreción, o te voy a pedir algo peor.

–Sí –admití–. Yo hubiera pensado eso.

—¿Usted se vio alguna vez en una situación semejante? —preguntó Molinari.

—Creo que no, gracias a Dios.

—¿Sabe que llegué a pensar en irme de Jujuy? ¿Por qué me invitaba? ¿Qué quería?

—Vaya uno a saber —dije—. Por suerte usted ahora me lo va a contar.

Molinari sonrió.

—Llegué temprano, pero Guiesen ya estaba. Había militares y ricos. Los dueños de las zafras, los dueños de las papeleras, los dueños de la fábrica de cemento. Todos con sus esposas. El general Raviñoz, que era como una especie de intendente en las sombras, el verdadero poder en Jujuy, comía acompañado del intendente de facto. Guiesen hizo con la mano un gesto de que me sentara y, sin consultarme, pidió un vino que resultó ser espectacular, dos entradas de langostinos y jabalí de segundo plato.

—Pido porque estoy seguro que le va a encantar —me dijo—. Si no le gusta, cambiamos.

Después de la primera media botella de vino, el mejor que he probado en mi vida, me dijo:

—Querido amigo Molinari, yo sé que usted es cirujano —palidecí. No le aclaré: "anestesiólogo"—. No lo elegí al azar. Imagínese si elijo algún negro de estos para comprarle trescientas bolsas de azúcar por semana: se portan como el de la gallina de los huevos de oro. Van a querer saber para qué, van a tratar de cobrarme más caro, por ahí me siguen. Qué sé yo. ¿Pero se lo imagina, no? Ningún negro de estos se queda conforme con las trescientas bolsas por semana: están mal hechos; si usted les da, quieren más. Si no les da nada, le piden una moneda. ¿Sabe el verdadero motivo por el cual el granjero mató a la gallina de los huevos de oro?

—Codicia —dije.

—No podía ser tan estúpido —replicó Guiesen— ¿Cuánto oro puede caber en el interior de una gallina? No mucho. Ni siquiera tanto como el que ya había juntado diariamente y seguiría juntando. No. No la mató por ambición ni por avaricia. La mató por curiosidad. Todos tenemos curiosidad y todos tenemos miedo. Usted tiene más miedo que curiosidad y por eso lo invité a cenar.

Levantó la copa para que brindásemos, pero nos interrumpió la entrada de la "Cofi", la amante del comandante de Tucumán. Estaba despampanante. Saludó a todo el salón con una inclinación de cabeza, con su rostro de tuberculosa, pero su cuerpo invencible, y se dirigió directamente a Raviñoz y el intendente. Raviñoz la miró con una mezcla de halago y sorpresa, y el intendente alzó su propia copa a modo de saludo. La "Cofi" sacó rápidamente una pistola de la carterita que traía entre las manos, dejó caer la cartera, se puso en posición de tiro y la bajaron con dos ráfagas de ametralladora cuando había logrado apuntarle a la frente a Raviñoz. Creo que me rozó una gota de sangre de la"Cofi"; a Guiesen lo empapó. Guiesen tenía sangre en las muñecas, en el antebrazo, en el cuello y en la frente. Como si lo hubiesen herido. Pero no se inmutó. La "Cofi" estaba muerta en el piso del restaurante; el vientre destrozado y dos agujeros humeantes en la frente. Raviñoz se acercó, le pisó la cara y la escupió. Dos soldados se acercaron al cadáver, lo levantaron y se lo llevaron; Raviñoz los siguió. El *maître* mandó de inmediato dos ordenanzas a limpiar todo, y varios comensales continuaron con su cena. Pero Guiesen se puso de pie, y yo lo seguí. El jabalí lo probé varios meses después. Caminamos en silencio por la avenida central, y Guiesen tomó una callecita desierta: aparecimos en un camino de tierra. Casi no había casas y por momentos se veían plantas extrañas, desparramadas. Perdido, como una ruina, divisé un banco de cemento. Guiesen me lo señaló con ánimo de que nos sentáramos.

–¿No le da miedo? –pregunté.

–¿Por qué? –respondió con una pregunta–. No hay gente.

Nos sentamos. Guiesen había dejado que la sangre de la "Cofi" se le secara en el cuerpo sin atinar a limpiarse.

–Qué estúpida la Cofi –me dijo–. Cuánto más fácil hubiera sido acostarse con Raviñoz…

–Evidentemente, ella no quería acostarse con él –dije sorprendido por mi osadía.

–Me refiero a que si quería matarlo, debiera haber esperado a meterse en su cama.

Entonces fue la osadía de Guiesen la que me sorprendió.

–¿A usted le parece una puta del ERP?

–No sé nada de eso –respondí.

–Un obrero, vaya y pase. Es bastante raro, pero puede pasar. ¿Pero una puta, una puta guerrillera?

–No sé nada –insistí.

–La Cofi era una de mis chicas –dijo *Molinari* de pronto.

–¿Le va a traer problemas? –pregunté.

–No –dijo Guiesen–. Ya no le va a traer problemas a nadie.

Permanecimos en silencio.

–Molinari –dijo de pronto Guiesen–, yo le iba a decir esto despacio, pero, como verá, en este país ya nada se puede hacer despacio. Uno entra a tomar un vaso de vino y sale bañado en sangre. Molinari, yo quiero pagarle para ver a usted y a su esposa haciendo el amor.

No le pegué. No me levanté ni me fui. No grité. Lo miré en silencio. Recorrí las gotas de sangre en su frente, en su cuello y en su muñeca. Pensé en mi hijo y dije:

–¿Cuánto?

Guiesen contestó con una cifra que hoy continúa resultando elevada. Permanecí otro largo rato en silencio y finalmente pregunté:

–¿Sería usted solo, no?

–¡Pero claro…! –dijo como ofendido.

Y agregó:

"La verdad, no sé cómo me atrevo a pedirle esto. Pero los veo tan felices, ella me parece tan agradable. Y yo necesito eso, Molinari. Cada uno tiene sus cosas.

Luego abandonamos aquel páramo, y regresamos por la avenida central, caminando como dos parientes que regresaran de una fiesta familiar. Guiesen llevaba las manos anudadas en la espalda y yo la mano en el mentón. Meditaba acerca de los posibles impedimentos. Yo sabía que Lali me iba a decir que sí, por el nene. Los dos sabíamos que nuestro hijo necesitaba el dinero, y lo que nos estaban pidiendo no era imposible. Por nuestro hijo, hubiéramos dado la vida, ¿por qué no íbamos a hacer eso? Pero… ¿podríamos hacerlo? Le voy a decir algo que me da más vergüenza que todo lo que le dije hasta ahora: Lali era medio fría en el amor. No era que yo no le gustara, ni que le gustara otro. Ella era así, por naturaleza. Usted que ha estado con muchas mujeres, me imagino, habrá conocido a más de una así…

—No sé –dije–. Siempre que me encuentro con una mujer fría en el amor, pienso que es culpa mía. Así que no sé.

—Le aseguro que no siempre ha de ser su culpa –replicó Molinari–. A la Lali no había con qué darle. Y me amaba, y le gustaba. Nos…, ¿cómo se dice? Nos gustábamos en ese sentido…

—"Nos deseábamos" –sugerí.

—Eso –aprobó Molinari.

—Creo que a muchas les agradaba lo mucho que yo las deseaba, pero no sé si ellas realmente sentían deseo por mí. La verdad –dije después de un largo trago de whisky–, creo que muchas de las mujeres con las que estuve se me entregaron por motivos diferentes al deseo. Motivos sentimentales, no por conveniencia ni por interés; pero tampoco por deseo.

—Bueno, esto era muy distinto. La Lali y yo nos amábamos, pero ella era poco locuaz, en ese sentido; quiero decir, era muy moderada, cerrada. ¿Usted me entiende?

—Creo que sí –dije–. Pero, la verdad, creo que usted sabe mucho más que yo de esto. Le explico, a mí me basta con que una mujer me diga: haceme lo que quieras. No sé bien qué sienten ellas. No sé si la pasan bien o no. Respeto su libertad y hago mi voluntad. Usted sabe más, usted estuvo con una sola mujer.

—Nunca me acosté con otra —dijo Molinari.

—Ahí tiene —dije—. Usted conoce de verdad a las mujeres, conoció de verdad a una.

—Entonces me preguntaba, caminando por la avenida central de la ciudad de Jujuy —siguió Molinari—, no ya si le diríamos que sí o que no al pervertido de Guiesen, porque estaba seguro de que le diríamos "sí", sino, me preguntaba, si yo iba a poder, si Lali iba a poder...

Molinari calló. Mi vaso estaba vacío.

—¿Qué dice? —pregunté— ¿Aguanto otro?

Molinari se alzó de hombros. Me serví menos de un dedo y apenas lo probé.

—Lali no contestó. Nunca. Después de la cara de horror que puso cuando se lo dije, no pronunció una palabra. Jamás dijo una palabra al respecto. Pero aceptó. Y pudimos.

Guiesen se encerraba en el baño y miraba por la cerradura. Cuando venía, entre Lali y yo levantábamos la cama, que pesaba, y la acercábamos hasta la puerta del baño. Cuando se iba, la volvíamos a llevar a la pieza. Ese cambio de muebles ayudaba: cuando regresábamos la cama a la pieza, era como borrar un poco el suceso.

La primera vez vino con el dinero en la mano y me lo dio. Todas las demás veces lo dejó sobre el lavatorio del baño. Era muy cuidadoso: nunca vi un billete mojado. Dólares. No volví a tocar tantos dólares juntos.

—Bueno —dije—. La verdad es que usted fue muy valiente.

Molinari sonrió y negó con la cabeza.

—Las primeras veces fue como si no hubiera nadie. Dos, o tres veces, en las que lo hicimos como siempre, sin pensar. Yo no pensaba, y sabía que Lali tampoco. Pero a la cuarta o quinta, a mí se me empezó a hacer difícil. Le voy a decir otra cosa que me da vergüenza: yo con la Lali nunca tuve problemas. ¿Me entiende?

—Entiendo —dije.

—Pero a la cuarta, o quinta vez, me costaba. ¿Entiende?

—Claro que lo entiendo.

134

—Yo lo tenía que hacer. Ese dinero era fundamental. La felicidad que yo sentía al mandarle ese dinero a Eugenio, Eugenio es el nene, mi hijo, no se la puedo explicar. ¡El nene avanzaba en la carrera! Aunque no convenía, yo cambiaba la plata a pesos, antes de mandársela, para que le resultara menos raro. Y siempre le mandé mucho menos de lo que podía, también, para que no preguntara. Después de que murió Lali, le regalé todo el ahorro diciendo que se lo había dejado la madre.

Una niebla de lágrimas silenció a Molinari. Fue en busca de un vaso, regresó secándolo con la camisa, tomó asiento en el mismo sitio y se sirvió dos dedos de whisky. Bebió y siguió.

—Pero como le iba diciendo, a la quinta, cuarta vez, dificultad. La Lali no sabía hacer nada para ayudarme. Nunca había hecho mucho. A ella le alcanzaba con lo que yo le daba y con lo que me daba ella. Pero a la sexta vez fue más que difícil. Yo directamente era un estropicio. Lo que nunca. Lali entendía que finalmente me había enterado de que había un tipo mirándonos por la cerradura del baño, que era eso lo que me dañaba, porque si no, la verdad, podría haber pensado cualquier cosa, que ya no la quería, que ya no me gustaba... Bueno, la cuestión es que la Lali tuvo que ayudar.

Sorbí más whisky del que quería y noté el comienzo de una erección. Puse el vaso buscando ocultarla.

—Imagínese. Imagínese. Las cosas que hacía la Lali. Bueno, usted la vio. No le faltaban atributos. Asumió posiciones, bueno, se mostró como no lo había hecho antes, me dijo cosas, me hizo cosas... En fin, funcionó.

—Permiso —interrumpí—. ¿Puedo ir al baño?

Molinari, algo extrañado, asintió. Me señaló el camino del baño con la misma mano con la que sostenía el vaso, extendiendo el índice. No sé si lo habrá notado, pero caminé medio encorvado. Me encerré en aquel baño con los colores de los baños de las escuelas primarias en los años setenta. Todo con una pátina de óxido. Me lavé la cara y me bajé los pantalones y los calzoncillos. Eso solo ya me alivió. Luego oriné y me sentí aún mejor. Me lavé la cara otra vez, me sequé y pude subirme las prendas. Regresé.

—A partir de ese día —continuó Molinari—, Lali cambió. Ya no volvió atrás. Mejor dicho, ya no volvió atrás cuando llevábamos la cama frente a la puerta del baño. En la pieza, se parecía bastante a la Lali de siempre; no era igual, pero muy parecida. Frente a la puerta del baño, cambió. Variaba, me hablaba, y se la veía distinta. Quiero decir que ella misma la pasaba mejor, ¿cómo se dice?...

—¿Gozaba más? —pregunté.

—Eso —dijo Molinari—. Son todas palabras feas: gozar, desear...

—Es verdad —dije—. Pero no hay otras. Todas las palabras que hablan de sexo suenan artificiales o vulgares; salvo "nalgas".

—Puede ser —dijo Molinari—. Como le decía, Lali cambió. Habrán sido unas sesenta veces que lo hicimos, una vez por mes, entre el 77 y el 82; y le puedo asegurar que después de la sexta, Lali hizo que cada vez fuera distinta. Gritaba... ¡cómo gritaba! Se le ponía la cara rosada, ruborizada... Bueno...

Se interrumpió.

—En el 82, después de la guerra de Malvinas, Guiesen levantó campamento. Se tomó el buque.

—¿A dónde fue? —pregunté.

—Qué se yo —dijo Molinari—. Después de aquella cena en el Jabalí de Roble, nunca volvimos a hablar en profundidad. Una vez más comimos en el Jabalí de Roble, cuando lo probé, durante el Mundial 78, y la charla entera de la cena fue Guiesen explicándome cómo habían comprado los militares el partido contra Perú. Hasta el 81 me compró las bolsas de azúcar, y no hablábamos más de lo necesario. Cuando venía a casa, apenas nos saludábamos. Con Lali nunca cambió una palabra. El último día, agosto del 82, me dejó un poco más de plata y me pidió que me olvidara de él. Nos dimos la mano.

Molinari se palpó el cuerpo hasta encontrar un cigarrillo en el pantalón, caminó hasta la cocina y regresó fumando.

—Las cosas nunca volvieron a ser igual con Lali...

—¿En qué sentido?

—Nunca volvió a gritar así. Repitió alguna de las cosas que habíamos hecho, de las que ella había hecho, pero parecían eso, repeticiones, sin ganas, sin talento. Lentamente, volvimos a hacer todo como antes. Yo la extrañaba. Una noche… una noche… ella me interrumpió, me sacó de arriba de su cuerpo, y me hizo un par de gestos. La entendí. Ella nunca habló, yo la entendí. Entre los dos, llevamos la cama junto a la puerta del baño. Y esa fue la última noche de felicidad. Volvimos a Córdoba, a esta casa, volví a la anestesiología. Una semana después de llegar a Córdoba, supimos del cáncer de Lali, y ya no lo hicimos nunca más. No podíamos o no quisimos, no sé. Justo por esos días volvió la democracia; a mí me importó un carajo, porque solo pensaba en mi mujer, en su enfermedad. Pero ella se puso contenta, feliz, decía que nuestro hijo viviría en un país mucho mejor. Y tenía razón. El nene había terminado la carrera. Lali duró tres años más.

Molinari me miró como si yo debiera cerrar el relato. Pero siguió hablando un instante después.

—Yo fui el anestesiólogo de la operación definitiva de Lali. Nunca salió de la anestesia.

El efecto del whisky se esfumó de pronto.

—La vi desnuda, inerte —siguió Molinari—. Muerta. ¿Sabe qué quieren de verdad los creyentes?

No hablé.

—Quieren que Dios los vea haciendo el amor. Para eso creemos en Dios: para tener la ilusión de que siempre somos mirados cuando hacemos el amor.

—Es que es verdad —dije—. Es nuestra única manera de llamar la atención de Dios.

—No sé —dijo Molinari—. No es lo mismo que yo estoy diciendo. Yo digo que el verdadero motivo de los creyentes es saber que alguien te está mirando mientras hacés el amor.

—Yo creo que llegó la hora de parar de beber —dije.

Molinari asintió.

Nos pusimos de pie y salimos a caminar. Atravesamos el jardín de cardos y ganamos las amplias calles gris claro, de cemento parejo dividido en rectángulos por líneas de alquitrán, atestadas de cucarachas, cascarudos y bichos del calor. El anochecer cordobés era delicioso y a lo lejos las sierras llenaban el corazón humano de esperanzas.

Discusión sobre una mujer fea

La discusión había derivado hacia el tema de las mujeres feas cuando Di Sarli dijo:

—Una fea te puede hacer ver las estrellas.

Se refería a que la habilidad y actitud sexual de una mujer podía superar la falta de dones naturales. Ricardo Maizein replicó que el estímulo precedía a la mujer fea:

—Si estás desesperado, todo te da lo mismo. No es que la fea te haga ver las estrellas; es que cuando estás urgido, cualquier mujer es linda.

Mi personal opinión era que efectivamente una mujer fea podía llevarnos a la cima del placer, pero no en contraposición a su fealdad, sino precisamente por su condición de fea. Por algún motivo, en varios de mis encuentros furtivos, la convicción de que la mujer con la que yacía era fea me había soliviantado poderosamente. Pero en aquella ocasión no abrí la boca. No solo porque acabábamos de salir de un programa de radio y estaba cansado de hablar, sino porque temía que mis opiniones me transformaran en un perverso a los ojos de mis dos interlocutores. Para Di Sarli, la sapiencia sensual lo era todo. Para Maizein, el deseo en sí mismo jugaba un papel preponderante. Frente a estas dos posiciones, simétricamente opuestas pero ambas innegablemente racionales, mi argumento no ameritaba ser compartido. Por mucho que nos duela, hay ideas que no pueden salir de nuestras cabezas sin condenarnos.

Di Sarli era un comentador político con quien yo siempre disentía, pero al que no dejaba de respetar. Me caía simpático. No se sabía si era de izquierda, de derecha o socialdemócrata. Siempre opinaba en contra del gobierno en el poder y a favor de alguna alternativa desconocida: un movimiento de panaderos, una aglomeración de gente frente a un cine, una carta publicada en el correo de lectores de un diario por un ciudadano disgustado con el manejo del tránsito. Cada uno de estos eventos era para Di Sarli, en perspectiva, la posibilidad de que el país saliera adelante "si todos hiciéramos lo mismo". Conocía a Maizein desde primer año del colegio secundario. Lo consideraba una de mis amistades intermitentes. Cuando pasaba mucho tiempo sin verlo, no podía evitar llamarlo; pero si nos veíamos muy a menudo, me prometía que no volvería a llamarlo. Pasaban de la docena los encuentros en que me había despedido pensando que aquel era el último diálogo, para luego volver a llamarlo un viernes por la noche, sintiéndome demasiado solo o aburrido de mi vida como para poder prescindir de las pocas personas con las que aún podía conversar de nimiedades.

Maizein había heredado de su padre un negocio de Todo por dos pesos en la calle Larrea, entre Tucumán y Lavalle. Yo lo admiraba como a casi todos los comerciantes que habían sobrevivido en la Argentina, pero él tenía una relación ambigua con su oficio. En los períodos de satisfacción, podíamos conversar de política, de mujeres y de mis propios escritos con una libertad y una gracia que me alegraban el resto del día; pero cuando se hallaba frustrado o cansado, a menudo intentaba demostrarme que el oficio de escritor era una fantochada y que las personas deberían dedicarse únicamente al comercio. A mí no me costaba coincidir con él; pero notaba que sus palabras no estaban impulsadas por una reflexión espontánea, sino por un resentimiento malsano, injustamente dirigido contra sí mismo a través *mío*. Maizein era un humorista de primer orden y un verdadero pensador, pero por muy diversos motivos, entre ellos, sospecho, una total incapacidad para profesionalizar su talento, jamás había pasado de su genialidad en la charla coloquial a algún tipo de trabajo intelectual. Administraba el negocio, lo que para mí ya era un prodigio, y amenizaba las vidas de sus amigos, lo que también era más que suficiente. Pero en sus malos momentos trataba de autojustificarse, innecesariamente, dándome a entender que mi oficio era un espejismo con las horas contadas. Estos eran los momentos en los que yo me prometía no volver a hablarle.

Aunque las mujeres ocupaban buena parte de nuestras conversaciones, Maizein nunca había vuelto a acostarse con una que no fuera su esposa luego de casarse, hacía ya doce años, hasta apenas unos pocos meses antes del suceso que voy a narrar. Di Sarli me había invitado a su programa, y me había preguntado si conocía a algún comerciante que pudiera ser encuadrado dentro de las PYME, pequeñas y medianas empresas, con opiniones propias y llamativas, para participar de una discusión sobre la sempiterna crisis nacional. Prácticamente no habíamos discutido, exceptuando aquel breve intercambio acerca de las mujeres feas al salir de la radio, porque durante la alocución estuvimos los tres de acuerdo, coincidiendo en vaguedades sociopolíticas y socioeconómicas, pletóricos de buenas intenciones y totalmente carentes de soluciones. Cuando finalmente nos despedimos, Maizein me llevó en su auto hasta el centro, y una vez más me manifestó sus deseos de acostarse con una u otra mujer de las que circulaban a su alrededor. Aunque mis respuestas al respecto casi siempre eran moderadamente permisivas, no sé por qué está vez lo alenté con reticencias. Le dije, como en muchas otras ocasiones, que en un matrimonio bien avenido como el suyo, un encuentro exogámico furtivo no podía hacer más que mejorar las relaciones con su propia esposa, puesto que lo refrescaría con situaciones nuevas para compartir sin revelar. Pero dentro de mis propias palabras, quizá porque llega un momento en que descubrimos el hormigón oculto de una persona, se intercalaban mudos signos de advertencia: no le estaba dando un buen consejo. Maizein no pertenecía a esa clase de hombres. Tal vez quise echarme atrás cuando bajé del auto y cerré la puerta con suavidad, pero su rápido saludo y el repentino arrancar no me dieron oportunidad. Para la siguiente vez que lo vi, ya era tarde.

Se había acostado con la prima de un amigo al que yo desconocía. Una cuarentona que lo había estado buscando, me dijo después, durante años. La edad de la mujer era un buen presagio: en esa franja etárea se encuentran las más discretas en todos los aspectos. Pero Maizein no había tomado en cuenta la desesperación. Siempre, antes de iniciar cualquier tipo de relación, hay que revisar en los ojos ajenos las huellas de la desesperación: si se encuentran, es un campo minado y no hay más que salir corriendo. Es probable que el propio Maizein estuviera lo suficientemente desesperado como para reparar en esos rigores. Ella, Paulina, no fue excesivamente desagradable: apenas si le dejó en el maletín, pensando que él lo leería antes de llegar a su casa, un brevísimo mensaje escrito en un papel, agradeciéndole el momento. Pero la historia nos demuestra que esos papeles nunca van dirigidos a los hombres casados, sino a sus esposas. No es el remitente, a menudo de buena voluntad, quien así lo decide; sino el destino, cuyos claramente destructivos designios son por todos bien conocidos. El azar existe: es una entidad pensante que lucha contra la raza humana. La libre voluntad es nuestra arma en esta batalla, pero el combate se libra en un terreno desigual: el azar lo ve todo, mientras que nosotros solo vemos nuestros propios actos. La prima había dejado el papel a las diez de la mañana en el maletín marrón

mantenido juntos, y esa idea era, en el especial momento de Maizein, una prueba de que aún existía una lógica, de que podían existir lugares donde las ancianas no ensuciaran los suelos que uno debía pisar. Maizein invitó a Pianbeli a tomar un café, en un bar de la calle Guardia Vieja, que yo casualmente conocía porque estaba a una cuadra del que había sido mi departamento de soltero. Conversaron animadamente y Maizein le contó su lamentable hundimiento amoroso, desde la prima hasta la anciana incontinente. Se cuidó, Maizein, de no confesarle a Pianbeli que estaba dispuesto a dormir en cualquier parte, por temor a resultar molesto o mendicante. Pero Pianbeli lo intuyó, y se apiadó de su antiguo íntimo amigo.

–Venite a dormir a casa –le dijo–. A Rosalía le va a encantar verte.

Algo cohibido, Maizein aceptó. No lo cohibía tanto aceptar la generosidad de un amigo al que hacía tanto no veía, sino el hecho de que alguna vez había intentado acceder al conocimiento amoroso a través de Rosalía. Haber sido novios o al menos mantener un romance furtivo, no lo hubiera avergonzado de aquel modo; le dolía la idea de que, luego de haber intentado utilizar a Rosalía casi como a una puerta, ahora la aceptaría como anfitriona en el peor momento de su vida. Pero había recibido del destino un palazo de tal magnitud, que ya no tenía fuerzas para rechazar la dádiva. Maizein y Pianbeli marcharon caminando al hogar de este último, que vivía sobre la calle Pringles. Cenaron los tres juntos y, con cierta aprensión por parte de Maizein, recordaron el pasado. Era absurdo sentirse intimidado por apenas una intención que había sucedido hacía más de veinte años, pero en cada mirada a Rosalía, tan fea como entonces, Maizein recordaba su desvergüenza, su actitud canallesca. La fealdad de Rosalía se había incrementado sin ventajas: tenía los pechos caídos y su cabello, el primer atisbo de su sensualidad a los catorce años, será ahora un nido de estopa, desgreñado y sólido. La boca se le había agrandado vulgarmente, y los párpados estaban arrugados, a media asta. Lucía raquítica,

147

pero tenía panza de niño desnutrido. Nadie podría haber asegurado la existencia de sus nalgas. Al menos desde el punto de vista de la atracción, resultaba por completo cómodo hablar con ella. Pero el pasado es muy irrespetuoso del presente; y la vergüenza que a menudo sentimos por hechos pretéritos, no tiene solución práctica.

Comieron pescado, tomaron café —nunca en su vida Maizein había tomado tantos cafés por día—, vieron una película y se fueron a dormir. Los Pianbeli a su cuarto matrimonial, y Maizein a la pieza de huéspedes, que había sido planificada para algún posible hijo, al que habían renunciado *motu propio*, aparentemente para siempre. Maizein se acostó en la cama agradeciendo al cielo por haber logrado evitar la pensión y concluido decorosamente aquella cena. Estaba tan satisfecho con aquel escaso remanso de paz en su odisea, que permaneció un largo rato mirando el techo, sin necesidad de fumar, de tomar algo ni de leer. Se quedó dormido, y despertó un rato más tarde molesto por la luz que había dejado prendida. La apagó y se acostó, pero se desveló. Le molestaba aquel insomnio, porque estaba muy cansado; pero no se sentía mal. Pasó una hora o una hora y media, no lo supo calcular: dos golpes sonaron en la puerta. Era Pianbeli, con una sonrisa y una expresión de desolación en la misma cara.

—Rosalía se volvió loca. Dice que la estoy engañando.

—¿Le contaste de lo mío? —preguntó Maizein.

—No, eso es lo peor. Dice que le estoy metiendo los cuernos con una cajera del supermercado.

—¿Y es verdad? —preguntó Maizein.

Pianbeli pensó antes de contestar, y dijo con un tono indefinible:

—Sí, es verdad. Pero ella no lo sabe. Ella misma me impulsó, sospechando, sospechando. Ahora es verdad: pero no tiene ninguna prueba. Es la primera vez que me echa de la cama.

—¿Y le dijiste que es mentira?

–Claro. Pero como ahora es verdad, no tengo fuerzas para insistir en quedarme en la cama. Mañana se le pasa. Pero hoy, aunque lo negué todo, me echó. Bueno, haceme un lugar.

Maizein pidió mentalmente ayuda a sus ancestros. Pianbeli, el afeminado, el hombre al que creía un homosexual casado con una mujer, le estaba pidiendo un lugar en su cama. Y Maizein no encontraba motivos válidos para negárselo. Sudando, incluso temblando –aunque Pianbeli no pareció notarlo–, se resignó a compartir el colchón y pasar la noche en vela. Se acostaron con los pies de Maizein en la cara de Pianbeli y viceversa.

"Es muy simple –se dijo Maizein en un consuelo tan falso como su fingida calma–, si trata de tocarme, me levanto y me voy".

¿Pero cómo sabría dónde estaba el límite con un hombre dormido que podía casualmente moverse y rozarlo en todas las partes prohibidas? ¿Cómo saber si ya en ese instante, los dos acostados, Pianbeli no estaba viviendo una aventura lujuriosa a su costa? Se había portado como un anfitrión sagrado, como uno de esos patriarcas bíblicos que recibían a los viajeros perdidos en el desierto y les lavaban los pies. Lo menos que podía hacer Maizein era aceptar sus explicaciones y dejarlo dormir a su lado hasta que alguna circunstancia terrible demostrara lo contrario. En pocos minutos, como si la discusión con su esposa no le hubiera hecho mella y dormir pegado a un hombre le resultara por completo indiferente, Pianbeli se durmió profundamente y comenzó a roncar. A Maizein lo alegró el ronquido: le permitía suponer que su desvelo se debía al ruido más que al miedo.

Maizein repasó su vida desde la infancia, como dicen que hacen los que están por morir. Se dijo que por ahí no todo había terminado: quizá su esposa alguna vez lo perdonara, quizá Pianbeli realmente durmiera hasta el día siguiente, tal vez simplemente estaba viviendo una parábola, con su coro de enseñanzas finales, aunque por el momento desconocidas, que lo convertirían en una mejor persona. Sintió deseos de orinar y de beber agua, pero ninguno de los dos impulsos fue más fuerte que el miedo a despertar a Pianbeli y que le preguntara, con una mirada equívoca, o inequívoca, por qué lo despertaba. Permaneció en la cama. Se dictó en silencio una carta a su mujer, y otra a su hija mayor. Decidió que no volvería a la pensión. Algo haría para conseguir un departamento, o un cuarto en un hotel, hasta que la vida regresara.

Una hora más tarde sonaron dos golpes más en la puerta. Maizein miró a Pianbeli, dormido, intentando suponer una situación imposible: que él mismo, Maizein, se había quedado repentinamente dormido, que Pianbeli se había levantado, se había ido y golpeaba la puerta para regresar. Pero allí estaba Pianbeli, durmiendo mansamente a sus pies, sin haberlo tocado ni haberle sugerido nada, y la puerta sonaba. Evidentemente, aunque Maizein no me lo dijo, pasaba más por una duermevela que por un insomnio: un estado mezcla de cansancio, somnolencia y excitación por la prolongada vigilia, que nos deforma la percepción de la realidad. Unos segundos después del segundo golpe, Maizein dijo:

—Adelante.

La persona que entró, por supuesto, era Rosalía.

—¿Lo venís a buscar? —preguntó Maizein amablemente.

—No —dijo Rosalía—, vengo a acostarme con ustedes.

Maizein, me dijo, en el bar, sin aclarar los detalles, que aquella había sido, definitivamente, la noche más asombrosa de su vida. Hablaba con alegría, y una dosis de un sentimiento extraño, que no es malicia, porque no va dirigido contra nadie, pero que se le parece, y que he descubierto a menudo en los adictos o en las personas que viven relaciones sentimentales novedosas. No es que yo considerara especialmente perversa la aventura que había vivido Maizein, pero esa era la expresión que encontraba en su cara, como de quien se relame con una miel tóxica, por algún motivo maligna. Había algo de envidia en mí, cuando le di la mano para

150

despedirnos; no porque codiciara su experiencia concreta –la sola idea de ver a Pianbeli desnudo me resultaba pavorosa–, sino por el triunfo que se le pintaba en el rostro, como si estuviera haciendo la seña de una carta superior al as de espada, que sólo él conociera. Parecía convencido de que, a cambio de lo que había vivido, valía la pena entregar la tranquilidad y la visión de sí mismo que había compartido con el resto del mundo hasta ese momento. Su mueca de gloria abrevió nuestro encuentro. Me prometí que esa sería la última vez que lo veía.

En el circo vacío

Sospecho que no soy el único que teme a los payasos. Muchos les hemos temido en la infancia, y algunos llevamos el miedo con nosotros por el resto de nuestras vidas. No sé si se debe al maquillaje, a esas pequeñas cruces que se pintan en las pupilas o a su actitud bizarra, los repentinos cambios de humor, los gritos absurdos o la manía de pegarse sin motivos. Lo cierto es que cuando llevé a mi hijo al circo el viernes por la noche sabía que él disfrutaría de los payasos, mientras que yo cerraría los ojos, intentando no verlos y no ser visto por mi hijo. Como esos niños en edad preescolar que, al cerrar los ojos, imaginan que los demás no pueden verlos. El cielo se había puesto negro antes de entrar a la carpa, y la carpa misma era extraña: no estaba montada al aire libre sino dentro de un enorme tinglado. No llegué a enterarme a qué se debía, pero los pronósticos del tiempo habían augurado durante toda la semana unas tormentas terribles que hasta entonces no se habían hecho efectivas, y era muy factible que los dueños del circo tuvieran tan en poco a las lonas de su carpa como nosotros, que las veíamos desde adentro. La tela estaba raída y despintada, y en muchas zonas se veían los ladrillos por debajo.

155

En nuestro sector, ni los ladrillos ni la lona terminaban de cerrar una abertura por donde se colaba un chiflete de aire frío que me daba en el oído y en el cuello. Abrazaba a mi hijo de cinco años por la cabeza, en un vano afán de impedir el seguro resfrío con el que ambos saldríamos de allí. Un trueno bestial retumbó dentro del mal cerrado recinto, que no obstante olía a diversas cosas desagradables –afortunadamente el circo no contaba con animales, y no debíamos padecer el tufo de la piel sudada o, ahora, mojada, de leones, tigres y elefantes–. Gotas de lluvia que parecían pequeños dardos de hierro envenenado comenzaron a rebotar contra las paredes del tinglado y, por suerte lejos de mi hijo, descubrí goteras en las cercanías. Mi hijo se divertía. Al menos la lluvia le estaba resultando un espectáculo placentero. Pasó un vendedor de pochoclo gritando y luego uno de gaseosas susurrando: mi hijo y yo tuvimos nuestra primera discusión; no estaba dispuesto a seguir gastando dinero y a llenar su estómago de sustancias inútiles. Con el resfrío bastaba. Comenzaron sus preguntas sobre el origen de la lluvia y, luego de escuchar, entre el público, el rumor de que granizaba, sobre las piedras de hielo que esporádicamente, y de un modo que siempre me ha parecido absurdo, caen del cielo. Mis explicaciones quedaban un paso atrás de sus preguntas, y sus preguntas nunca terminaban. Una señora, con su propio hijo silente, nos miró con cierto fastidio.

Ya habían pasado cuarenta minutos desde el horario anunciado para el inicio de la función y, a menos que el enorme círculo vacío con la red extendida en el medio se tratara de un *happening* surrealista, de una función fantasma para completar con la imaginación, todo parecía indicar que los bufones y malabaristas se retrasaban inexplicablemente. De pronto, en la tribuna de enfrente, descubrí a un sujeto al que podía considerar un lejano amigo, también acompañado, como todos nosotros, por su pequeño hijo. Si no recordaba mal, tenía la edad del mío. Gustavo Romansky y su esposa Marisol habían visitado mi casa más de una vez cuando aún estaban casados, con su hijo Manuel que, nuevamente si mal no recordaba, había nacido por la misma fecha que el mío. Habíamos sido amigos casi por obligación cuando nos pusieron a dirigir juntos el periódico de un centro de recreación para la tercera edad, en Chapadmalal. Luego de aquel trabajo, y coincidiendo con nuestros casamientos, dejamos de vernos. Pero algunos años después me lo encontré en la sala de espera del pediatra y acordamos una reunión de las dos familias. Como todavía no se reponían de una mudanza, vinieron a casa. Marisol me resultó una muy agradable sorpresa en comparación con las mujeres impresentables que le había conocido a Gustavo en la época de nuestro periódico recreativo para ancianos. Tenía caderas fuertes y unos pechos formidables, y la posición de esposa y madre le quedaba muy bien. Era morena; el pelo negro, tirando a castaño, atado en rodete. Casi por pereza de cambiar, los otros dos o tres encuentros fueron también en mi casa. Un día se divorciaron, nunca supe por qué, y se acabaron los encuentros familiares. Tampoco volví a ver a Gustavo por mi cuenta. Ahora estaba en la tribuna de enfrente, en el circo del escenario vacío. Si se podía llamar escenario a ese piso amarillo, con algunas manchas de aserrín, sin marcas de ningún tipo.

Levanté una o dos veces la mano, pero no me vio. Intercambiaba palabras con una joven y bella señorita a su lado, sin mirarla de frente. Fisgoneé la conversación durante un rato hasta que los tirones de brazo propinados por mi hijo y la alarmante demora me obligaron a comprarle primero un pancho, luego la gaseosa, más tarde un paquete de pochoclos y finalmente a mendigar un par de servilletas al mismo vendedor de panchos para sonarle la nariz. Repentinamente, cuando ya había pasado una hora de espera, en el medio de la carpa se materializó un sujeto vestido de frac, con un sombrero galera en la mano, con una actitud tan seria que parecía parte de una broma. Seguramente tenía un micrófono adherido a la ropa, pues aunque no llevaba uno en la mano su voz aparecía y desaparecía entre acoples y estridencias ensordecedoras. Nos explicó escuetamente, en medio de un diluvio memorable, que la función se suspendía por "problemas de salud" de uno de los principales artistas. Es cierto que la función siempre debe continuar, agregó compungido, "pero esta vez no podemos". Ni bien desapareció aquel funcionario circense, comenzó el interrogatorio de mi hijo. Antes de que pudiera iniciar la primera respuesta, nos llegó un nuevo rumor, menos claro que el anterior, de que afuera granizaba: había muerto un payaso. Intenté mantener al margen a mi hijo. Pero el otro niño comenzó a gritar que al payaso lo había matado un rayo. Miré a su madre alzando las cejas, y la señora confirmó la especie que proclamaba su niño con un gesto de asentimiento mudo. Explicarle a mi hijo que un payaso había muerto fulminado por un rayo, con todas las derivaciones acerca de la muerte, los rayos, la electricidad, el alma de los payasos, era una tarea infinitamente más ardua que la de haber soportado juntos aquel interminable paréntesis de tiempo vacío; una tarea que sin lugar a dudas debía realizar su madre. Pero su madre, mi esposa, se había quedado a dormir con nuestra pequeña hija en la casa del Tigre de mis suegros. El otoño se había mostrado benévolo hasta aquella malhadada noche en que se me ocurrió llevar a mi hijo al circo, y mi esposa había supuesto que aún podían arrancarle un último día soleado en la casa que mis suegros habían alquilado para el verano. Afuera la tormenta parecía poder con la carpa y sus habitantes. Sin esperanzas, transmití a mi hijo, primero la información, y luego las consecuentes reflexiones, ya que no tenía respuestas, acerca del fin de la vida, la ciega rabia de los rayos eléctricos, las intenciones de Dios y la muerte repentina de los payasos. Nadie salía de la carpa, y tampoco sabíamos qué hacer allí adentro: parecía un velorio colectivo en homenaje al pobre payaso. El centro de escena continuaba vacío y el hombre de frac no volvió a aparecer. De pronto, el amigo que no me había reconocido, no había visto mi saludo o se había negado a responderlo, surcó el espacio que separaba su tribuna de la mía, con el niño de la mano, como la luna de Lorca. Resultó una imagen desconcertante: un adulto y un niño cruzando el enorme círculo vacío, observados por todo el auditorio, que no tenía otra cosa que hacer, dirigiéndose inequívocamente hacia mí. Llegaron, y los ayudé a saltar la valla que separaba las butacas del escenario. Me saludó, y los dos niños comenzaron una competencia de atrocidades sobre los payasos, la muerte y los rayos. Si hasta entonces los payasos me habían atemorizado, ahora estaba seguro de que aquel breve diálogo infantil sobre un payaso muerto por un rayo sería el guión ininterrumpido de mis pesadillas hasta el día de mi propia muerte. Mi amigo lejano, me dirigió una media docena de frases que me parecieron de rigor y artificiales. Primero pensé que mi percepción se había atrofiado por la sucesión de acontecimientos inesperados, pero muy pronto le hice caso a mi intuición: mi supuesto amigo quería pedirme algo. No tardó en decirlo: acababa de iniciar una charla muy prometedora con una periodista a la que alguna vez había visto en algún lado. Ella cubría la función para el suplemento zonal de un diario. Esa noche, según las reglas de separación entre ex esposos con hijos, le tocaba quedarse con Manuel. ¿No podía yo llevar a ambos a mi casa, ya que demostraban ser muy buenos amigos? Él nos conocía, a mi esposa y a mí, y no se atrevería a pedirme semejante favor si no fuera porque nos consideraba la familia más confiable. Por otra parte, aunque se habían visto pocas veces, mi hijo siempre había explicitado sus ganas de jugar con Manuel.

Primero contesté que no. Pero luego la conversación continuó y, en aquella carpa imposible, los niños se trenzaron en un juego, riendo y saltando y, sorprendentemente, sin provocar ningún destrozo. No había terminado la tormenta cuando finalmente acepté el encargo y mi ya enemigo, con un despreciable "gracias", sin la menor diplomacia, me pidió el teléfono, la dirección, prometió pasar a buscar a su hijo a la mañana siguiente y abandonó nuestra tribuna. Saltó la valla con velocidad juvenil prescindiendo de cualquier ayuda, y corrió, corrió, sin vergüenza ni reparos, en busca de la periodista. Los miré conversar y sonreír. Fueron los primeros en irse. De no haber sido porque al día siguiente tenía que pasar a buscar a su hijo, hubiera deseado que lo matara un rayo. Los dos niños, ni bien el padre de Manuel huyó, comenzaron a pelear como enemigos despiadados, y en cuanto logré amigarlos le pegaron al hijo de la señora que me había confirmado la muerte del payaso. Alguien hizo correr la voz, cuando ya estaba a punto de tirarme sobre la red que aún se extendía bajo la carpa, de que la lluvia había amainado. Soldé mis dos manos a las de mi hijo y su amigo, y salí entre apretujones. La mayoría de los niños lloraban, los dos a mi cuidado se contentaban con escupirse el uno al otro, y a mí en todos los casos. Logré meterlos en un taxi conducido por un anciano miope que parecía conocer mis más indecibles propósitos, como por ejemplo morirme en el acto. Pero por mucho que lo intentó, no nos estrellamos contra el colectivo 60 ni contra el camión de combustible. Atravesamos la Panamericana sanos y salvos. Luego de casi besar un semáforo y atropellar a un policía, nos dejó en casa. El viaje tuvo el efecto benefactor de convencerme de que, después de todo, la vida valía la pena. A mis jóvenes tutoreados, en cambio, les interesaba más el fin de la misma.

    —¿Le explota el corazón cuando le pega el rayo? ¿Y cómo queda el corazón adentro, o se le sale todo roto?

    —Está muerto. Eso es todo. Después de que alguien muere, no le pasa más nada. No se sabe nada.

    —¿No le pasa o no se sabe? —preguntó mi hijo.

    —No le pasa nada y no se sabe nada —respondí.

    —Los muertos se hacen pis encima —dijo Manuel—, porque no se pueden bajar la bragueta ni salir del cajón.

—Los muertos no hacen pis —respondí poniendo dos hamburguesas en la plancha y dos huevos fritos en la sartén.

—¿Y qué hacen? —preguntó mi hijo.

—Nada. Los muertos lo único que hacen es estar muertos.

—Los muertos se hacen pis encima —insistió Manuel.

Estuve a punto de contestarle una barbaridad, pero sonó el teléfono. Era mi esposa para preguntarme cómo estaba todo. Demoré unos cuantos minutos en explicarle la situación, y agradecí a Dios no recibir reprimendas ni insultos por haber llevado a Manuel a casa. Evité mencionar el asunto del divorciado y la periodista. Pregunté si la casa del Tigre resistía bien la tormenta y mi esposa contestó con toda calma que perfectamente. Pasé varios segundos escuchando sus lamentos atónitos por la insólita muerte del payaso. Para cuando corté, los huevos fritos se habían quemado y las hamburguesas chillaban a punto de correr el mismo destino. Saqué la sartén de teflón del fuego quemándome hasta el espíritu y con la mano sana pinché las hamburguesas y las retiré como pude: una fue a dar al suelo, y la otra a la bacha de los platos sucios. La del suelo se la di a mi hijo, y la de los platos sucios a Manuel. Puse mi mano ardiendo en el *freezer* y con la otra liberé la sartén de teflón para cargarla de dos huevos nuevos. Pero no había más huevos: los dos chicos comenzaron a protestar, luego a llorar como condenados. Usaban palabras como "traición". Yo les había prometido hamburguesa con huevos fritos. Ahora debía cumplir. Como si Dios finalmente se apiadara de mí por un instante, descubrí al fondo de la heladera, detrás de un frasco de mermelada vacía, dos huevos. Primero insulté en silencio suponiendo que se trataba de dos huevos duros, pero un milagro pagano se materializó en mi propia casa: ¡eran dos huevos crudos fuera de la huevera! Quién sabía desde cuándo estaban allí; quizá ya estaban podridos o a punto de nacer los pollitos. Pero no me importaba: alcanzaban para zanjar mi promesa y, en caso de que estuvieran podridos, les diría a los niños que el universo se había vuelto loco y no era mi culpa: los payasos morían por rayos del cielo, los padres huían con mujeres jóvenes y los huevos fritos mutaban en seres abominables. Sin embargo, al abrirlos sobre la sartén con manteca hirviente, no solo resultaron en óptimas condiciones, con la yema amarilla como el sol y la clara blanca como la nieve, sino que fue una de las pocas veces en que no se me rompieron. Todo hubiera sido perfecto de no haber sonado nuevamente el teléfono. Era la madre de nuestro querido Manuel. No dijo "buenas noches", no dijo "hola", no preguntó "cómo estás". Dijo:

–¿Vos podés creer que este hijo de puta me lo tenía que traer cuando terminara la función y lo llamo, me atiende una mina y me dice que el chico no está y que él fue a comprar pizza? ¿Vos podés creerlo?

Hubiera sido fácil preguntar "¿quién habla?", para apagar aquella andanada. Pero yo conocía a Marisol, la ex esposa de Romansky, y por algún motivo le permití desplegar su ira hasta el final de la frase.

–No, no sabía –respondí–. Manuel está acá con León y conmigo. Están los dos muy bien.

–Gracias a Dios –dijo Marisol–. Gracias a Dios.

Y se largó a llorar.

–La turra esta –dijo refiriéndose a la periodista de la cual yo tampoco sabía el nombre–. Ni sé cómo se llama, me dio tu teléfono, me dijo que Manuel estaba con vos… Yo no sabía nada. No sabés cómo la pasé. Fueron tres minutos, hasta que te llamé, hasta que me atendiste, tres minutos de muerte. ¿Viste como cuando lo perdés de vista en algún lado?

–Sí –dije. Porque sabía muy bien de qué hablaba.

–Bueno –siguió Marisol más calmada–. Lo lamento por los chicos, pero lo voy a tener que pasar a buscar. Lo tengo que ver, y hoy no voy a soportar que no duerma conmigo.

—Entiendo —dije, mirando a los dos pequeños salvajes liquidando con las manos las hamburguesas y descubriendo que se me habían vuelto a quemar los huevos fritos.

—¡Un minuto! —le grité a Marisol. Saqué los dos huevos fritos carbonizados, esta vez sin quemarme, y dejé uno en el plato de cada niño, arruinando los pedazos restantes de hamburguesa.

—Ahora están comiendo —regresé a mi conversación adulta—. Vení cuando quieras.

—Todavía me tengo que cambiar, y con esta lluvia no sé en cuánto llego. Pero a más tardar en una hora y media estoy ahí.

—Perfecto —dije—. Te esperamos.

Y sin pensarlo agregué:

—¿Comiste? —como si realmente pudiera prepararle algo en caso de que no lo hubiera hecho.

—No —respondió—. Pero tampoco voy a comer. Esto me mató el apetito. ¿Vos podés creer que sea tan hijo de puta?

—Pero cómo fue… —traté de dialogar.

—Se olvida. Ya le pasó otra vez. Piensa que se queda a dormir con él, y habíamos arreglado que me lo traía. Pero esta es la primera vez que se lo deja a un amigo.

Tomó aire y preguntó:

—¿Cómo estuvo la función?

—No hubo función —respondí sin prolegómenos—. Murió un payaso.

Marisol replicó con un silencio cerrado.

—Lo mató un rayo —aclaré.

Creo que a esto sí emitió en respuesta un ligero sonido.

—Bueno, ya pasó —dije—. Ahora lo venís a buscar y listo.

¡Para qué habré dicho eso! Manuel preguntó quién lo iba a venir a buscar. No tuve más remedio que confesar la verdad. Inmediatamente los niños sollozaron a dúo, renovaron sus insultos y, deteniendo el llanto deliberadamente, pero sin abandonarlo del todo, compusieron y entonaron una canción en mi contra. ¿Por qué los separaba? ¿Por qué después de haberles dicho que dormirían en la misma habitación echaba a Manuel de mi casa? Yo había matado al payaso, yo había quemado los huevos fritos, yo había arruinado las hamburguesas, yo los traicionaba. Me odiaban. Terminaron de comer los restos de hamburguesa con los huevos quemados y persistieron en el llanto y los cánticos agresivos. Corrí hasta la pieza de mi hijo y revolví su baúl de juguetes hasta encontrar el objeto buscado. Regresé a la cocina con una roja nariz de payaso disfrazando mi propia nariz. Di saltitos en el lugar y comencé a contar chistes groseros sin sentido. Los dos callaron y me ofrecieron un minúsculo compás de espera. Me pegué una cachetada en el rostro e hice de cuenta que me caía. Les arranqué una sonrisa. Saqué un paquete de harina de la despensa, me llené la mano y me empolvé la cara. Estallaron en carcajadas y aplaudieron. Mantuve mi espectáculo con gritos, llantos fingidos y risas estrafalarias hasta que, sin decírmelo, mis dos recientes enemigos se transformaron en convencidos admiradores. Entonces fue la hora de llevarlos a ver un video, ambos despatarrados, mi León en su cama y Manuel en el colchón de invitados, en la misma habitación, como les había prometido. Aceptaron con indulgencia: habían comido (mal, pero habían comido), se habían reído del payaso vivo y estaban cansados. No hubo disputa acerca de la película: un dibujito chino o japonés que superaba mi capacidad de comprensión. Me retiré a la cocina para lavar los platos y cotejar qué opciones de cena se me presentaban. Pero yo también estaba cansado de muerte, y todas las minutas del *freezer* y la heladera requerían por lo menos una cocción al horno o a la sartén. De modo que aprovechando que mi mujer no estaba me armé uno de mis cigarrillos secretos de tabaco holandés, y decidí que podía pasar sin cenar. Cuando terminé de fumar y fui a ver cómo andaba todo por la pieza de los vándalos, en-

164

contré una escena que me llenó los ojos de lágrimas: dormían tomados de una mano, cada uno en su cama. Apagué la video-casetera, la televisión y la luz. Me dije que la situación ameritaba otro cigarrillo. Y un whisky. La madre venía hacia mi casa, la pesadilla había terminado. Yo no era totalmente inocente de aquel desastre, habiéndole aceptado al cretino de Romansky su lujuriosa súplica, pero ahora podía deshacer el entuerto sin más contratiempos.

Me había tirado a ver la tele —las sesiones de cuidado de niños me dejan el cerebro totalmente incapacitado para cualquier otra cosa—, y estaba a punto de entender una película que había empezado por la mitad, cuando sonó el portero eléctrico. Atendí sabiendo que era Marisol. Bajé a abrirle y en cuanto me vio pegó un grito de espanto del que todavía no me repongo. La vi palidecer, y le temblaban los labios. Me señaló.

Muy alterado, le pregunté qué le pasaba. Pero antes de que me respondiera comprendí que había olvidado sacarme la nariz de payaso y la harina del rostro. Le había pegado un susto antológico a la pobre Marisol. Me apresuré a quitarme la nariz roja, rompiendo la gomita en el intento, y me la guardé en el bolsillo trasero del pantalón. Me pasé la mano por la cara, mientras subíamos la escalera, para liberarme de la harina. Recién cuando llegamos a la cocina se rió, y yo terminé de borrar los rastros de harina con agua. Me preguntó cómo estaban los chicos y se los mostré dormidos en la habitación. Ella también se emocionó. Sonó el teléfono. Corrí a atender, y me pregunté cómo le explicaría a mi mujer la presencia de Marisol en nuestra casa. Pero no era mi mujer. Cuando pregunté en un susurro, para no despertar a los chicos, quién era, no me contestaron, una voz femenina dijo:

—Disculpame que te llame.

—¿Quién es? —insistí.

—Soy la... —estaba pensando una definición, por fin se decidió— soy la chica que estaba con Gustavo en el circo. ¿Te acordás?

—¿La periodista?

—Esa. ¿Sabés que Gustavo salió a comprar una pizza y no volvió? No sé qué le pudo haber pasado. Te llamo porque dejó tu teléfono arriba del escritorio. Supuse que por ahí le había dado un ataque de culpa y había salido a buscar a su hijo. ¿Puede ser?

—Mirá, no me llamó —dije.

—Por favor, estoy desesperada —me dijo—. La madre del chico llamó y le di tu número. No sé qué le puede haber pasado a Gustavo. Estoy acá, sola en su casa. Por favor, si pasa por ahí, que me llame.

—Supongo que si pasa por acá te llamará —dije con sangre fría—, pero yo no te puedo decir nada. Yo no te voy a llamar.

—Entiendo.

—Muy bien, entonces —concluí—, buenas noches.

—Buenas noches —respondió.

Supuse que Romansky había perdido a su periodista, pero por esa noche yo había cerrado el centro de atención al imbécil.

Marisol había escuchado la conversación y, nuevamente, no tuve más remedio que reproducirle el contenido. Igual que su hijo cuando se enteró de que ella venía a buscarlo, Marisol lanzó una campaña de diatribas contra su ex marido.

—Lo único que falta es que este hijo de puta venga a buscarlo. ¿Vos lo podés creer? Pero si no sirve para nada. Lo lleva a un circo y se mueren los payasos. ¿Vos conocés alguien más inútil, más cruel?

—La verdad es que no me lo puse a pensar —dije, continuando mi senda de hombre imperturbable—. Y tampoco me interesa pensarlo en el futuro.

—Está bien —dijo Marisol—. Tenés razón. ¿Te hacés un mate, y después me lo llevo?

Preparé un mate. Lo tomé con especial fruición: seguramente cuando Marisol intentara cargar a Manuel, el chico despertaría y yo sufriría una nueva conmoción de mi sistema nervioso. Más valía disfrutar de la paz mientras se pudiera. Marisol me preguntó por Esther y le conté lo del Tigre. Intercambiamos una mirada sorprendida: después de todo, éramos dos adultos, afuera llovía y la Providencia nos había reunido con una secuencia de peripecias que parecían arrancadas de una serie de televisión. La comparación me recordó la película que había comenzado a atraparme, y vi que un libro asomaba por la cartera de Marisol.

—Si no te molesta —señalé su propio libro—. Y a mí no me molesta que te quedes un rato tomando mate, voy a terminar de ver una película.

—Andá tranquilo —coincidió—. Tomo unos mates, cargo a Manuel y nos vamos.

Abrió el libro y se tomó el mate que yo había cebado para mí. Tuve que armarme otro cigarrillo.

Cerca del prefinal de la película, Marisol apareció en mi pieza con el libro cerrado, y dijo:

—Bueno, entonces me voy.

Y, luego de que asentí, como la película había alcanzado esos minutos finales en los que casi todas las buenas tramas se hacen indetenibles, por inercia tomó asiento a mi lado en la cama. Nos besamos antes de que terminara: la trama oculta humana oscurece al resto del mundo. Al inclinar mi peso hacia el costado izquierdo, escuché un crujido y sentí un ligero pinchazo. Aparté a Marisol, me puse de pie y saqué la nariz de payaso hecha trizas del bolsillo trasero. Huí hacia la cocina y arrojé la nariz rota al tacho de la basura. Regresé a mi pieza, pero me quedé bajo el marco de la puerta. No pensaba moverme de ahí, ni le abriría el techo a la tormenta en mi casa. Marisol se reincorporó y comenzó a arreglarse como para salir. No terminaba de entender, y tras la remera apenas mojada, quizá fuera el frío, sus pezones sentían aún menos interés que ella en mis mudas reflexiones de madurez. Pero tampoco hizo falta que siguiera por mucho

167

tiempo más sufriendo frente a esos dos pezones implacables. Porque por segunda vez en la noche sonó el portero eléctrico. Atendí sabiendo que era Gustavo Romansky.

–¡Me olvidé que se lo tenía que llevar a mi mujer! –gritó como si estuviera desesperado– ¡Me va a matar!

–Es muy probable –respondí– Está acá.

Si notó o no mi erección es un dato que me dejo para resolver un día en el que esté tan aburrido como para llegar a pensar en esas dos personas, Gustavo y Marisol.

Ex marido y ex mujer se encontraron en mi pieza, ella nuevamente sentada en mi cama. Sorprendentemente, Marisol no le gritó, ni lo insultó ni, como hubiera correspondido, intentó partirle la cabeza con un velador. Le preguntó si había traído el auto y le pidió que la ayudara a cargar al chico. Manuel, por supuesto, se despertó. Aunque León tuvo la deferencia de continuar durmiendo.

Como vio al padre, Manuel, en lugar de ponerse a llorar, gritó:

–¡Papá! –y lo abrazó.

Luego el mismo Manuel le dijo al padre:

–¿Vamos a tu casa?

Con una expresión de entre vergüenza y dolor que me pareció sincera, Gustavo hizo que no con la cabeza. Pero Marisol lo interrumpió:

–Está bien. Si vos podés, te dejamos venir a dormir a casa. Colchón hay.

"Si no, yo les presto el mío", pensé. Pero callé.

Los vi salir de mi casa como una familia unida. Algo en el aire que fluctuaba entre aquellos cuerpos me dijo que aquella noche los pezones de Marisol finalmente encontrarían su verdugo en los dedos del padre de su hijo, como antes los habían martirizado las encías de su propio hijo. Como fuera, gracias a Dios, no sería yo. Mi hijo dormía en paz, no había profanado su tranquilidad, no había socavado los cimientos de mi hogar.

Merecía otro cigarrillo. ¿Qué sería de la pobre periodista abandonada? ¿Ya habría dejado el hogar del imbécil de Romansky? Enrollé el cigarrillo con una habilidad sorprendente, lo encendí y dejé caer el fósforo prudentemente apagado en el tacho de basura. Cayó junto a la nariz de payaso rota. La bolsa ya estaba llena. La cerré y decidí bajar a dejarla en la vereda, bajo la lluvia, en cuanto me terminara el cigarrillo.

Soy elegido como mediador

I

William Somerset Maugham comienza su mejor novela, *Cakes and Ale*, con la siguiente frase: "He notado que cada vez que alguien me llama por teléfono para algo urgente, siempre es urgente para él". Por el contrario, cada vez que alguien me llama por algo urgente, me apresuro a adueñarme de la urgencia. Mi vida es plana como creían que era la Tierra los antiguos, y no termina en monstruos ni tortugas gigantes. Paso la mitad del año tirado en un sillón mirando el techo, y la otra mitad recorriendo empresas en decadencia para cobrar cheques: no sé cuándo trabajo ni de qué vivo, pero al terminar el año siempre he publicado al menos dos libros, un centenar de artículos y encuentro la cantidad de dinero necesaria en el banco. Algún dios menor debe estar de mi lado, o un ángel enviado por el Dios de los hebreos. Lo cierto es que siempre que me llaman por algo urgente agradezco a la Providencia: gusto del suspenso y las dificultades ajenas. A las diez de la mañana me llamó Fernando Soldeo y me dijo que era urgente. Le pedí que me adelantara algo, pero replicó que por favor me encontrara con él, sin más preguntas, en el bar Querandí, en Paraguay y Pueyrredón. Quedamos para las once. Hace ya más de un año que abandoné el Once, mi barrio, pero sigo visitando

173

sus bares y calles como si aún viviera por allí. Por supuesto, esta lírica no es gratis: tomo taxis diariamente. En el viaje, traté de imaginar el motivo de la urgencia de Fernando: cáncer, decisión de abandonar el país y necesidad de vender todo, descubrimiento de un secreto terrible. Necesariamente debía tratarse de algo muy malo y yo suponía que a nivel nacional, porque Fernando era el jefe de noticias de la Agencia Virtual Argentina, un servicio por Internet que enviaba en instantes, a todo el mundo, notas filmadas o escritas, reportajes fotográficos o radiales. Había asumido el cargo inmediatamente después de ser despedido de su anterior puesto, como jefe de la agencia estatal de noticias. Quizás en el encuentro me narrara la pérdida de su nuevo trabajo. No sería el primero que me llamaba luego de perder un trabajo para preguntarme si yo estaba al tanto de alguna oportunidad. Es curioso: como no sé qué hago para sobrevivir, mucha gente imagina que poseo un secreto. Mi único secreto es saber que la ruina existe y la estabilidad no. Cuando llegué a mi extrañada esquina, Fernando miraba el vacío desde mi ventana preferida, con un vaso de bebida blanca sosteniéndole la mano, burbujeante. Entré sin que me viera y tuve que tocarle el hombro. El mozo me saludó como si fuéramos parientes. Nunca en su vida me había dirigido una sonrisa, pero ahora que hacía meses que faltaba, se había encariñado. Decidí, de todos modos, no dejarle propina.

Intercambiamos algunos saludos, preguntas de rigor y de cortesía, y Fernando Soldeo dijo:

—Nicolás se enamoró de Melina.

Nicolás, hasta donde yo sabía, era el hijo de Fernando, y Melina me sonaba de algún lado, además de parecerme un nombre pretencioso, pero no terminaba de recordar.

—Melina —apuntó Fernando—, es la hija de los Bunglowsky.

Ahora la recordaba: esos pechos martirizaban mi memoria. Su piel blanca y los ojos claros inculcaban deseos bárbaros aun en un individuo inofensivo y de piel lechosa como yo, como si junto a ella pudiera ser moreno y salvaje. Era completamente insoportable:

174

la recordé hablando de literatura y de música con una ignorancia solo emparejada por su artificialidad.

—No es para menos —dije.

Fernando asintió. Y yo supe que Nicolás, el muy agradable hijo de Fernando, uno de los pocos jóvenes respetables de mi entorno, que no usaba arito, ni cola de caballo, ni repetía la palabra "boludo" como un mantra ni se drogaba, no poseía la fuerza necesaria como para obsequiarle a aquella yegua albina el maltrato sentimental que requería.

—¿Cuál es el problema? —pregunté—, ¿son hermanos?

Fernando, aunque se lo veía muy preocupado, sonrió.

—Todo lo contrario —respondió—. Los Bunglowsky rechazan el noviazgo porque Nico no es judío. Él quiere casarse con ella.

—¿Los Bunglowsky? —pregunté incrédulo.

Los Bunglowsky eran los comunistas más antisemitas que había tenido ocasión de conocer, y Fernando Soldeo era una de las personas, siendo gentil, más judía que yo conocía. Pareció escuchar mis pensamientos.

—¿Vos conocés alguien más judío que yo?

Negué con la cabeza.

Fernando Soldeo había soportado inconvenientes, en distintas redacciones, por sus notas siempre favorables a Israel. Era un fanático lector de Bashevis Singer y, en contra de mis gustos, de Saul Bellow. Fernando sentía por mi pueblo una admiración que por momentos me intimidaba: al menos yo no la merecía. Compartíamos la defensa de Israel y la conciencia del destino siempre precario de los judíos diaspóricos, pero en Fernando había una devoción que, por ser parte, a mí me faltaba. De todos modos, lo que no estaba en duda era que los Bunglowsky habían sido, durante la mayor parte de sus vidas, comunistas antisemitas: primero negaban que los judíos fuéramos un pueblo, también negaban la necesidad de un Estado judío, negaban sus propias raíces y la idea de raíces en sí. Aunque al menos preservaron el apellido, no creían que el hecho de que alguno de sus ancestros hubiera estado frente al Monte Sinaí poseyera significación alguna. Siempre que podían, hablaban mal de Israel. No era que no les interesara –a lo que cualquiera tendría derecho–, sino que le prestaban especial atención a ese país para hablar en su contra. No importaba lo que hiciera el ejército israelí, se apresuraban a tildarlo con los peores insultos. Una vez, en una nota publicada en un diario barrial comunista, Isaac Bunglowsky, con un estilo pueril y nauseabundo, definió como "fascista" a un Primer Ministro de Israel. Dejé de hablarle.

Le pregunté a Fernando qué estaba tomando, me dijo que gin tonic y pedí uno igual. El mozo me lo sirvió con una sonrisa.

Conocí a los Bunglowsky porque durante un tiempo fui novio de Eleonora Thereds, hija de una prima de Isaac. Nunca en mi vida, ni antes ni después, una mujer volvió a maltratarme de semejante manera. Me decía que me amaba y unas horas después que la aburría, me engañó y juró que se mataría si la dejaba, me dijo que quería tener hijos conmigo y luego que yo era débil y que no sabía ponerle límites a una mujer. Me llevó al borde de la desesperación, hasta que afortunadamente fue conquistada por un medianamente famoso empresario de actividades desconocidas, que le pegaba, se drogaba con cocaína y hasta donde yo sé aún está preso por fraude. Eleonora partió a Nueva York, subvencionada por sus padres hasta recuperarse del amor *fou*. Yo me casé, tuve hijos.

Lo peor que me hizo Eleonora fue presentarme a sus tíos: me obligaba a participar de las fiestas familiares; año nuevo, Navidad y cumpleaños. Nunca *Pesaj* ni *Iom Kippur*. Los padres de Eleonora también eran comunistas.

Aunque lo peor fue presentarme a su familia, no fue lo más extraño. Dos semanas antes de ser conquistada por el primero famoso y luego fraudulento empresario, Eleonora desapareció de mi vida sin aviso. Yo llamaba y a veces los padres me decían que no estaba. Otras veces que estaba y no me podía atender. Llegué a montar guardia en la puerta de su casa, pero no la vi entrar ni salir.

Loco de amor, de deseo, llegué a pensar que los padres la habían matado. Llegué a suponer, esperanzado, que los padres se oponían por algún motivo a nuestro amor y le impedían el contacto conmigo. Pero a los quince días reapareció, me llamó muy tranquila y nos encontramos en un café de la esquina Coronel Díaz y Charcas. Recuerdo con especial precisión, más que el diálogo, que ella me pedía que hablara más despacio, refiriéndose al volumen de mi voz. Evidentemente, yo estaba sobrepasado por su actitud: su imprevista desaparición y reaparición, y compartía involuntariamente nuestros pequeños desencuentros sentimentales con el resto de los habitantes del bar. De todos modos, me pareció especialmente cruel de su parte ocuparse más en pedirme que bajara la voz que en intentar explicarme qué había pasado. No fue mucho lo que dijo: me abandonaba, ya había formado pareja con Dady Cohen, nuestro querido empresario–presidiario. Yo no sabía ponerle límites a una mujer. Aparentemente, Dady Cohen sabía. La vi más flaca, y al mismo tiempo recompuesta. Como si hubiera atravesado una experiencia límite durante aquellas dos semanas, y ya se encontrara mucho mejor. Primero quise creer que se trataba del dolor de abandonarme, de lo duro que le había resultado tomar la decisión; pero sus escasas palabras me convencieron de que su delgadez y recomposición no obedecían más que a la introducción al romance con Dady Cohen, el hombre que sabía poner límites, con golpes, actitudes sicopáticas y cocaína. Como sea, fueron mis años de relación con Eleonora los que me pusieron en contacto con los Bunglowsky.

Incluso en mi lamentable época izquierdista, ya me resultaba irritante el autoodio de los Bunglowsky. Después de separarme de Eleonora, continué encontrándome con Isaac Bunglowsky en la radio donde ambos teníamos una columna: él como representante de un fondo cooperativo comunista, con sus columnas de opinión en materia económica, y yo como humorista. Lo saludé hasta el día en que escribió –con su gramática de escuela primaria– aquel

177

artículo propio de un *capo*. Luego, dejé de hablarle. Creo que fue la primera y única persona a la que le retiré el saludo. No le contestaba cuando me saludaba.

–Me parece un disparate –le dije a Fernando–. Nicolás es el único joven decente que conozco. ¿Se lo van a perder?

–Está sufriendo mucho –replicó Fernando, en el bar de Pueyrredón y Paraguay–, y yo, la verdad, estoy desesperado.

Los Bunglowsky, me contó Fernando, habían regresado al judaísmo en los últimos años. Paradójicamente, Melina y Nicolás se habían conocido gracias a este retorno a las fuentes: en la reapertura de la cinemateca de Hebraica. Nicolás había concurrido porque daban Los girasoles de Rusia, una película de la que él había oído hablar muchas veces, pero no alquilaban en los videoclubes; y Melina porque sus padres habían aportado dinero para la reapertura de la cinemateca, en su nuevo afán por contribuir a la comunidad: le sugirieron a su hija concurrir a la función de reapertura, no ya por la palabra Rusia en la película, sino por la palabra Hebraica en la sala. Cuando Nicolás y Melina se conocieron, los Bunglowsky recién comenzaban a reconciliarse con sus ancestros, al punto de intentar conocer sus orígenes; pero para cuando el romance prosperó, ya estaban totalmente convencidos de que pertenecían al pueblo de Israel, de que debían preservar sus raíces y de que bajo ningún concepto permitirían a su hija casarse con un gentil. Curiosamente, siguió explicándome Fernando, en ningún caso reconocían que habían vivido cincuenta años equivocados; habían cambiado, sin avisar, su antiguo dogma comunista por el nuevo fervor tribal.

–¿Qué puedo hacer yo? –pregunté sorbiendo mi gin tonic.

–Hablarle –me dijo Fernando–. Convencerlo de que está cometiendo un error. Explicarle que sigue siendo un renegado: antes renegaba de su judaísmo, ahora reniega de su progresismo. Hace todo mal.

–Ya lo sé –dije–. Por eso dejé de hablarle.

Fernando tapó su vaso con la palma de la mano y clavó su mirada en mis ojos, como si en ese instante yo fuera el representante de la tribu y nos encontráramos en el desierto, cinco mil años atrás, y de nuestro diálogo dependiera la paz y la abundancia o la guerra y el padecimiento.

—No ha habido otro periodista que defienda a Israel como yo —me dijo, cambiando el tono—. Ni judío ni gentil. Lo que pueda resultar en pérdida para los judíos por el casamiento entre Melina y Nicolás, ya lo han recuperado con mis artículos sobre el Medio Oriente.

Asentí.

—Si yo pudiera hacer algo… —dije.

—Intentá hablarle —respondió Fernando—. No te pido más que eso.

—Entonces —dije—, contá conmigo.

Fernando se levantó, dejó un billete de cinco pesos, me dio la mano y partió. No hizo más comentarios, no me informó acerca de nuestro caos nacional, no me preguntó por mi familia. Efectivamente, estaba desesperado. Yo también. ¿Qué iba a hacer? Yo no cumplía con ninguno de los ritos de mi tribu, y Bunglowsky me parecía un ser despreciable e irredimible. ¿Pero iba a encargarme yo de convencerlo de que propiciara el matrimonio mixto? Aun cuando el sentido común me indicaba que lo mejor era permitir a esa pareja concretar sus anhelos, un dejo de misterio me inclinaba, en las más profundas cavernas de mi conciencia, las cavernas cavadas miles de años antes de mi nacimiento, me inclinaba, digo, a no actuar, ni a favor ni en contra de esa unión. Me habían puesto en la estacada. ¿Quién? El simple devenir de los acontecimientos. Nacer es estar en la estacada.

II

Entonces me dije que debía forjar un acuerdo diplomático conmigo mismo. Una autojustificación que reconciliara el llamado de mis ancestros con la voluntad de favorecer, en el presente, a un hombre de buena voluntad. Me dije que los hijos de Melina serían judíos: la persistencia del pueblo de Israel estaría garantizada. No se le pediría a Nicolás que se convirtiera al judaísmo, pero sí que aceptara la condición judía de sus futuros hijos, si es que alguna vez los tenían. Inicialmente, les realizarían la circuncisión. Yo trataba de enfrentar la situación como si fuera un estadista, Churchill o Roosevelt y, comprendiendo siempre que la justicia y la armonía nunca existirían, encontrar la solución menos traumática. Sin embargo, había un escollo que no podía sortear: hablar con Bunglowsky. No soportaba ver su cara ni oír su voz. Sus gestos me causaban repulsión. Y sin el diálogo con Isaac Bunglowsky no habría pacto. Llegué a casa cansado de hacer nada. El país se derrumbaba y yo miraba el techo en mi estudio: trabajar no tenía sentido, pero mi magín no cesaba de propiciar cuentos, ensayos, novelas. No era capaz de levantarme a escribir las primeras letras. Me habían pagado tres mil dólares como primera parte de un anticipo por un libro de ensayos humorísticos, y la segunda parte me la pagarían en pesos, que ya valían menos de un tercio. Comprar dólares con la primera parte del anticipo me hubiese resultado más fructuoso que terminar de escribir el libro. De todos modos, la secreta fuente que me permitía traducir la vida continuaba drenando. Mi esposa había preparado un pollo delicioso y esperé a terminarlo para exponerle mi problema. Ella es muy inteligente y logró hacerse un cuadro de situación mucho más preciso del que yo hubiese podido expresar. Me había repetido el planteo, dispuesta a comenzar con su batería de sugerencias, siempre tranquilizadoras, casi siempre sabias, cuando nuestro hijo de cinco años reclamó atención. Primero me propuso jugar al ta te ti y, cuando me negué, a los palitos chinos. León todavía no comprende los rudimentos del ta te ti –aunque eso no le impide desear jugarlo–, pero es un excelente jugador de palitos chinos. Se concentra y revela una pericia que no es habitual en él. Por sobre todas las cosas, en el afán de no mover los palitos, se mantiene en silencio. Por eso acepté la invitación. Pero mi hija de un año ya llegaba, en puntas de pie, al borde de la mesa donde estaban los palitos, y comenzó un tira y afloje entre los hermanos. León, que empujaba a Sara para que no tocara los palitos, y Sara que se levantaba, llorando, para intentarlo nuevamente. Yo intentaba prestar atención a los consejos que con calma y satisfacción me brindaba mi esposa, pero me era imposible, físicamente, escucharlos. Mi esposa no parecía especialmente mortificada por los gritos de los niños interrumpiendo nuestra conversación: hablaba como si nada se interpusiera entre nosotros. Por paradójico que resulte, aquella escena caótica me ayudó a comprender lo que mi mujer me recomendaba: un mediador, necesitan, me dijo. Un mediador. "El mediador soy yo", quería decirle, con Sara y León en el medio, "un mediador, como estos dos hijos míos, que no se interponen para clarificar las cosas, sino para confundirlas. ¿A quién se le ocurre pedirme llevar un mensaje, descifrar un nudo sentimental? ¡Ni siquiera puedo mantener un diálogo con mi esposa y mis hijos!".

182

—El mediador soy yo —dije por fin.

—Sí —asintió Esther—. Pero el mediador número 1 no quiere hablar con el padre de la chica, porque lo detesta. Entonces el mediador necesita otro mediador, que a su vez hable con el padre de la chica. El mediador número 1 tiene que encontrar un mediador número 2 que no solo no deteste al padre de la chica, sino que tenga una gran influencia sobre él.

Me levanté y besé a mi mujer en los labios. Sara se había contentado finalmente con uno de los palitos chinos ya fuera del juego, y León estaba terminando de recoger los tres últimos. Me había ganado. Milagrosamente, después de comer sandía, ambos niños se durmieron. Caímos rendidos en la cama, con Esther, pero luego de unos minutos de penumbras, nuestros instintos, como si el cansancio mental estuviera desligado de las pasiones, se reavivaron, y nuestros cuerpos, repletos de espíritu y misterio, nos dieron la recompensa humana.

Yo había decidido hablar con la madre de Eleonora Thereds.

III

La madre de Eleonora era abogada, y quizás el miembro de la familia Thereds que más en cuenta me había tenido. Al padre le era completamente indiferente si su hija se ponía de novia conmigo o con Al Capone, pero Clelia Mazursky de Thereds sabía que yo era inofensivo y que su hija estaba medianamente loca: lo mejor que podía pasarle era un hombre que no intentara matarla. Melina y Eleonora tenían algún punto en común en cuanto a la malicia de su belleza. Hay formas de belleza que no pueden separarse de cierta malignidad. Las mujeres que la portan nunca están del todo a salvo de su propio poder. Aunque yo había determinado que no tenía más remedio que reclutar a mi ex suegra para mi modesta empresa de mediador, me resultaba tan solo un poco menos imposible que hablar con Bunglowsky. Para ponerlo con más claridad: hablar con Bunglowsky me resultaba insoportable; con Clelia Thereds, imposible. No solo era regresar a trozos de mi pasado que me invitaban al autodesprecio, sino también, más penosamente, el temor a que las partes de mi cuerpo y alma en las que habían quedado grabadas las señas de Eleonora ardieran una vez más. Las mujeres como Eleonora son para mí como el cigarrillo: he logrado dejar de fumar, pero no de sentir ganas de hacerlo. La suerte me había agasajado evitando someterme a esa prueba con Eleonora. Era cierto que ella estaba en Nueva York, ¿pero quién sabía qué podía pasarme cuando hablara con la madre; cuando, quizá, visitara la vieja pieza de la casa de los padres de Eleonora, donde nos dedicábamos a extravagantes juegos sexuales mientras ellos dormían? ¿Le habría hecho Dady Cohen las mismas cosas que yo? Seguramente mucho peores, y con mayor intensidad. Ojalá los amantes disfrutaran tanto como supone que lo hacen aquel que ha sido abandonado, aquel que ya no tiene acceso al cuerpo amado. ¿Es el placer tan intenso como el dolor de desear a una persona y no tenerla, esa carencia que se vuelve una presencia en forma de dolor, que parece un cuerpo en nuestro propio cuerpo? Todos estos desastres me cercaban, sin derrotarme aún, con solo pensar que hablaría por unos minutos con Clelia Thereds. Pero no tenía alternativa. No hay alternativa.

Los Thereds seguían viviendo en Mansilla y Ecuador, y la compañía telefónica apenas les había cambiado los primeros dos números de la característica, del 40 al 371, igual que a mi madre. Escuché la voz de la señora Thereds: el tiempo la había cascado. ¿Sería yo también más viejo?

—No puedo creerlo —me dijo antes de que le dijera mi nombre—. Justo ayer estaba pensando en vos.

Sostuve un silencio emocionado.

—Yo pensé muchas veces en ustedes —dije.

—Por Eleonora —dijo ella.

—Claro —reconocí—. ¿Cómo están?

—Bien —dijo con un tono inverosímil.

—¿Juan? —pregunté por el padre.

—Igual, pero más viejo y con menos plata.

—Todos estamos más viejos y con menos plata —dije—. Menos los muertos.

Juan Thereds era contador de empresas multinacionales. Manejaba sumas astronómicas de dinero y recibía porcentajes sustanciales;

ínfimos en relación con las sumas que administraba, pero despampanantes en relación con la Argentina. Ahora que las empresas y capitales se retiraban como una ola de mar, sin dejar más que un rastro de yodo sucio, una ojota sin su par, no había cifras que manejar ni propinas para guardar.

–Quiero hablar con vos –dije finalmente. Y recordé que cuando era mi suegra no la tuteaba. No porque ya no lo fuera la trataba de vos, ni porque después de tanto tiempo hubiese cambiado mi forma de ser. La tuteaba porque cuando fui el novio de su hija yo era apenas un joven y ella una adulta; y ahora ella era una vieja y yo ya estaba camino a serlo.

–Adelantame el motivo –me pidió.

Medité un segundo y dije:

–Quiero hacerle llegar un mensaje a Isaac Bunglowsky.

Me respondió con una voz inexplicablemente alarmada, como si estuviéramos tramitando alguna maniobra peligrosa e ilegal:

–No me gustan los mensajes ni los recados secretos.

–Yo no dije que fuera secreto –alcancé a defenderme. Y estaba dispuesto a dar por tierra de inmediato con mi peregrina idea. Pero habló ella nuevamente, antes de que pudiera pedirle disculpas por haberla molestado y cortar.

–Decime de qué se trata –recomenzó, más calmada.

Supe que debía decirle la verdad entera por teléfono y no, como había planeado, aguardar al encuentro personal.

–Es muy sencillo –dije–. La hija de Isaac, Melina, está de novia con un muchacho.

–Nicolás –dijo Clelia Thereds.

–Eso –continué, aliviado–. El padre del muchacho es amigo mío. Son dos joyas. No conozco gente mejor. No soporto hablar con Isaac, pero quiero que alguien le diga que no se pierda ese yerno.

–¿Por qué no soportás hablar con Isaac? –me preguntó menos alarmada.

–¿Podemos hablar en persona? –rogué.

A diferencia de su hija, cuya crueldad se alimentaba de mis ruegos, mi ex suegra accedió al encuentro.

La visité en su casa. Juan no estaba. Los cuartos compartidos –living, comedor, sala de lectura– parecían iguales, hasta la alfombra había mantenido la textura y el color. Pero desde la cocina, en un piso superior, se veía la antigua pieza de Eleonora y su cama sin colchón. Ahí estaba, en ese esqueleto de madera, en la pared con algunas chinches sueltas, el paso del tiempo y la pena. Procuré no mirar hacia allí. Nos saludamos con timidez y continué tuteándola. Sirvió café para los dos. No volvió a preguntarme por qué no hablaba con Isaac Bunglowsky, su primo.

–No sé por qué habrías de hacerme este favor –le dije–. Pero no tengo alternativa. *Ein brerá.* ¿Vos podrías hablar con Isaac, convencerlo de que al menos permita que Melina elija en paz?

–Me parece tan absurdo tenerte acá –dijo Clelia Mazursky de Thereds–. Tan… tan inverosímil que hayas venido sólo para pedirme esto, que ni siquiera puedo contestarte "no" de inmediato. Pero por suerte no se puede hacer nada, ni siquiera te voy a tener que decir que no. Mi primo ni me escucha. Cortó todo vínculo racional con nosotros. Nos saludamos, nos hablamos, pero ahora nos considera renegados, *apicoires*, herejes. A veces, incluso, llega a decirlo, con una sonrisa, como en broma, pero es lo que piensa. Está más allá de mí: incluso planean, por ahí, irse a vivir a Israel.

Me puse la mano en el mentón y perdí la vista con resignación.

Finalmente hablé, sacando de mi manga una carta que ni siquiera había imaginado.

–¿Sabe? –le dije, volviendo a tratarla de usted, como cuando todavía era mi suegra– En realidad yo creía que usted tenía una deuda conmigo.

Clelia palideció. Por algún motivo, aquellas palabras la desarticulaban.

–Me refiero a que no sé si Juan, pero usted sí sabía que Eleonora fatalmente iba a ser maltratada. Que si no la acompañaba alguien resistente, alguien resistentemente normal como yo, iba a terminar muy mal. Usted lo sabía.

Para mi estupor, Clelia comenzó a llorar en silencio. No podía ser por mis palabras. Pero seguí.

—Usted lo sabía y eso es lo que me debe: yo lo intenté. Yo puse mi alma y mi cuerpo para que su hija viviera una vida lo más parecida a la normalidad que alguien le podría brindar nunca. Me dejé humillar y continué amándola. Todavía no sé si lo hice enteramente por amor o por mi vocación frustrada de héroe. Pero usted sabe que, aunque yo haya fracasado, usted me debe algo por mi intento. Yo no soy un empresario fraudulento, yo no soy un loco ni un golpeador. Yo intenté hacer feliz a su hija. Por eso me creí con derecho a venir a pedirle esta pequeña ayuda.

Clelia asintió. Dos veces. Contestó de inmediato, mordiéndose las lágrimas.

—Quizás ella, quizás Eleonora pudiera hacer algo —sorbió y habló con más claridad—. Ayudarte con esto de Melina y…

—Y Nicolás —dije.

—Eleonora es la sobrina preferida de Silvia. E Isaac nunca deja de escuchar a su esposa. No sé cómo puede llegar a convencerlo en este caso. Pero Silvia ama a Eleonora desde que era un bebé, siempre la adoró. Y eso que no tienen sangre en común.

—Sangre en común tienen —dije—. Los parientes de ambos estuvieron frente al Monte Sinaí, cuando Dios les dio las Tablas de la Ley.

—Los míos, no —dijo Clelia con una sonrisa cruzada por el llanto—. Algo debe haber salido mal. Mis ancestros deben haber salido a pasear cuando Moisés bajó con las tablas: por eso Eleonora salió así.

Imprevistamente, se lanzó sobre mi cuello con ambos brazos y me empapó el pecho con su llanto. Ya había hecho todo lo que podía por Fernando Soldeo. Mucho más de lo que podía. Eso era inadmisible.

Clelia se recompuso. Sonó su nariz con un repasador. Fue algo asqueroso. Se levantó, fue hasta el baño grande y dejó el repasador en el canasto de la ropa sucia. Regresó a mi lado. Me llamó la atención que mantuviera al caminar el contoneo elegante de la clase media ilustrada. Yo caminaba, contra mi voluntad, como un desclasado.

—Si alguien te puede ayudar es Eleonora —me dijo—. Es la única que le puede meter algo en la cabeza a Silvia. Y Silvia es la única mujer a la que Isaac puede escuchar, hoy por hoy.

La miré en silencio. Se me había acabado el café. Dije contra mi voluntad:

—¿Pero cómo me comunico con Eleonora? ¿Tiene un e–mail? ¿Una dirección donde mandarle una carta? Ya bastante difícil me parece esto desde acá como para recurrir a alguien que vive en Nueva York.

Clelia perdió nuevamente la compostura. Pero por suerte se abrazó a sí misma. El llanto de aquella mujer de más de sesenta años me provocaba rechazo. No sentía deseos de consolarla. Todos estábamos muy mal. Además, yo estaba envejeciendo. Clelia lloraba sin consuelo. Ese llanto no la aliviaba. Cada uno de los accesos de llanto la erosionaba y la dejaba peor que el anterior, como los sucesivos ataques cerebrales deterioraban a un enfermo mental. Pensé con cierta altanería que me había salvado de esa familia.

—Ella está viviendo acá —dijo por fin, entrecortada por el llanto, hablando y llorando, gritando—. Vive acá. ¡En una villa miseria! ¡Vive en una villa miseria!

Gritó y cayó sobre la mesa. No alcancé a ver si puso las manos para protegerse la frente desde el inicio, o si primero se golpeó la frente contra la mesa de madera y luego puso las manos. Cuando levantó el rostro y lo enfocó hacia mí, noté que lo segundo era cierto. Presentaba una marca roja circular en la frente, que en segundos se transformó en un horrible chichón.

—¿En una Villa? —dije tratando de encontrar las palabras para despedirme.

¿Cómo hacía para irme ya mismo de allí?

—Antes de irse a Nueva York, la secuestraron —dijo Clelia Mazursky de Thereds.

–¿Qué?

–Antes de que se fuera a Nueva York, la secuestraron. Nunca se repuso. Siempre estuvo mal, pero el secuestro la descarriló. Tiene que ser eso.

–No entiendo nada –dije.

–La secuestraron para pedir plata. Juan alardeaba. Juan no era uno de los millonarios para los que trabajaba. Pero las indiscreciones de Juan alcanzaron como para que nos secuestraran a la nena y nos pidieran medio millón de dólares.

–Pero eso no salió en los diarios… –dije– Eso no…

–Dady Cohen nos sugirió no decir una palabra. No avisar a la policía. La tuvieron casi quince días, doce días. Dady prestó lo que faltaba de plata. Nos dijo que mediaría, que lo mejor era mantener todo en secreto. Lo hizo bien. Al menos eso lo hizo. Esas cosas, las sabía hacer. Así conoció a Eleonora. Dady en persona puso el dinero, y nos trajo a la nena.

No sé cómo, pero supe que yo había palidecido. Me levanté, me serví un vaso de agua y fui con el vaso hasta la heladera. Abrí el *freezer* y saqué una cubetera con hielo. Puse dos hielos en el vaso y busqué un repasador. Lo encontré y le puse tres hielos adentro. Dejé la cubetera en la pileta, sin recargar con agua los espacios vacíos. Regresé a la mesa y le extendí el repasador a Clelia para que se lo pusiera en la frente.

Entonces me dijo:

–Me hubiera gustado tanto que fueras mi yerno…

Y de mi boca salieron unas palabras como si yo fuera el ventrílocuo y el muñeco:

–No le creo –dije–. Pero lamento haberlo sido. ¿Cuál es la Villa?

–Es Villa Itatí. En el Oeste, cerca de Morón.

–Ya sé cuál es –dije–. Cuando yo era de izquierda, hice apoyo escolar ahí.

–Ella también –dijo Clelia.

–Ya sé –dije–. Ya sé.

IV

Clelia me había dado las señas de la casilla, aunque ella no la había visitado nunca. Lo que hice fue tomarme un *remis* hasta dos cuadras antes de Villa Itatí.

Yo conocía la Villa de mis tiempos de izquierdista. Pero ignoraba cómo habría evolucionado desde entonces. Recuerdo que a fines de los 80 el ingreso a la Villa de militantes de buena voluntad como yo –que concurríamos a brindar apoyo escolar o atención médica gratuita– lo administraba un viejo militante montonero, villero de toda la vida, con una joven hija ciega a la que cotidianamente, adolescentes, jóvenes y viejos, trataban de violar y conseguían manosear. ¿Pero quién me abriría las puertas del horror ahora? Llegué a la entrada y especulé sobre mis perspectivas. ¿Intentarían robarme? No llevaba un peso en el bolsillo. ¿Procurarían violarme? Aún era claro el cielo y desde donde yo estaba se veían niños jugando entre el barro y la basura: no creía que nadie intentara forzarme en público. Quizás me mataran porque sí. ¿Tan lejos llegaba mi lealtad a Fernando Soldeo? Qué estaba buscando, en realidad, mientras caminaba por esas calles infernales. Como a mis veinte años, me pregunté nuevamente por qué estaba todo tan sucio. Un hombre de edad indeterminada, con una remera amarilla brillante, me detuvo con la mirada y me preguntó qué buscaba. Le dije el nombre Eleonora y el número de casilla. Se rió, con una sonrisa sardónica, ofensiva, y me indicó un camino de callejuelas, con referencias de kioscos y almacenes. Caminé intentando sustraerme de los olores y el miedo. Los habitantes me miraban con recelo, pero nadie intentó robarme, violarme o matarme. Tal vez sabían que para mí ya era suficiente castigo caminar por allí. Llegué a la casilla de Eleonora que, extrañamente, tenía timbre. Lo oprimí y me abrió ella. Primero me miró como reconociéndome, pero no sabiendo de dónde, luego como si no me reconociera para nada y por último me preguntó con una voz carente de entonación:

—¿Qué querés?

—Hablar con vos —dije.

—¿Te mandan mis padres?

—No —dije—. A duras penas logré arrancarles dónde estabas.

—¿Qué hacés acá? Hace diez años que no nos vemos. ¿Qué tenés vos que ver conmigo?

—La verdad es que no tengo idea —dije—. En realidad, vine a hablar de Isaac Bunglowsky.

—¿Mi tío? —dijo extrañada, sin invitarme a pasar.

Asentí.

—¿Le pasó algo?

—No, no —la tranquilicé—. ¿Puedo pasar?

No quiero narrar el interior de esa casucha. Ni el piso de tierra ni la sordidez. Tampoco me detendré mayormente en un muchacho escuálido y albino, autista, de unos quince años, que era el hijo del hombre con el que vivía Eleonora. Antes de que le pudiera plantear mi caso, me sentí urgido a reclamarle que me explicara cómo había llegado allí. La historia era aún peor que la Villa. Desde Nueva York, Eleonora había visto por televisión el desastre de los días negros de la Argentina: los saqueos a los supermercados, los desocupados languideciendo por las calles, los ahorristas rompiendo los vidrios de los bancos. Una voz interior le había sugerido que era su hora de

194

sumarse a un gran esfuerzo nacional. La misma frase, gran esfuerzo nacional, le había sido dicha por uno de sus captores durante aquellos doce días en los que estuvo secuestrada. Este secuestrador, Nacho Miniameredez, era un suboficial retirado de las Fuerzas Armadas, peronista y ultranacionalista, y la había tratado muy bien. Con firmeza, pero también cortesía. Sabía ponerle límites sin alzar la voz, y solo una vez, según ella, durante sus días de cautiverio, se vio obligado a cruzarle la cara de un cachetazo que no le dejó una sola marca. Le había explicado que parte del dinero que le sustrajeran a sus padres –a quienes tildaban de sionistas proimperialistas, por mucho que los Thereds prescindieran por completo de cualquier simpatía hacia Israel y se declararan siempre antiimperialistas–, sería utilizado para propiciar una alternativa que sumara al gran esfuerzo nacional, una patria de trabajadores que permitiera la acción soberana del Pueblo Argentino. Al regresar de Nueva York, Eleonora se había puesto en contacto con Nacho a través de los comités de Apoyo a Tulio Bastizabal, el dirigente de una de las últimas asonadas militares de los años 90, que azarosamente todavía estaba en prisión. La liberación de Tulio Bastizabal, proponía el grupúsculo del que participaban Miniameredez, y luego Eleonora, proporcionaría un líder al Gran Esfuerzo Nacional para lograr una Patria de Trabajadores. En su militancia conjunta para liberar a este jefe militar había surgido el romance, y ahora Eleonora vivía con Nacho y el hijo de este, fruto de su anterior unión con una albina que, según Nacho, lo había abandonado, aunque yo intuí algo mucho peor.

Nunca le confesé mi recado para Isaac Bunglowsky. Cuando me pidió que revelara, por fin, de qué había venido a hablarle, le dije que me sentía mal y debía irme.

Me miró a los ojos, me pidió que me quedara un rato y que le dijera la verdad: por qué había ido a visitarla.

—Para verte una vez más —dije.

Me tomó una mano, se la llevó a la boca y la besó. Sufrí una erección y supe de inmediato que no me hubiese costado tenerla allí mismo, delante del albino autista, que no hablaría. Pero sencillamente temía que entrara de improviso el suboficial Nacho Miniameredez y me matara de un sablazo. La saludé con un infantil movimiento de mi mano, hacia un lado y hacia otro. Y me retiré a paso rápido. Me perdí un par de veces, me faltó el aire y quise morir; pero al final salí. Caminé sin rumbo, ya fuera de la Villa, hasta encontrar una avenida, y tardé el doble porque no me atrevía a preguntarle nada a nadie. Encontré un taxi de Provincia y me subí como si fuera una alfombra mágica, como si fuera, de verdad, el único vehículo que los hombres jamás podremos conseguir: aquel capaz de llevarnos de regreso de la muerte a la vida.

Supuse que había llegado recompuesto a casa. Y el paso de las horas me lo confirmaba. Los chicos se durmieron sin que yo palideciera ni temblara. Creo que serían las once de la noche y que Esther estaba mirando la repetición de un programa humorístico de los años setenta cuando repentinamente comencé a sentir que los labios me temblaban y los pómulos se me movían solos. Nunca me había pasado algo semejante: comencé a llorar como si me estuviera mirando desde afuera. Lloraba y no sentía nada: ni dolor, ni pena, ni alivio. Pero lloraba a raudales. Incluso sollozaba y gritaba. Todo mi cuerpo se sacudía. Lo siguiente que supe fue que Esther me estaba abrazando. Le conté todo, estremecido, temiendo volverme loco, desbordado por completo. Una de las pocas frases racionales que me recuerdo repitiendo era:

—Si llego a despertar a los chicos, me mato. Si llego a despertar a los chicos, me mato.

Le conté mi diálogo con Clelia Mazursky de Thereds, mi visita a la Villa y el encuentro con Eleonora. Juré que no le había tocado un pelo a mi antigua novia.

—Tampoco me hubiera importado tanto —susurró Esther con una sonrisa tranquilizadora.

—Sos la única persona normal que conozco —le dije.

Esther sonrió y me besó las mejillas. Una vez más, no me abandonaría. Algo le daba yo a cambio: mi amor incondicional, mi pasión por nuestros hijos, la convicción de que haría cualquier cosa para que ellos vivieran bien.

—Esther —dije mirándola a los ojos—, prometeme que siempre vamos a permanecer en la clase media.

—Te lo prometo —me dijo.

—Esther, asegurame que Dios me considera parte de su pueblo, que sabe que yo lo respeto.

—Yo no creo en Dios —me dijo Esther—, pero si existe, no le puede caber duda de que sos uno de los suyos.

—Esther… —le dije.

Nos quedamos en silencio, mirándonos, recuperando la dulzura de sabernos juntos hasta el final, el uno con el otro en el reino de las sombras.

Le dije que podía seguir mirando la tele. Le costó creerme, pero le insistí. Lo que más quería era premiarla con esas pocas horas de tranquilidad que nos dejan nuestros hijos cuando duermen. Llamé a Fernando Soldeo a las doce y media de la noche. Atendió alarmado, lo había arrancado del sueño.

—Quería decirte, nada más —le dije—, que hablé con Eleonora Thereds, que es la única persona a la que escuchan los Bunglowsky, le expliqué todo.

—¿Pero por qué me llamás a esta hora? —preguntó Fernando, casi indignado, incluso un poco asustado por una posible pérdida de mi cordura.

—Porque hice todo lo que podía hacer —continué mintiéndole—. Hablar con Eleonora, que era mi ex novia. Me costó mucho, pero lo hice. Eso es todo lo que yo puedo hacer. Ahora depende de ella.

—Sigo sin entender por qué me despertás. ¿No me podías decir esto mismo mañana?

—Eleonora vive ahora en una Villa Miseria —continué—, me costó mucho llegar. Estuve hasta esta hora garantizándome que la había convencido. Ella es la concubina de un militar golpista, de un secuestrador…

—Vos no estás bien –interrumpió Fernando–. ¿Estás con Esther?

—Sí. Ella sabe todo –dije–. De verdad estoy bien, es solo que me quiero desentender de esto porque ya hice todo lo que pude.

—Desentendete –me autorizó Fernando–. Hablamos mañana.

—Gracias –le dije–. Muchas gracias.

V

El desenlace de la historia de amor entre Nicolás y Melina sucedió algunos meses después. Los Bunglowsky, reuniendo en un mismo paquete de estímulos su desesperante situación económica (consecuencia de la aún más desesperante situación nacional) y su nueva inclinación judaica, huyeron a Israel. Melina se negó a viajar: no le interesaba Israel, no le interesaba el judaísmo. Los padres lograron vender la casa y comprarle un departamento de un ambiente. No vivió en él con Nicolás porque lo abandonó. Además de encontrarlo débil e incapaz de ponerle límites, consideró lamentable su disposición a "transar" con los Bunglowsky en la idea de imprimirle cierta aura judía a su ahora imposible futuro matrimonio. De algún modo, mis ideas diplomáticas habían ejercido su influencia, y fracasado. Como la paz en nuestro tiempo de Chamberlain. No podía terminar de otra manera un asunto en el que alguien me hubiera elegido como mediador.

Un viaje en tren

No hubiera escuchado la radio de no ser porque el cristal de la ventana estaba sucio donde no estaba empañado. Recordaba momentos de su infancia, incluso de la adolescencia, en los que la ventanilla del tren era suficiente fuente de entretenimiento. No precisaba libros —por más que los llevaba consigo— ni cualquier otra distracción. Le bastaba con la observación de las vacas y caballos del campo, la aparición intempestiva de algún ave desconocida entre los pajonales, el cruce arriesgado de un cuis, una nutria que emergía de un lodazal y volvía a esconderse como si le temiera a la superficie.

Para un niño de ciudad, cualquiera de aquellos animales era una suerte de criatura fantástica, y solo los veía cuando viajaba en tren a Mar del Plata.

Ahora no podía ni leer un libro —aunque llevara cinco en el bolso—: la miopía no solo le hacía difícil distinguir las letras; también notaba que comenzaba a marearse cuando pretendía leer en movimiento.

Se había resistido a colocarse los auriculares de la radio porque del oído derecho ya casi no escuchaba y un tiempo atrás había descubierto que la acumulación de sonido en el izquierdo se lo irritaba.

Cuando quitaba el auricular, sentía ardor, y un leve pitido agudo que duraba como mínimo media hora. Era una desgracia que la ventanilla estuviera sucia y además, el campo parecía vacío. Una o dos vacas asomaban cada tanto, ningún caballo. Y tampoco guardaba la esperanza de que su vista pudiera llegar a divisar un animal más pequeño.

A los setenta y dos años, Elías Borgovo carecía de la energía suficiente como para cambiarse de asiento. Le gustaba viajar solo, y el resto de los asientos contaban con por lo menos un pasajero. Cambiarse a un asiento ocupado por una mujer lo hubiera avergonzado, hecho sentir un viejo procaz. Sentarse junto a un hombre le daba miedo. Por eso retiró la radio del bolso y se calzó los auriculares sabiendo que no le quedaba más remedio que padecer por el resto del viaje un oído irritado. El locutor de la radio nacional anunció que Elías Borgovo acababa de ganar el Premio Nobel de Literatura.

Los ojos del anciano se llenaron de lágrimas y, como si ese líquido tuviera la virtud de limpiar la ventanilla, intentó una vez más, infructuosamente, echar un vistazo al mundo exterior. El país se había derrumbado en aquellos años transcurridos entre las primeras letras que había garabateado, hasta la consecución del más importante de los premios literarios. Los animales, la riqueza primigenia de la zona, escaseaban; los cereales se vendían con celeridad, a precios irrisorios, para sobrevivir; y el tren —en su infancia un vehículo de cierta categoría—, armonizaba con sus pisos sucios, sus asientos destartalados, sus baños imposibles y el comedor deprimente, con la catástrofe general. Un no muy extraño capricho de la memoria manejaba a Borgovo desde hacía unos dos años: olvidaba capítulos enteros de su adultez, y apenas entrevía borrosamente el resto; pero podía ver con toda claridad extensas épocas de su infancia. Recordaba un tren flamante, con portaequipajes repletos y pasajeros vestidos como para una ocasión jubilosa.

El revisor se acercó y le pidió el boleto.

Borgovo lo buscó entre sus ropas. Al palpar el segundo bolsillo, supo que lo había perdido. No obstante, continuó buscando. El

204

revisor le dedicó una mirada condescendiente y continuó reclamando al resto de los pasajeros. Regresó a la media hora.

Ni el locutor de la radio nacional, ni el resto de las emisoras, habían hecho mayor referencia a la conquista del Premio Nobel por parte de Borgovo. No habían destacado que era el primer connacional que lo ganaba, ni más datos sobre su obra o su persona. Cuando llegó a pensar que quizá su pésima audición le había jugado una mala pasada, el locutor repitió la noticia, escueta y sin énfasis.

El revisor le pidió nuevamente el boleto. El oído izquierdo le ardía como si se lo hubieran quemado con la llama de una vela, y el pitido parecía un llamado de ultratumba.

—No lo encuentro —respondió Borgovo, escuchándose a sí mismo como si hablara desde muy lejos.

—Pues lo va a tener que encontrar, o pagar la multa.

—¿Cuánto es la multa?

—Doscientos.

—No llevo esa plata encima.

—Entonces baja en la próxima estación: Dolores.

Borgovo palideció y, súbitamente, desapareció el pitido del oído. El revisor se alejó.

Buscó entre los pasajeros una cara amable. Alguien que lo reconociera. Su entera vida profesional había transcurrido en el anonimato. Subsistía gracias a los cuentos para niños y los artículos publicados en un diario sueco. Aunque sus libros se habían traducido a cinco idiomas, sus compatriotas no sabían quién era. En el mundo intelectual tenía algún peso, otros escritores lo llamaban, y lo invitaban a tal o cual encuentro. Pero jamás lo habían reconocido por la calle, ni pedido un autógrafo. Ahora rogaba a Dios para que, recién recibido el Premio Nobel, por primera vez alguien se le acercara y le dijera: "¿Usted no es Elías Borgovo?".

Pensó en su hijo aguardándolo en la estación de Mar del Plata.

De no ser por la dañada relación que los unía, no hubiera resultado ríspido llamarlo desde Dolores, explicarle la situación y pedirle que se llegara a recogerlo. Pero este viaje se debía precisamente a un reencuentro estipulado: David le había reprochado ser un padre vaporoso, esperar siempre que su hijo se acercara.

Cuando Elías le pidió que lo visitara en Buenos Aires —no se veían desde la muerte de Marta, hacía ya año y medio—, David respondió que toda su vida había viajado en busca del padre, a Córdoba, a Misiones, a París. Pero que nunca era Elías quien iba en busca del hijo. Si quería verlo, lo esperaba en Mar del Plata. Elías aceptó. David tenía razón. ¿Cómo explicarle ahora que había perdido el boleto, que no tenía dinero para pagar la multa, y que una vez más sería el hijo quien debería acudir en busca del padre?

David vivía en Mar del Plata hacía más de una década, con su esposa y sus dos hijos, en la casa de de una fallecida tía de Elías. La muerte de Marta, esposa y madre, respectivamente, de ambos hombres, los había distanciado aún más.

Borgovo atravesó diez vagones y se apersonó ante el revisor.

—Mire —dijo mostrándole su documento de identidad—: soy Elías Borgovo, acabo de ganar el Premio Nobel.

El revisor sacó su carnet y contestó con una sonrisa triste, deteniendo la tarjeta frente a los ojos del anciano:

—Yo soy Pancho Gerenave. Y si perdió el boleto, tiene que bajarse en la próxima estación.

Como el hombre no le contestó mal, Elías improvisó un gesto de desazón con los hombros y la cara, y regresó a su asiento. No le dijo al revisor que acababa de decidir que, si lo dejaba seguir viaje, cuando los suecos le hicieran entrega del millón de dólares, le regalaría por lo menos un billete de cien. Ya estaba demasiado viejo como para sobornar a alguien por primera vez en su vida; prefería pelearse con su hijo.

Imaginaba los reproches destemplados de David. Una vez más tendría razón. ¿Por qué lo abandonaba? ¿Por qué no era capaz siquiera una vez de llegar a tiempo, de simplemente reunirse con su hijo en un punto acordado? ¿Por qué siempre había que rastrearlo, buscarlo, rescatarlo?

En el camino de regreso a su asiento, le pareció ver una cara conocida. Era una mujer; pero no sabía de dónde la conocía. Algo dentro de él sonrió: no solo acababa de ganar el Premio Nobel y nadie lo saludaba; su posición en el mundo era tan penosa que ni siquiera lo reconocían las personas a las que él sí recordaba. ¿De dónde conocía a esa mujer? Quizá nunca lo hubiera sabido de tratarse de un suceso más reciente, pero aquello había sucedido hacía por lo menos cuarenta años, y apareció en su memoria con una precisión cristalina.

Borgovo había llegado al Chaco contratado para dar dos clases en la Universidad. Al terminar la segunda clase, se había quedado tomando café con una joven del personal de limpieza. La muchacha le había dicho como una confesión que se dedicaba a la pintura artística; soñaba, también, con llegar a ser alguna vez arquitecta. Quería irse del país. Tenía rasgos vivos y un cuerpo que oscilaba entre lo opulento y lo despampanante, pero el entusiasmo de su espíritu la embellecía. Borgovo recordaba con una claridad enfermiza haber pensado entonces, hacía ya más de cuarenta años que, opulencia y entusiasmo incluidos, el trasero de la muchacha dejaba mucho que desear.

La había invitado al cine para esa misma noche, antes de regresar a Buenos Aires a las siete de la mañana del día siguiente, y la muchacha, Agustina, había aceptado. Pasó a buscarlo por el hotel y Borgovo, en un gesto audaz, la recibió en su habitación. También dijo que sí a esa propuesta y muy pronto estuvieron en la cama, abrazados y besándose. Llegó a quitarle la blusa y besarle los pechos. Pero ella se recompuso y sugirió que dejaran el resto para cuando regresaran del cine. A Borgovo le resultó un reparo encantador. Pidió que le permitiera un minuto solo en la habitación.

Ni bien salió la muchacha, sonó el teléfono. Era su esposa. Acababa de enterarse del embarazo. Estaba encinta de David.

Borgovo gritó de alegría, festejó saltando con el tubo del teléfono en la mano y dijo palabras dulces con la garganta ahogada. Se dirigió al hall del hotel y deshizo su aventura con Agustina. Había surgido un imprevisto, explicó, no podría ir al cine. Debía quedarse en la habitación, aguardando noticias hasta el día siguiente.

Agustina lo miró reprobadoramente. Por un instante pareció que su entusiasmo no vencería y le armaría un escándalo allí mismo. Pero con la misma fortaleza con la que le había impedido seguir adelante en la cama, se recompuso frente al rechazo y le dijo que ya habría otra ocasión. Se fue.

Un mes después, en Buenos Aires, recibió una carta de Agustina. Le decía que estaba muy preocupada porque llevaba un atraso menstrual de veinte días. Había ganado un pequeño premio por uno de sus cuadros, y recibido una carta de aceptación de una Universidad portuguesa para comenzar allí, con una beca, sus estudios, aún no de arquitectura, pero sí de Bellas Artes. El atraso llegaba a complicar todo. ¿Qué haría ahora?

Borgovo respondió con una carta de circunstancias, preguntándose cómo había conseguido Agustina las señas de su domicilio.

Luego, un telegrama: el atraso era un embarazo.

Entonces Borgovo descubrió un tono extraño. De por sí el telegrama era inadecuado: ¿por qué tanta urgencia en comunicarle a él, a quien solo había visto una tarde, sus problemas? No contestó el telegrama, pero recibió uno más en el que Agustina le confirmaba, casi desafiante, su decisión de tener el hijo.

Borgovo caviló acerca de si la muchacha estaría lo suficientemente loca como para creer que un beso en los pechos pudiera embarazarla. En la carta, y en los telegramas, no hacía ninguna referencia a la identidad del padre y, por lo tanto, no lo acusaba directamente. Pero la urgencia y el tono hacían sospechar que lo estaba responsabilizando. No tenía el tiempo ni las ganas de ocuparse de una desquiciada mientras la panza de su esposa crecía mansamente. Decidió no responderle ni una vez más y, luego de otros dos telegramas, comunicando el nombre del niño y la decisión de parirlo en Portugal, Agustina se esfumó. No supo más de ella hasta encontrarla en el tren.

¿Valía la pena acercarse, anunciarle que acababa de ganar el Premio Nobel y presentarla como testigo para que el revisor le permitiera llegar a Mar del Plata? Borgovo se respondió que no. Bajaría en Dolores, y que el destino hiciera el resto. Quizá muriera en Dolores y nunca pudiera ir a retirar el Premio. Quizá los suecos debieran ir a buscarlo a Dolores.

Abordó el vagón comedor –decidido al menos a almorzar en el tren antes de que lo echaran–, y descubrió que Agustina y él eran los únicos comensales.

Bajo una campana de vidrio, dos sándwiches de jamón y queso, en pan rancio, daban el marco al obligado encuentro. Tomó asiento y un mozo vestido de gris, de la altura de un enano, pero sin los rasgos, le preguntó qué se iba a servir. Elías preguntó qué podía comer y el mozo señaló los sándwiches. Pidió uno, con desconfianza, y una gaseosa. El otro sándwich fue para Agustina, y al segundo mordisco no pudieron evitar mirarse. Borgovo se puso de pie, caminó hasta la mujer y le dijo:

–Soy Elías Borgovo.

Ella estaba mucho mejor conservada que él. Tenía todo el pelo cano, suelto, y le quedaba mucho mejor que teñido y atado. También era diez o doce años más joven. Con una mano, lo invitó a sentarse.

–Ya sé quién sos –dijo ella.

–¿Cuántos años pasaron? –preguntó él.

–Cuarenta –respondió Agustina–. Nos vimos por última vez en el Chaco.

Borgovo asintió. La mujer parecía en sus cabales. Reconoció que se había asustado de más con aquellas cartas: tal vez fueran ambiguas, pero nunca habían sido acusatorias. Lo cierto era que algunas mujeres le daban miedo.

Con infinita vergüenza, dijo:

–Acabo de ganar el Premio Nobel.

La respuesta lo destrozó:

—¿De qué?

Lo dijo con una sorpresa que incluía una felicitación, pero no fue suficiente para soldar las grietas de su ánimo.

—De Literatura —respondió. Y agregó, aún más patético— Yo escribo.

—¡Escribís! ¡Qué lindo! Yo nunca pude terminar la carrera de Bellas Artes. ¿De qué eran las clases que habías ido a dar allá?

—De Literatura.

—¿Y qué escribís?

—Novelas, cuentos. Y cuentos para niños, también.

Un hombre de unos cuarenta años apareció en el comedor antes de que Agustina pudiera pronunciar la siguiente palabra. Extrañamente, se dirigió a la mesa y tomó asiento junto a Agustina sin dar explicaciones.

—Te presento a Luciano —dijo ella.

Borgovo le extendió la mano. El muchacho se la apretó con debilidad. Borgovo sintió la palma del otro como un pescado frío.

Luciano pidió *sólo* un café. Los tres comieron y bebieron hablando de nimiedades. Por algún motivo, Agustina no le comentó a Luciano que estaban compartiendo un almuerzo con el reciente Premio Nobel de Literatura. No habló más que de ella.

Terminado el café, el muchacho se retiró en busca de su paquete de cigarrillos.

—Es tu hijo —le dijo Agustina a Borgovo.

Una bocanada de pánico abrió la boca de Borgovo, pero se las arregló para permanecer silente unos minutos; y luego continuar la conversación como si no hubiera escuchado nada, preguntándole a la mujer por su vida y sus cuadros, lo que parecía entretenerla y bastarle. Borgovo, que hacía apenas unos instantes había buscado el reconocimiento ajeno como un salvoconducto, ahora estaba seguro de que ni en varias existencias podía un hombre alcanzar el privilegio de ser olvidado por aquellos a quienes teme. Existían muchos modos de instalarse, con suerte o sin ella, en la memoria ajena, pero nada podía hacerse para ser olvidado. La ausencia no hacía más que alimentar el fuego de la obsesión en la memoria de los penantes.

Cuando el tren se detuvo en Dolores, bajó a toda prisa, sin necesidad de que el revisor lo intimara. Abandonó el vagón sin ser visto por la mujer ni el muchacho; incluso olvidó su bolso de mano en el compartimento. No había perdido mucho: el documento de identidad y un cuaderno con muy pocos apuntes. El escaso dinero lo llevaba en el bolsillo.

Llamó a su hijo desde Dolores y, antes de que pudiera explicarle, David gritó:

—¡Ganaste el Premio Nobel!

Los ojos de Borgovo se llenaron de lágrimas por segunda vez en el día.

—Pero no tengo dinero para llegar hasta Mar del Plata. Perdí el boleto y me bajaron del tren.

—No te preocupes —dijo David—. Te preparamos una fiesta. Viene mucha gente. Paso a buscarte con el auto. ¿Dónde estás?

—En la estación de Dolores.

—Salgo para allá —dijo su hijo entusiasmado.

Borgovo entró al bar de la estación. Un enjambre de moscas se repartía entre las mesas. Pidió un cortado y dos medialunas. Cerró los ojos y un sollozo arrasador lo descansó.

Breve historia sobre el sentido del dinero

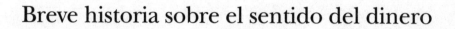

Yo debía tener doce o trece años. Si me obligaran a dar una fecha cierta, diría que fue antes de mi bar mitzvah. Promediaba la peor dictadura militar de la historia argentina. Como en tantas otras ocasiones, previo a un gran colapso económico nacional, a los argentinos les resultaba irrisoriamente barato recorrer el mundo. Del mismo modo que ahora los turistas chilenos y uruguayos vienen a hacer su agosto en nuestras deprimidas costas. Fue la época que luego se conocería como la de "la plata dulce" o el "deme dos". Aunque el destino obligado de la clase media por entonces era Miami, mi padre, más discreto, nos llevó a todos a un *resort* en Brasil.

Sin ninguna militancia política, mi padre había sido un decidido opositor, puertas adentro, a la dictadura militar, y lo fue hasta el último día de aquel régimen. Consideraba bravucones, ladrones y asesinos a los militares gobernantes. Gritó el primer gol de Hungría contra Argentina en el Mundial como si fuera un castigo para Videla; mi madre, mis dos hermanos y yo temimos una reacción de los vecinos. También, con una temeridad que nos quitó el aliento, intercambió insultos con el chofer de un Falcon verde sin patente; y durante la guerra de Malvinas, a la que desde el principio consideró una locura homicida, se presentó, a modo de protesta, en un centro de enrolamiento, a sus cincuenta y tres años, para, palabras textuales: "Reemplazar a un chico de 18 años".

En más de una ocasión pudimos haberlo perdido. Sus actos no hubieran pasado de ser una anécdota familiar, y no hubiéramos vuelto a saber de sus huesos. Supongo que todo hijo quiere preservar en su memoria un momento en que su padre haya sido un héroe. Pero sospecho que alguna vez fue un héroe incluso más allá de mi percepción. En cualquier caso, su cordura no era a prueba de impulsos.

Pero pocos días antes de aquellas vacaciones en Brasil mi padre lidió, en forma sensata y honorable a la vez, con un asunto turbio.

Como contador público, había realizado por sorteo una pericia judicial. A mediados de diciembre de aquel 1978 o 1979, un brigadier, coronel o lo que fuera le sugirió un cambio en los resultados. Todo lo que debía hacer era estampar la firma en cierto balance y, a cambio, recibir una suma, como máximo; y no ser molestado como mínimo. Mi padre se negó.

Aunque habíamos llegado a Brasil a disfrutar, el asunto fue el tema de la conversación durante todo el viaje en auto de más de catorce horas entre mi padre y mi madre, con tímidas intervenciones de mi hermano mayor, callada escucha por mi parte y total indiferencia por parte de mi pequeño hermano menor, que reclamaba le fuera explicada la enigmática tertulia o que al menos se le contara un cuento o se hablara de algo que pudiera entender.

Mi madre permaneció recordándonos, kilómetro a kilómetro, que no se nos ocurriera mencionar el asunto fuera del auto o de la familia. Pero fue mi propio padre quien lo expuso como materia de conversación al aire libre, en el *resort*, cuando por fin llegamos y nos hallábamos, unos tres días después, tendidos como lagartos al borde de la pileta de laja de piedra en el hotel más lujoso que he conocido en mi vida (y mucho me temo que por el resto de mi vida también).

Mi padre había conocido ahí a otro contador público, algunos años más joven, con una hija de mi edad. La suerte quiso que compartieran, además del oficio, el gusto por dos o tres autores de best sellers (incluso, si no me equivoco, ambos habían llevado como material de lectura *Los niños del Brasil*, de Ira Levin). La mujer que ocupaba los chismes de mi familia no era precisamente la niña con la que rápido habíamos tejido una relación adorable, sino un jovencita opulenta, de veintitrés años, que provocaba tanto en mi madre como en mi padre –que desconocía por completo el mundo del espectáculo argentino– la idea de que era una modelo o una actriz, aunque no pudieran recordar exactamente de qué programa o propaganda. A mí ya me gustaban las mujeres, y me molestaba un poco la facilidad con que mi madre hablaba mal de la chica por el solo hecho de que estaba sola. La belleza y la soledad en una misma mujer siempre convocan a la maledicencia.

La amistad entre mi padre y Ernesto, como se llamaba mi improvisado suegro, creció hasta la orilla de las confidencias. Ernesto había estado casado con una "bruja", como la definió, con la que afortunadamente no había tenido hijos. Para suerte de todos, también Ernesto sentía un desprecio similar al de mi padre por la dictadura, aunque mucho más cauto. Pero a poco de hablar, ayudado por martinis y por la sombrilla y el agua, bajo un sol que no he vuelto a ver, intenso pero manso (sospecho que el remanido agujero de ozono algo tiene que ver con la ausencia de ese sol), mi padre, para palidez de mi madre y estupor mío (que nunca me perdía una de las escasas ocasiones en las que hablaba largamente como una persona normal), soltó con toda liberalidad la completa historia de la oferta de soborno y su rechazo.

Ernesto permaneció pensativo durante un largo rato y luego dijo:

—Alguna que otra vez le hice un favor a un comerciante, incluso a un empresario. Un número más o menos. Pero hiciste bien; yo tampoco hubiera agarrado algo así.

—Es que ni lo pienso —respondió mi padre, casi como una reprimenda.

Ernesto hizo silencio y picó una aceituna.

—Porque —continuó mi padre, embalado—, ¿para qué te sirve el dinero si no lo podés disfrutar?

Ernesto eligió beber otro trago de martini, antes de responder. Mi padre se vio obligado a continuar, para que el silencio no se extendiera. Mi madre buscaba el modo de retirarse sin que resultara una huida.

—También te podría pagar un millón de dólares por matar a tu hijo. Pero uno paga todo lo que tiene, y por su puesto se endeuda, por la vida de su hijo. Es decir, a todos nos gusta el dinero, y a mí me gusta mucho, pero para disfrutarlo. Ahora, ¿para qué te sirve un dinero que no podés disfrutar?

—Bueno —dijo por fin Ernesto—. Hay gente que puede disfrutarlo haga lo que haga.

—No lo creo —dijo mi padre—. Puede ser más o menos elástico, pero todos tenemos un límite; y si lo traspasás, cualquier recompensa es un castigo.

Ernesto asintió, aunque a mí me pareció que no muy convencido, con la nariz hundida en el vaso recién vacío, capturando con los dientes la aceituna húmeda de vermut, en una posición física muy similar a la de la zorra en la fábula de la cigüeña y la zorra, que yo no había dejado de leer desde los seis años. Me resultó especialmente similar Ernesto a ese personaje, porque toda la escena se me representaba a mí como aquella fábula de Esopo, con mi padre en el rol de narrador, explicándole al mundo que si la zorra te invita a almorzar y sirve un plato playo, la cigüeña no podrá probar bocado por muy exquisitos que sean los manjares en la mesa. La venganza de la cigüeña consistía en invitar a cenar a la zorra y servirle un exquisito manjar en el fondo de un largo vaso al que sí llegaba el pico de la cigüeña pero no el hocico de la zorra.

—¿Vos te acordás —dijo Ernesto— del caso Nemes Sánchez de Pegoraro?

El martini de mi padre estaba por la mitad. Nunca había sido buen bebedor, pero en Brasil lo estaba intentando. Laura, la hija de Ernesto, pasó a buscarme para ir al agua, pero la invité a quedarse conmigo bajo la sombrilla; ella prefirió el chapuzón. Yo no me iba a mover, sudara o me deshidratara, hasta que aquella conversación no concluyera. De hecho, estaba reprimiendo mis deseos de pedir una gaseosa por miedo a que mi voz les recordara a los adultos que yo estaba ahí y me obligaran a marcharme con el conocido: "andá a jugar, andá a la pileta, andá con los chicos". Mi madre, por su parte, sin que yo lo notara, se las había arreglado para abandonar la sombrilla y de pronto la descubrí nadando un largo de crawl, como si se hubiera trasladado molecularmente, sin dar un paso, desde nuestro punto de reunión hasta el agua. Tenía experiencia: tanto para soportar los silencios agitados e incomprensibles de mi padre, como para huir de sus alocuciones interminables.

Después de luchar contra el martini, y decidir que mejor se pedía una cerveza y unos camarones fritos, lo que hizo inmediatamente, el rostro de mi padre se iluminó —una mezcla del sol de Brasil y el triunfo sobre la memoria—, y contestó que sí, que efectivamente se acordaba a la perfección del caso Nemes Sánchez de Pegoraro. Un escándalo judicial por una herencia.

—Claro —dijo Ernesto—. ¿Pero te acordás bien?

Mi padre ya no tenía la excusa del martini para demorar sus respuestas, y nada lo importunaba más que no recordar bien cualquier cosa (las personas de memoria prodigiosa no soportan ni el más mínimo olvido). Me lo encontré, para mi asombro, chapuceando, tratando de dar en el clavo.

—Si no me equivoco —dijo mi padre—, se había juntado hacía poco con una jovencita, creo que él tenía ochenta años y ella veintitrés.

—Como Chaplin —intercedió Ernesto.

—Cuando murió —continuó mi padre—, la ex esposa quería la herencia para ella y sus hijos. Pero un abogado descubrió que el primer matrimonio de Pegoraro no era válido porque la mujer había estado casada en Chile, donde no existía el divorcio, antes de casarse con él.

—Así fue —confirmó Ernesto—, además, circulaban versiones de que la chica lo había envenenado. Pero gracias a los buenos oficios de este abogado, más de la mitad del dinero fue a parar a Amalia Nemes Sánchez, la muchachita, la concubina, y bastante menos de la mitad, porque tuvieron que pagar las costas, para sus hijos.

—Bueno —dijo mi padre—, en ese caso sí te creo que la chica disfrutó el dinero.

—Ah, pero eso no sería nada. No te acordás de lo más importante.

Mi padre pudo ocultar su vergüenza detrás de la cerveza y los *camarão à milanesa* que acababan de llegar. Algo dentro de mí sugirió que no tocara ni un camarón, so pena de destierro.

—¿Quién era el abogado? —lo desafió Ernesto—. ¿Quién era el abogado en las sombras que consiguió que Amalia Nemes Sánchez, de veintitrés años, que ni siquiera era de Pegoraro, posiblemente una envenenadora, se quedara con más de la mitad de la fortuna y se transformara en una empresaria?

Ernesto, envalentonado, había pedido otro martini. En cuanto lo tuvo en la mano, en la palma de la mano, apretó el vaso como si fura una pelota de tenis y repitió:

—¿Quién era el abogado?

—No me acuerdo —dijo mi padre, por fin. Pero de todos modos dio batalla—. Sí recuerdo que, después del juicio, hubo sospechas de que Amalia y su abogado les habían pagado algo a los abogados de la parte contraria.

—Sí, sí, sí —concedió Ernesto desestimando el aporte de mi padre como una noticia vieja—, pero sin que recuerdes el nombre del abogado, la historia es una más. El abogado, el verdadero abogado, que solo salió a la luz luego de terminado el juicio, se llamaba Alberto Pegoraro. Albertito Pegoraro, porque era muy jovencito. Debía tener veintiséis o veintisiete años. Era el hijo adoptivo de Pegoraro y su ex esposa. Lo habían adoptado antes de tener a su primer hijo biológico, cuando creían que Pegoraro era estéril. Después, llegaron los hijos por parto. Pero el primero fue adoptado. Ese, nada menos, fue el abogado que aconsejó a Amalia a dar la batalla judicial y quien le consiguió más de la mitad de la fortuna. El resto, te lo imaginás.

—No, dijo mi padre —contento de que pusieran a prueba su capacidad de indignación en vez de su memoria—, no me lo imagino.

—Bueno, el resto es que Albertito y Amalia salieron a festejar dándose la gran vida en los Alpes, París y Nueva York. Se casaron y le otorgó, además de la fortuna, el apellido. Albertito cobró su parte como hijo —un tercio, exactamente—, y lo sumó al botín de su flamante esposa. Unos años después se separaron... claro, el romance, con ese origen, no tenía mucho futuro.

—O sea que el hijo adoptivo y la concubina viuda... —dijo mi padre. Me echó un vistazo como queriendo convencerse de que no entendía de qué hablaban o fingiendo que ababa de descubrir que yo estaba allí.

—Así es, Boris —dijo Ernesto—. ¿Ese lo disfrutó o no?

—Sospecho que sí —dijo mi padre—. Yo me hubiera muerto antes que hacerle algo así a mi madre.

—¿Incluso a tu madre adoptiva?

—Ni hablar —dijo mi padre—. No hay diferencia. Es un canalla. Creo que no trabajó más de abogado.

—Tampoco precisa trabajar —dijo Ernesto—. Pero... ¿querés morirte?

La pregunta sorprendió tanto a mi padre como a mí. Repentinamente, fuera de toda conciencia, me asaltó la certeza de que con sus raptos de temeridad mi padre a menudo buscaba su propia muerte. Y que tanto él como yo lo sabíamos. ¿Pero cómo podía saberlo Ernesto? ¿Por qué preguntaba semejante barbaridad? (¿Acaso sabía que apenas cuatro o cinco años después yo perdería a mi padre para siempre, y que lo hubiera dado todo por permanecer junto a él en esa sombrilla veinte, cincuenta, cien años, y que lo que más me importaba de las charlas, de los temas trascendentes o banales, de las fábulas o de las anécdotas, era permanecer junto a mi padre todo lo que pudiera antes de que la muerte me lo arrebatara?)

—¡No! —dijo mi padre, dejando en el plato el camarón que estaba a punto de llevarse a la boca—. ¡Cómo me voy a querer morir! Y mucho menos acá que los chicos la están pasando tan bien —agregó con sorna.

Pero Ernesto lo había preguntado con total inocencia: se refería al asombro, a la estupefacción, por la noticia que iba a darnos.

—Bueno. Entonces haceme el favor de no morirte —dijo con la intraducible picardía del idioma porteño—. Porque como diría Mirtha Legrand, Alberto Pegoraro, "Albertito", hoy nos acompaña en este mismo hotel.

Mi padre casi se cae para atrás en la silla. Evidentemente, aquel camarón debería aguardar en el plato unos momentos más.

—¿Cómo? —dijo mi padre, sabiendo, igual que yo, que Ernesto decía la verdad.

—¿Cómo, cómo, cómo? —remedó Ernesto a mi padre, y bebiendo de su martini, casi ocultándose tras el vaso, nos señaló con el meñique extendido hacia una esquina de la pileta. El meñique es un dedo enigmático y definitorio. El índice a veces puede señalar apariencias; pero lo que señala el meñique, fatalmente es verdad. Por eso, creo, los invasores de la serie televisiva eran capaces de reproducir los movimientos de todo el cuerpo humano excepto el del meñique, que les quedaba extendido, denunciándolos. Porque para remedar el resto del cuerpo de los humanos les basta con su avanzada tecnología extraterrestre, pero para mover el meñique necesitaban un efecto o artefacto del que carecían: el alma.

Allí, nuestra modelo de incógnito, la joven actriz de no sabíamos dónde, mi amada imposible, reía entre los brazos de un hombre canoso de entre cuarenta y cincuenta años, de pecho velludo y dentadura perfecta, con la piel bronceada hasta adquirir el color de un ciervo. Bajé la vista cuando noté que los generosos pechos de la muchacha golpeaban casi desnudos, entre risas, contra el viril pecho de Alberto, Albertito, Pegoraro.

Mi padre, bajo el sol, palideció. De pronto, imágenes, fotos, recuerdos, parecieron acudir a su memoria.

—Es él.

Entonces, afloró el discípulo en mí. Y no pude resistirme a intentar darle una mano a mi padre en su prédica moral por el mundo, incluso en aquel centro de esparcimiento brasilero. Haciendo el payaso, como todas las veces que intenté hacerme el comedido en aquellos años, rompí mi astuto silencio y dije:

—Pero en algún momento la va a pasar mal.

Ernesto, en un gesto que siempre he valorado (e incluso me ha hecho pensar en el excelente suegro que hubiera resultado), tuvo la decencia de responderme.

—Ya pasaron más de veinte años.

Nuestras tres miradas se concentraron nuevamente en la gozosa pareja. Mi padre, que se desentendía de cualquier cosa con la misma rapidez con la que se sumergía hasta los cimientos, comió finalmente su camarón y retomó *Los niños del Brasil* como si no hubiera nadie a su lado. Ernesto abandonó ágilmente la reposera y se dirigió a las canchas de vóley, donde unos argentinos gritaban "hay equipo, hay equipo". Yo permanecí mirando a mi padre leer y, un rato después de que la pareja en cuestión desalojó la pileta, solo un rato después, me tiré de cabeza y busqué bajo el agua, con el afán de sorprenderla, el tobillo de Laura.

La proyección del futuro

I

Por empezar, yo no debería haber sido amigo de Max Muldok.
Era administrador de consorcios.

No fatigaré al lector con mis opiniones acerca de las reuniones
de consorcio como un reflejo del Infierno en la Tierra. No dedicaré
las siguientes páginas a desarrollar el espectáculo de las ancianas
gritando, los jóvenes reclamando, los hombres maduros denun-
ciando y los razonables, resignados. La raza humana está incapaci-
tada para la convivencia; la Torre de Babel se repite todos los días
a despecho del optimismo bíblico –según el cual la dispersión de
los hombres por el planeta les permitió, de algún modo, entenderse
unos a otros al menos en pequeñas comunidades–.

Si su oficio no bastara, había conocido a Muldok en una circunstancia patética. Por una casualidad inverosímil, Muldok y yo coincidimos en una sala de cine, en el pináculo de nuestra adultez, con nuestras respectivas madres. Como si regresáramos sin solución de tiempo
a nuestras infancias, repetíamos el trance de encontrarnos como en
un cumpleaños de diez, la visita a la casa de un amigo del jardín de
infantes o un acto escolar, con nuestras madres como testigos y acom-
pañantes. Era un verdadero, en todos los sentidos, contratiempo.

Mi madre y la madre de Muldok se conocían de la escuela secundaria, y hacía veinte años que no se veían.

Muldok y yo no nos habíamos visto nunca, y hubiéramos preferido continuar así antes que intercambiar palabras con un adulto desconocido a quien su madre toma del brazo mientras la nuestra hace la propia. Todos los seres humanos nos damos vergüenza unos a otros, pero las madres, por habernos traído a la vida, están obligadas a soportar el avergonzarse de sus propios hijos. Los hijos, en cambio, pasan el resto de sus vidas avergonzándose de sus padres, sin el menor aliciente para soportarlo. Afortunadamente, mi memoria ya me ha librado del escozor padecido mientras intercalaba algún que otro diálogo generacional con Muldok, por encima, puenteando, el diálogo disparatado, festivo, proteico y altisonante de nuestras respectivas madres. Si en aquellas circunstancias hubiesen aparecido dos semidiosas griegas con el obligado propósito de hacernos sexualmente felices, habrían debido retirarse con las manos vacías debido a que la reserva ontológica del judaísmo, las dos madres juntas, se habría interpuesto entre ellas y nosotros.

Sí recuerdo que Muldok hizo un comentario muy atinado sobre la película –algo respecto de que no estaba mal si uno la veía por acompañar a la madre–, y también una referencia a un reciente viaje a Israel, durante el cual se había entrevistado con una personalidad política que a mí me interesaba especialmente.

Nos sentamos los cuatro en un café –yo ya me sentía en un asilo de ancianos, perdido para siempre–, y descubrí que Max era una persona a la que me gustaba escuchar. Una de las pocas personas con las que no me sentía obligado a hablar, interrumpir y hacer el payaso como habitualmente.

Cuando nos levantamos para regresar cada cual a su hogar –la madre de Max con su esposo, mi madre a su casa de viuda, Max con su esposa y yo con la mía (aunque por un instante temí que el tiempo hubiera enloquecido y que regresaría a la casa de mis padres, donde mi padre me aguardaría aún vivo)–, Max confesó que era administrador de consorcios.

—Eso –dije– es peor que gobernar un país.

—Igual de imposible –respondió.

E intercambiamos los teléfonos para hablar alguna vez.

Yo fui el primero en llamar. Estaba escribiendo un ensayo sobre Medio Oriente y necesitaba una precisión sobre una declaración de aquella personalidad con la que Max se había entrevistado.

Max no solo me citó textualmente lo que el político le había dicho en persona, sino que me remitió al libro donde podría encontrar la cita en letras de molde. Luego, propuso encontrarnos para conversar de cualquier cosa.

—Sin nuestras madres –agregó.

Aquello selló el comienzo de una amistad.

Más de una vez, desde entonces, aguardé a Max a la salida de una de sus reuniones de consorcio. Le había pedido verlo en acción. Mi hipótesis, nuevamente, desde entonces, fue que todo hombre político debería atravesar, a modo de carrera universitaria, antes de hacerse público, la coordinación de una reunión de consorcio. De lograr que las personas no se mataran *in situ*, que no se insultaran, que no abandonaran el recinto antes de firmar el acta, pues nos encontrábamos frente a un futuro político exitoso, un Churchill, un Roosevelt. No uno de esos petimetres que no saben más que ordenar parques o administrar la bonanza, sino un frío toro de la política, con un robusto sentido común y un lomo a toda prueba.

Vi a Max dar esperanzas a las ancianas con humedad en el techo, calmar los anhelos del joven matrimonio con hijos y una pérdida en el baño, sofocar los ímpetus del soltero que pretendía juzgar al travesti del noveno piso. Lo vi obrar como deberían obrar los hombres que se hacen cargo de responsabilidades aparentemente más importantes, y efectivamente más decisorias para la vida de las naciones.

No desaproveché a mi nuevo amigo. Le pedí consejo sobre mi vida sentimental, sobre mi actuar como padre y como negociador en los vaivenes de mi oficio.

Muy pronto los consejos de Max se me hicieron imprescindibles, y mucho me temo que comencé a llamarlo todos los días varias veces por día.

Pese a mis desbordes, Max nunca mostró fatiga ni desgano. Me atendió siempre como a uno más de sus administrados, pero con la sustancia de la verdadera amistad que nos unía. Tal vez por habernos encontrado tarde en la vida, nunca nos invitamos a comer cada uno a la casa del otro, con esposa e hijos. O quizá porque nos habíamos conocido en una escena insoportablemente familiar y ya teníamos suficiente de familia para el resto de nuestra amistad.

Dos circunstancias propiciaron nuestro distanciamiento, el aletargamiento de aquella amistad que, repito, aparentemente nunca debió haber comenzado.

Max fue elegido presidente de una sociedad de administradores de barrios privados, y se enamoró de una jovencita. No por eso dejó de amar a su esposa. Pero le quedaba poco tiempo.

Los momentos que no dedicaba a su nuevo y encumbrado puesto, los ocupaba en sus encuentros furtivos con Dalia.

Nunca dejó de devolverme un llamado, jamás se mostró destemplado o molesto, pero yo descubrí que mis reclamos de consejo y el modo de vivir mi amistad con él, podían en ese período extraerle más tiempo del que le convenía.

Como su madre y la mía luego del secundario, dejamos de vernos durante un largo paréntesis. Aunque no veinte años.

Me lo encontré, tan inesperadamente como la primera vez, en un hotel cinco estrellas del Ecuador.

Él concurría a una Convención Internacional de Administradores de Consorcios de Barrios Privados, y yo a una más de las tantas inútiles giras de promoción de mis libros, en las que las edi-

230

toriales gastaban mucho más dinero que el que recuperaban en las ventas concretas.

Tarde en mi oficio había descubierto que la única promoción efectiva era el azar.

Me sorprendió descubrir la cantidad de definiciones que en los diferentes países se encontraba para la palabra "consorcio": vecindad, comuna, integrantes del complejo habitacional. Todas definían lo mismo: un grupo de seres humanos obligados a convivir, e incapacitados tanto para la convivencia como para la vida en soledad. No era mucho el tiempo que nos restaba para intercambiar conocimientos, él atosigado por sus obligaciones y yo por los requerimientos de entrevistas que finalmente nunca se publicaban.

Apenas si nos dimos un instante de estupor por encontrarnos tan lejos, un apretón de manos y un intercambio de palabras cariñosas.

Pero una noche antes de mi regreso a Buenos Aires, ya pasadas las once, como si en un sueño simétrico se repitiera exactamente el encuentro en el que habíamos intercambiado teléfonos luego del diálogo de nuestras madres, coincidimos en la cena, en el bar giratorio del piso 18 del hotel Dann Carlton de la ciudad de Quito.

Max, por primera vez, estaba desolado. Lo primero que me dijo fue:

—Vine con mi esposa.

No le pregunté por qué no me la había presentado.

—Por suerte no vino Dalia —agregó.

Dalia era una de las secretarias ejecutivas de la asociación que presidía Max, y lógico hubiera sido que se encontrara allí mismo. Pero Dalia estaba presente aunque no se encontrara. Amanda, la esposa de Max, había partido aquel mediodía, junto a otras esposas de directivos, rumbo a una isla que era un paseo y un centro de compras, cumpliendo con el turismo vedado a sus maridos, y regresaba al día siguiente por la tarde.

Max me contó que unas semanas antes de salir para Ecuador, Dalia había dejado un mensaje en el contestador de su casa, inocuo, en el que le sugería no preocuparse por aquel documento pues, en el peor de los casos, lo revisarían juntos en Ecuador. El mensaje no escondía propósitos. Efectivamente, Max y Dalia habían cerrado un trato con la comisión directiva de un country en ciernes, y no quedaba claro si la cláusula del contrato obligaba a la Administración a concluir el trabajo de tendido de la red cloacal antes o después del lanzamiento del mismo como oferta para todo público. Se trataba de un barrio privado que había surgido por decisión de unos pocos accionistas, unas sesenta familias, en la segunda mitad de los años 90. Ahora que la crisis apremiaba, se veían obligados a comenzar a vender terrenos, a popularizar y poblar, porque de otro modo no conseguirían el dinero para disponer de las mínimas comodidades.

Amanda fue la primera en escuchar el mensaje, y como sabía poco y nada del nuevo trabajo de Max, le preguntó:

–¿Quién es?

A Max lo perdió la sensación de pecado.

–Una vieja insoportable –respondió–, se llama Dalia. Es mi "secretaria ejecutiva".

Encomilló en desprecio el título o cargo, como si le restara valor per se. Como si yo dijera "especialista en marketing", "asesor de imagen", o incluso "administrador de consorcios", antes de conocer a Max, como uno más de esos tantos oficios que me resultan insustanciales.

Pero el desprecio de Max hacia el mote de "secretaria ejecutiva" no se debía a una opinión real, sino a la sensación de pecado, que lo obligaba a envejecer a una muchacha de veintiocho años y descalificarla hasta en sus funciones laborales.

De no haber sido por la sensación de pecado, Max pudo haber respondido, con toda naturalidad y franqueza: "Es Dalia, mi secretaria ejecutiva. Te la voy a presentar en Ecuador. Llama por el asunto de las cloacas del country".

No habría hecho falta revelar la edad, ni el secreto de que al menos una vez por semana compartían momentos íntimos.

He descubierto, con el tiempo, que en el amor furtivo no importan tanto los hechos, sino la capacidad para vivirlos o no con tranquilidad. Max, con toda su sabiduría, era dado a la desarticulación. No se creía capaz de sobrevivir a que su esposa descubriera su aventura, y ese temor lo invitaba a revelarla.

Por eso cuando la voz de Dalia se infiltró inopinadamente en su hogar, con toda inocencia, pues mal podía saber la muchacha que causaría semejante estropicio con un mensaje de lo más aceptable, sobre todo consciente de que Amanda viajaría al Ecuador igual que ella, Max arruinó todo. Tildó a Dalia de vieja y se burló de su puesto.

Al día siguiente de este descarrilamiento, le rogó a Dalia que no viajara al Ecuador. Le dijo que su esposa sospechaba algo, y que lo mejor era dejar pasar el tiempo. Él podría arreglárselas perfectamente sin su secretaria ejecutiva. La joven asumió de inmediato la decisión de su jefe, y lo dejó partir en paz, preparándole los papeles, atendiéndolo como siempre e incluso dándole un breve beso en los labios que mi amigo ya no pudo disfrutar.

Pero lo que antes había arruinado con sus palabras, terminó de arruinarlo con su silencio. Confundido, pesaroso, en ningún momento aclaró Max a Amanda que la muchacha no viajaría. Y solo cuando pisó el lobby del hotel Dann Carlton de Quito descubrió que alguna excusa debería encontrar para explicarle a Amanda por qué aquella "vieja secretaria ejecutiva" no participaría de la Convención, como tan oficiosamente había anunciado en el mensaje depositado en el contestador automático.

Aquí, una vez más, la casualidad, el azar, o el capricho de la Providencia, la única voz, el único mensaje, el verdadero poder, retomó el control de la situación.

Aquella tarde, unas seis horas antes de nuestro encuentro en el piso 18, mientras Amanda y sus amigas —esposas de ejecutivos— recorrían como un shopping la isla ecuatoriana, Max conoció en la confitería del hotel a una dama de cincuenta y seis años con unas piernas demoledoras.

No es que la encontrara sentada, posición en la que las mujeres sabias encuentran un escaparate falsamente casual para ostentar sus partes bajas. Si una mujer sabe sentarse, creo, un hombre debe darse por perdido. Caminar es un efecto de seducción que conoce la mayoría, saber sentarse es una virtud escasa.

Pero no la encontró sentada, decíamos, posición en la que un hombre menos sensato y más viejo que Max quizá se hubiese sentido tentado a abordarla, porque, como veremos, la mujer en cuestión, quizás ayudada por la experiencia de sus muchos años, o tal vez nacida con el don, quién sabe, sabía sentarse. No la encontró sentada ni se acercó a ella porque fue la mismísima mujer, Ema, quien se acercó a Max mientras este procuraba diluir el atosigado de harina de trigo, almuerzo ecuatoriano ingerido con solo unas horas de anticipación, sin atención al calor ni a la humedad malsana del día, con un agua aromática. Ema vendía productos de aloe vera para la piel. E incluso también para el interior del cuerpo.

No sé si Max pensó primero que el destino le presentaba una coartada posible antes que en las piernas, o si primero fueron las piernas y luego la hipótesis de su salvación. Sí sé que, a mi parecer, en cualquiera de los dos casos se hubiera hecho un favor a sí mismo permaneciendo silente o simplemente desestimando la oferta de los medicamentos homeopáticos, que eran a todas luces una estafa, una estafa verde como el aloe vera. Pero seguramente fue el mismo olor de la estafa el que lo indujo o lo atrajo a continuar en el camino del pecado. Un pecado cuya existencia ontológica sería difícil aseverar, pero que existía en tanto, como ya he señalado, Max Muldok, finalmente, no pertenecía a la especie de las personas tranquilas o despreocupadas. Como yo, Muldok pertenecía a esa especie cuyos integrantes, de serles permitido ascender al Arca de Noé, preguntarían con cierto tono entre culpable y receloso: "¿Está seguro que figura mi nombre en la lista? ¿Y por qué me han elegido a mí? Déjeme ver la lista una vez más". Pero él no conocía este dato acerca de sí mismo, ni yo hubiera imaginado nunca que perteneciera a mi especie, antes de la aparición de Dalia y Ema.

Una de las peores bromas de la vida es que siempre nos entera de quiénes somos en las circunstancias en las que más necesitaríamos ser quienes creíamos que éramos.

Ema desplegó frente a Max, con un prospecto y una sonrisa dibujada por un cirujano mediocre, las bondades de sus productos con aloe vera. Max supo desde el segundo instante que, de no albergar otros propósitos respecto de la mujer, no le hubiera permitido pasar de la explicación del primer medicamento, unas grageas que aliviaban el asma, al elogio del segundo, una loción que irrigaba las zonas más áridas del cuero cabelludo. Mucho, muchísimo menos, le hubiera admitido su tercera y concluyente alocución: que con el aloe vera no solo se curaban las enfermedades para las que la ciencia ordinaria —Ema se refirió a la ciencia con el mismo desdén que Max había fingido al mencionar a la "secretaria ejecutiva"— no había encontrado respuestas, sino también las dificultades económicas; pues un buen cliente, aclaró Ema, tenía derecho con el tiempo a transformarse a su vez en vendedor, apóstol del producto —de los variados productos—, y finalmente en jefe de un grupo de vendedores a sus órdenes.

—Si estás mejor con el aloe vera —le dijo Ema—, estarás mejor en general.

Ema se cuadró. Había permanecido de pie, junto a Max, el administrador de consorcios, ahora convertido en un anónimo espectador, perdidos sus poderes, dilapidadas sus capacidades de manejo y distancia de la gente. Max le vio las piernas y la invitó a sentarse.

Esas piernas no eran las de una mujer de cincuenta años, ni las de una de cerca de sesenta como Ema confesó finalmente que tenía. Esas piernas inventaban una edad para la mujer que las poseyera. Y, aquí soltamos prenda, Ema sabía sentarse. Cuando Ema tomó asiento, Max perdió el marco de la mujer, y su mirada siguió las líneas de la perdición. Eran piernas y caderas, también nalgas, que tenían algo que decir, una palabra más antes de que

235

el tiempo finalmente se las tragara. Sí, aquella mujer aún dejaba fluir los jugos del misterio, desde el desastre que había hecho la edad y el cirujano en su rostro, pasando por los pechos, holgados pero todavía pendencieros, hasta las piernas milagrosas. ¿Qué ocurría? ¿Por qué brillaba?

–¿Por qué –me preguntó Max– tuve una erección y tragué saliva?

No tengo la menor idea –respondí, aproximadamente seis horas después de aquel suceso.

–Vos sabes –me dijo–. Vos ya te acostaste con mujeres de esa edad.

–Nunca en mi vida –dije.

–¡Pero lo escribiste en un cuento! –me espetó.

–Precisamente porque nunca lo hice –me limité a responder–. Los que saben de estas cosas, no escriben.

Y sin embargo yo creía saber por qué Max había padecido –padecer era el verbo atinado en este caso– una erección y había tragado saliva. Según mi siempre falible intuición, la menos mala de mis formas de acceso al conocimiento, a Max lo había excitado el contacto con una estafadora. Siendo él en aquellos días, mejor dicho, sintiéndose él en aquellos días, a partir del mensaje de Dalia en su contestador, un vulgar estafador, lo excitaba, lo enardecía, lo superaba, encontrarse repentinamente, con tanta claridad, transparencia, directamente, con una de su prosapia. Aquello era el pavoroso magnetismo del incesto: desearla como si fuera de la familia.

Después de todo, de qué otro modo podía haber terminado mi pobre amigo, con quien habíamos tenido la desgracia de encontrarnos en compañía de nuestras respectivas madres.

Se trataba aquí de un incesto dentro de la familia de los estafadores. Una que lo era por su oficio, sin lugar a defensas; otro que lo era por opción, por debilidad e ignorancia.

Max me contó que la mujer se levantó de la mesa en busca de un producto concreto: la loción de aloe vera para las manos. Producto sobre el que no se había explayado, ni siquiera mencionado, pero el único que llevaba consigo en ese momento, aguardándola en la mesita que Max no había percibido, a la izquierda de la entrada del lobby del hotel, donde el gerente, a través de la asistente de RRPP (Relaciones Públicas) le había permitido establecerse.

Cuando Ema regresó con el producto, Max supo de inmediato que aquella sustancia no solo era el medicamento para las manos, sino también el enemigo del asma y el redentor del cuero cabelludo. Y, en suma, que no servía para nada. De haber tenido Ema la más remota esperanza de no pasar por estafadora, habría elegido otro *packaging* (por utilizar un término a tono con la oferta de la que hablamos), que no fuera aquel bidón de lavandina despintado, no prolijamente despintado, según Max, en el que habían vuelto a escribir, con gruesos trazos de pintura roja, el anuncio: Producto de Aloe Vera. Efecto Medicinal.

–¿Quiere probarlo ahora? –preguntó la mujer, que aún lo trataba de usted. El acento de Ema era centroamericano, y dijo ser colombiana.

Max se negó gentilmente. Quizás restaran también, además de trazos de antiguas palabras, gotas de lavandina. ¿Cómo había llegado semejante esperpento comercial a situarse en la entrada, a la izquierda, de un hotel cinco estrellas? Una respuesta fácil sería referir el enigma a Latinoamérica. Pero la verdad es que se trata de una de las tantas paradojas de la raza humana en su conjunto. No hay sitio, por elegante que sea, en el que no nos encontremos con nosotros mismos.

Max preguntó el precio, recibió una respuesta desaforada y con eso dio por terminada la parte comercial del encuentro referida al aloe vera. Pero no al encuentro en sí.

La conversación derivó hacia el repetido sendero de las propias vidas. Max soltó algunos breves comentarios acerca de su profesión e indicó que se hallaba allí con su esposa.

Ema –en un movimiento que yo aseguré estaba motivado por el acento de mi amigo, pero que para mi propio amigo aún era de motivación incierta– insertó el dato de que su marido se hallaba en esos momentos en Buenos Aires.

–¿Y a qué se dedica? –preguntó Max, en esa instancia con la campechanidad de un argentino que pregunta, con cierta sapiencia anticipada, acerca de las peripecias de un extranjero en la patria propia.

–Es el representante de Richard Clayderman.

Y como Max se quedara con la boca abierta, confuso y divertido a un tiempo, sin atinar a dar con un nuevo comentario, Ema agregó:

–Entre otros artistas.

Max supo de inmediato, como lo sabía yo a través de su relato, que la mujer no solo era una estafadora vocacional y de oficio, sino que sentía cierto orgullo en declamarlo.

–Pero por ahí está en Buenos Aires –me dijo Max–. Y por ahí es efectivamente el representante de Richard Clayderman.

Una breve carcajada compartida, inexplicable, interrumpió este vértice de nuestra conversación rememorativa.

–No –dije–. Te dijo que el marido está en Buenos Aires porque supo que vos sos argentino, eso le da confianza frente a vos; y a vos terreno para hablar.

–¿Y por qué Richard Clayderman?

Dudé unos segundos, en silencio. Pero no pasó un minuto.

–Quizás es el último recorte de diario que había leído sobre Argentina, la visita de Richard Clayderman. O porque es uno de los pocos que podría visitarnos luego de la devaluación del peso. No sé. Pero ninguna de las dos cosas es cierta. Es todo aloe vera.

Como sea, la conversación y el suceso con Ema, recién comenzaban. Aún faltaba mucho aloe vera.

Por algún motivo, sospecho que vergüenza ajena, un ramalazo de vergüenza ajena incluso más intenso que la atracción que esa misma vergüenza ajena dirigida de Max a Ema, Muldok no ahondó en las labores y virtudes del marido residente temporariamente en Buenos Aires, ni preguntó qué estaba haciendo exactamente allí, ni quiénes eran sus otros artistas representados, ni cuándo traería a Richard Clayderman al Ecuador o lo llevaría una vez más a la

Argentina, país en el que, si mal no recuerdo, no había vuelto a ejecutar Para Elisa en las últimas tres décadas.

Ema debería haberse llamado Elisa. Y ya arrebatados por el furor de la estafa, con su embriagante dulzor, la interpretación de la melodía debería haber sido un homenaje, consentido por el marido, dedicado a la figura de Ema/Elisa en aquellos tiempos en que sus piernas y el resto de su presencia coincidían en un espectáculo apabullante.

Pero Max la dejó ser la esposa del representante de Richard Clayderman y, un poco más atrás en el tiempo, aunque parecían siglos, la emprendedora pequeña empresaria del aloe vera. La dejó porque la precisaba para otra tarea. Una tarea a la que solo podían acceder secretarias ejecutivas que contaran en su currículum con antecedentes laborales tales como ser las esposas del representante ausente con aviso de Richard Clayderman y promotoras del aloe vera, en sus múltiples facetas terapéuticas en envases de lavandina, a nivel internacional, en hoteles.

—El representante de Richard Clayderman —repetí, invitando a Max a seguir.

Pero malinterpretó mi comentario y abundó en la interrupción.

—¿Qué hubieras hecho vos si te decían que el marido era el representante de Richard Clayderman?

—Me hubiera parado y hubiera gritado —dije.

—¿Por qué?

—Por la impresión. Por la sorpresa. Richard Clayderman es un ícono de nuestra infancia. Es lo único que escuché realmente de la música clásica. Decime, a esa edad, ¿qué otra melodía de música clásica escuchaste? ¿Y qué otro músico fue más solemne e importante cuando tenías diez años? ¿Recordás su cabellera rubia... (¿cómo la tendrá ahora?). Todos nosotros hubiéramos querido ser Richard Clayderman para nuestras madres, por no hablar de cuánto lo hubieran querido ellas. Para mí, hubiera sido como estar con un integrante de Titanes en el Ring.

—Pero no era ni siquiera el representante, sino la esposa.

–Es lo mismo. A ese nivel del pasado, de la remembranza, todo se confunde. Es un milagro.

Max meditó unos minutos, pero yo le aclaré que no siempre nuestros dichos tienen un sentido claro, y que las más de las veces no tenemos más remedio que hablar intentando recién varias horas después descubrir qué fue realmente lo que quisimos decir, puesto que así trabajan el tiempo y la lógica en relación con la condición humana. Y lo insté a que continuara con el relato de lo ya acaecido, porque los sucesos con principio y final, en pasado, eran nuestra última isla de orden en el mundo de las interpretaciones insensatas.

–Pero también depende de cómo cuenta uno las cosas –insertó Max, en una discusión epistemológica sobre la cosa en sí misma y su relato, que desvaloricé al tiempo que la esgrimía.

–No –dije–. Eso es para los que saben contar, para los que saben escribir. Para nosotros, lo que importa es la historia, qué fue lo que pasó.

De todos modos, me alegraba que Max, pese a todas las apariencias, no se encontrara lo suficientemente destruido, y pudiera aún permitirse coqueterías teóricas, reflexiones o hipótesis sobre los eventos que lo habían señalado.

Ema y Max tenían tiempo, y salieron a caminar a la zona abierta del hotel, alrededor de la pileta, bajo el cielo. Supongo que en ese relajado paseo vespertino todos mentían, incluso los elementos. El agua de la piscina fingía ser otra; las estrellas, recién llegadas, ostentaban falsas identidades: una ya muerta se llamaba así misma lucero, y la más pequeña porfiaba ser un planeta. A mí, que desconozco por completo las denominaciones y características de los astros, podrían haberme engañado con facilidad. La conversación, ya sensual, influenciada por el anochecer en un hotel cinco estrellas, en un jardín casi vacío de gente, con mozos discretos dispuestos a ofrecer licores sin una palabra, derivó hacia los múltiples intersticios del amor. Las relaciones matrimoniales, las que no lo son, la soledad, la decepción y el desengaño. Ema confesó una larga vida de adulterio hasta encontrar, en la madurez, a su actual marido; pese a vender aloe vera en bidones de lavandina en los hoteles, ahora estaba tranquila.

–Pero hubo momentos de mi vida –dijo Ema– en que estuve dispuesta a hacer cualquier cosa por amor. Cualquier cosa. Y te diría que lo que más me gusta de mi marido es saber que nunca más voy a pasar por situaciones semejantes.

Una vez más, una mentira repleta como el bidón de aloe vera.

La transacción que Max le propuso no fue explícita. Primero le ofreció comprarle cinco bidones de aloe vera y convertirse, con el tiempo, en uno de sus vendedores. Luego le pidió que se hiciera pasar por Dalia.

Mi reacción, en aquella cena nocturna, apenas dos noches después de los sucesos que se narraban, fue dar un puñetazo sobre la mesa; no tan fuerte como para que el mozo nos llamara la atención o como para que alguien girara hacia nosotros, pero sí determinante para que Max se interrumpiera. Un separador. Habíamos arribado al punto culminante que separa el azar del desastre: el sitio desgraciado donde se inserta la voluntad humana.

Max graficó, a grandes rasgos, frente a Ema, el escenario de su desventura y, luego de comprarle los cinco bidones y sugerirle su participación a futuro en el negocio, preguntó si Ema, podía, tal vez, hacerse pasar por Dalia durante apenas unos instantes, los suficientes como para darle la mano a Amanda, decir que se llamaba Dalia y retirarse a continuar con sus obligaciones sin más.

¿Pero acaso no la había visto Amanda vender aloe vera en el *lobby*?

No, Ema se había instalado aquel mismo día, unos minutos después de la partida de Amanda a la isla. ¿Abandonaría Ema las ventas mientras durara el artificio? Cinco bidones y un apóstol era mucho más de lo que esperaba conseguir en dos días, y no era más el tiempo que Max pedía. A los dos días, regresaban a Buenos Aires.

Ema, claro, primero se rió. Escenificó una risa escandalizada, doblemente encomiable en una mujer que no conocía el escándalo, debido a que su entera persona consideraba el escándalo, en lo que tiene de irritante y nocivo, el cauce natural de la vida. Poco después, miró a Max a los ojos, y sonrió sin mover la boca. El gesto, la mirada, el halo de esta mujer capacitada para hablar en dos o más sentidos sin decir una palabra, sugerían a Max, con tanta claridad como si lo pusiera por escrito, que la transacción debía llegar todavía más lejos. Ema reconoció, sin decirlo, que había mentido: aún no estaba tranquila. Aún estaba dispuesta a hacer cualquier cosa por amor.

¿Se llamaría Ema, realmente?

Max se dijo a sí mismo, mientras lo aturdían las silenciosas sugerencias de Ema, que no cumpliría de todo aquel pacto más que la parte contable e inmediata: el desembolso del dinero a cambio de los cinco bidones. Ni su futuro como vendedor de aloe vera, ni su aceptación tácita de las veladas pero acuciantes tensiones de Ema eran más que una patraña. Apenas le restaban dos días en Ecuador: lo suficiente como para cerrar el embrollo, mandarse a mudar a Buenos Aires y no verla nunca más en su vida. Luego, todo sería tan sencillo como explicarle a Dalia que una indemnización solapada y un nuevo trabajo que él mismo le conseguiría, resultarían el corolario perfecto para aquellos meses perfectos en que se habían amado sin tribulaciones. ¿Para qué arruinar el resto con la debilidad de un hombre maduro que ya no se hallaba en posición de disfrutar? Dalia seguramente rechazaría la indemnización, pero no el nuevo trabajo y, con la discreción y sabiduría que siempre había demostrado, le permitiría proseguir su camino de impotente y malversador.

Ema aceptó. Ya había aceptado cuando se acercó a intentar venderle el primer bidón de aloe vera, había aceptado antes, al iniciarse como mujer, y había aceptado aun en otras esferas, anteriores a la vida terrena, esferas desconocidas para los hombres y muy poco conocidas para las mujeres que no eran como Ema.

Con un rictus de incomodidad posterior al pacto, ambos adultos regresaron a la confitería que lindaba con la pileta, dieciocho pisos más abajo del restaurante en el que ahora Max reconstruía la historia. Cuando descendemos, siempre hay un límite tras el que se encuentra el infierno. Pero por prolongado que sea nuestro ascenso nunca topamos con el cielo. Por eso, tal vez, por despecho o porque buscamos algo concreto, siempre descendemos.

En las mesas bajo techo, pero a pocos pasos de la zona descubierta, pidieron bebidas alcohólicas y cerraron los detalles. Ema puso una de sus manos sobre el reverso de una de las manos de Max, y en esa mano femenina sintió Max el peso incalculable, ancestral, de la edad de su cómplice. Ema apretó durante un instante, lacrando el acuerdo, y lo soltó para despedirse.

No le pregunté a Max si valía la pena semejante tinglado por dos días. Si acaso no hubiera sido mejor dejar las cosas como estaban hasta que Amanda, lo que yo dudaba mucho, preguntara. ¿Cómo le iba a explicar a su esposa que su secretaria llegaba tan tarde y solo por dos días, de los siete que había durado la convención? No se lo pregunté porque era una crueldad: nadie sabe por qué nuestro trabajo más acabado es arruinarnos la vida.

Pero Max lo expresó por mí. Algo quedaba de aquel Max Muldok.

—¿Qué hice? —me dijo— ¿Qué me llevó a hacer algo así? ¡Se va a descubrir todo, todo! Y por mí.

Como un juez de boxeo que reflexiona durante unos segundos con la tarjeta del puntaje en la mano, aunque ya sabe cuál es el puntaje y no piensa cambiar la tarjeta, pero aún no se decide a mostrarla, dejé pasar una tregua de silencio antes de decretar, como un observador imparcial de la ONU (y nunca son imparciales):

—Efectivamente, arruinaste tu vida. Nadie lo hizo por vos. Como yo, sos *The Master of the Destruction. The Master of the personal Apocalipsys*. Ahora solo podés dejar pasar el tiempo sin mover una uña. Estás en Stalingrado, a fines de 1941, es el tramo más enérgico de la ofensiva nazi. Estás clavado en una trinchera, ni siquiera *en* un búnker, y la Luftwaffe sobrevuela rasante tu terreno. Stalin todavía no se ha despertado, todavía le pregunta a Molotov si realmente los nazis están haciendo lo que están haciendo. Y vos, junto a los reclutas más jóvenes y desprovistos del Ejército Rojo, soportás el bombardeo, no tenés que levantar la cabeza, no tenés que moverte, todavía faltan semanas o meses para que lleguen las primeras reservas, los primeros pertrechos antiaéreos. Y no tenés a quién echarle la culpa: vos sos Stalin, vos sos Molotov, vos sos el recluta.

—¿Y los nazis? —preguntó, desconsolado.

—Nunca te diría algo así —dije—. Sos mi amigo. Nazi es el destino.

Fueron mis palabras textuales. Dije algunas palabras más, claro, menos bélicas, contenedoras. Palabras de confianza y consuelo. Pero no caí en la tentación de sugerir movimientos. Me limité al "todo va a pasar". "El destino es un perro, pero en el tiempo aún podemos guardar esperanzas".

Sobre el final de mi intento de reconstitución de Max, de ese diálogo que era tan similar al de un ateo rogándole a Dios, al de un hombre que espera encontrar en el otro, cualquiera sea, un misterio que sea más poderoso que lo que realmente ocurre; al final, digo, descubrí que, lamentablemente para Max, en esa mano las cartas estaban mal dadas. No me refiero a toda su situación, sino únicamente al diálogo que estábamos sosteniendo, en el que Max esperaba mi consejo y apoyo. Estaban mal dadas las cartas porque también en nuestro caso la Providencia, o nuestras respectivas constituciones sentimentales o la educación de nuestras madres, habían determinado que yo siempre me sintiera frente a Max como el alumno, el escucha, el discípulo necesitado de consejo. Nunca creí en las teorías de Paulo Freire acerca de que el educador es también el educando. Siempre he pensado que maestro es el que sabe y alumno el que necesita saber, y que se trata de una relación vertical, en la que el maestro transmite el conocimiento. Si se trata de un buen maestro el alumno aprende. Pero los diálogos como el que estaba manteniendo con Max me dejaban siempre una amarga certeza: primero, confirmaban mi intuición de que efectivamente no podían intercambiarse los roles de maestro y alumno; y luego, la desdichada conclusión de que si bien allí existía un maestro que sabía y un alumno que necesitaba saber, ninguno de los dos aprendía nada.

Repentinamente me entró sueño. Me iba al día siguiente muy temprano por la mañana. Mi gira había terminado y el dólar se alzaba imponente, impidiéndome comprar siquiera un chicle. Debía regresar a la Argentina con el magro resultado de los dineros que me habían dado para viáticos, como un tesoro que resguardaría hasta el próximo viaje. Le di un beso en la mejilla a Max, lo vi apoyar su frente sobre la mano y cerrar los ojos.

II

El tiempo, como yo lo había profetizado, pasó. Tuvimos ocasión de no saber el uno del otro por espacio de unos dos meses. Creo que resultaba ingrato de mi parte no llamarlo, e incluso egoísta: había descubierto que ya no podía ser mi guía y, como antes había decidido, en un arrebato de respeto, dejar de llamarlo para no importunar; ahora encontraba toda clase de excusas, día a día, para no llamarlo porque era yo el que no tenía tiempo. Lejos de faltarme el tiempo por cuestiones sentimentales –el relato de la historia de Max y la ignorancia de su resultado habían funcionado en mí como un poderoso escarmiento–, ni por las lides de mi oficio –no eran pocos los momentos en que, como siempre, me encontraba rascándome o mirando el techo–, comprobé una vez más que el tiempo no es una sustancia permanente que uno administra, sino una sustancia que uno fabrica cuando necesita. Nunca falta tiempo para escribir, hacer gimnasia o ver a un amigo. El tiempo no existe antes de que el individuo lo fabrique en la manufactura de su tarea. ¿Qué es el tiempo sino la erosión de la materia? ¿Y qué otro modo conocemos los humanos de erosionar la materia si no es la acción? Ergo, es la acción la que produce el tiempo. Y elegimos fabricar tiempo, o no hacerlo, por tal o cual motivo.

Nos encontramos, al final de aquellos dos meses, sobre comienzos del verano porteño, en una recepción que brindaba en un hotel argentino el intendente de Jerusalem, de visita en Buenos Aires.

—Otra vez en un hotel —dijo Max.

—Y otra vez sin pagar —agregué.

—Yo pagué, en Ecuador.

—Cinco bidones de aloe vera —señalé.

—Y la habitación también —apuntó Max.

Los mozos pasaban a nuestro alrededor con vituallas que parecían haber quedado, hacía meses, retenidas en la frontera: salmón ahumado, canapés de caviar, whisky importado. La vida continuaba inmiscuyéndose, con sus maravillas, incluso en los sitios donde ya parecía imposible.

En esta ocasión hicieron falta dos vasos de whisky por interlocutor para recuperar la naturalidad del diálogo que nos había unido en el hotel ecuatoriano; y toda la botella no hubiera alcanzado para reestablecer nuestra amistad. Por motivos que no podíamos manejar, nos habíamos perdido. Es doloroso perder un amigo a esta altura de la vida. Pero al menos ambos estábamos vivos, circunstancia que, a partir de los treinta y cuatro años, no deja de ser un dato alentador.

Como Max me hablaba de lo bien que andaba todo por su casa, y de lo milagrosa que resultaba su permanencia en la presidencia de la Asociación, sumada al crecimiento real en los negocios y las responsabilidades, no me quedó más remedio que recordarle que yo estaba incapacitado para recibir sólo una rodaja de vida ajena, del mismo modo que me resultaba imposible hablar de mí sin exponer mis miserias, preguntándole cómo había acabado toda aquella farsa de Ema/Elisa/Dalia y Amanda.

—Muy bien, muy bien —me pareció que mentía Max. ¿Había muerto Ema de un paro cardíaco antes de encontrarse con Amanda, o había sido llamada de urgencia desde Buenos Aires por su marido porque Richard Clayderman necesitaba aloe vera para el cabello?

—Entonces, contame —dije.

Max rescató otro vaso de whisky de la bandeja de un mozo que, bajo toda evidencia, no tenía intenciones de ofrecérnoslo. Yo intenté hacer lo propio, pero se me escapó. Ahora debería esperar la clemencia de otro.

La misma tarde en que Amanda regresó de la isla, Max le explicó que Dalia acababa de llegar, demorada por trámites ineludibles en Buenos Aires. Ambas mujeres se saludaron primero con un apretón de manos y luego con un beso. No intercambiaron más que un par de palabras y se retiraron, Amanda a su habitación, y Ema/Dalia a su supuesta habitación. Max permaneció unos minutos más en el lobby, desencajado. Pero lo cierto era que ya no habría más escaramuzas.

—¿Hasta donde llegué a contarte? —me preguntó en el hotel porteño, dos meses después.

—Hasta el pacto. Este encuentro no me lo llegaste a contar. Yo me fui ese mismo día por la mañana. ¿Te acordás?

—¿Te dije que finalmente llegó Dalia?

Busqué otro mozo con la vista antes de preguntar:

—¿Qué Dalia?

—La verdadera.

—¿Dalia, la de veintiocho años, la secretaria ejecutiva?

Max asintió.

—Llegó al día siguiente de que te fuiste —dijo Max con la voz tomada por la ronquera del alcohol—. Al Dann Carlton de Ecuador.

El tiempo había pasado y ahora Max sonreía. Hablaba sin pesar ni vacilaciones. Algo le había salido bien.

Como suelo decir en mis escasos momentos de gloria: "¡Una que sale bien!". Y es una muy cada tanto.

Es cierto, desafortunadamente, que el espíritu atribulado con el que me había encontrado en el hotel ecuatoriano deparaba mucho más suspenso e intensidad que este recuperado hombre de la administración efectivo y sagaz. Pero sin duda, antes de llegar a buen puerto, su nave debía haber encallado una buena cantidad de veces, ya en la isla de las sirenas, ya en las cuevas de Polifemo, donde, otra vez sin duda, encallaría nuevamente en el futuro.

—La discreta Dalia, la sabia Dalia —continuó Max mientras finalmente yo lograba sustraerle a un nuevo mozo fugitivo la porción vital de líquido para sumergirme en la historia— no era sabia ni discreta. O, como todos, dejó de serlo cuando la tristeza pudo más que ella.

—Deberías saberlo de tus reuniones de consorcio.

—Las mujeres enamoradas son peores que los inquilinos —respondió Max—. O los peores inquilinos: pretenden quedarse a vivir dentro de vos.

El whisky aumentaba nuestro léxico, disparaba nuestra retórica y, quizás, alargaba más en el tiempo el relato del suceso de lo que el suceso realmente merecía. ¿Pero qué es estar borracho sino acceder a una dimensión fabulosa en que las cosas pueden parecer fundamentalmente importantes sin ser graves?

—Dalia, la de veintiocho años, la verdadera, se presentó en el hotel Dann Carlton esa noche, unas horas después del encuentro Amanda/Dalia–Ema, y me dijo que no podía estar sin mí. No creo que haya dicho: "No puedo vivir sin vos". Dijo: "No puedo estar sin vos". Pero no me estaba reclamando un mayor período de tiempo juntos, no me pedía más que aquel encuentro semanal que yo gustosamente le brindaba. Lo que pasaba era que se había imaginado un fin de semana juntos en Ecuador, aunque estuviera mi esposa. No para acostarnos, no para escondernos, simplemente quería que pasáramos el fin de semana juntos en un mismo edificio. Eso me explicó. ¿Nunca pensaste que antes de iniciar un romance furtivo deberían presentarte un prospecto de cada una de las situaciones que ocurrirán, para que puedas aceptar o no?

—Muchas veces —dije—. Por eso no los inicio: no hay prospecto.

Max me miró dubitativo.

—Aunque mucho me temo —agregué— que la presentación del prospecto, con todos sus desastres incluidos, no alcanzaría para disuadirte.

Max asintió con un nuevo trago. Aunque Churchill, según tengo entendido, era un gran bebedor, en mis hipótesis acerca de la matriz con la cual fabricar hombres políticos yo agregaría un pequeño inciso prohibiéndoles el alcohol. No todos pueden ser Churchill, y debemos ser precavidos.

–Ahora tenía dos Dalias. Le expliqué a la verdadera la aparición de la falsa. Le tuve que explicar todo. ¿Sabés lo más increíble? Percibí un aire de celos, a tal grado llegaba su locura. Sentía celos por el hecho de que yo le hubiera entregado su identidad a otra.

–Me parece bastante previsible –dije.

–Pero a mí no me lo parecía –respondió Max, por primera vez, con un atisbo de cizaña–. Lo que sí me resultó evidente fue que debía mantenerlas separadas. Y sobre todo, que Ema/Dalia no debía enterarse de la llegada de la Dalia verdadera.

–Ni tu esposa –dije.

–Ni mi esposa, claro.

Pero Ema/Dalia, según Max, era entonces más peligrosa. Había fraguado ilusiones, sobre su comprador y futuro vendedor, y la aparición de una jovencita que no era su esposa podía ponerla en guardia. No hubiera temido semejantes reacciones de no ser por lo que la misma Dalia verdadera le acababa de demostrar: había que andar con cuidado.

–Sos irresistible –dije admirado.

–¿Y eso a quién le importa? Lo importante es tener resistencia. Es lo único que importa. Dalia se pagó su propia habitación. Y comenzó un vodevil, bastante alocado, para mantenerlas separadas, para que no se conocieran. En este punto, debemos reconocer que la chica recuperó algo de su discreción. Una vez que me vio, recuperó la calma. Aceptó permanecer, dentro de lo posible, oculta. La primera mañana desayunó sola, sin mirarme. Pero al mediodía, sin consultarme, Ema/Dalia se le acercó. Aunque ya había desarmado su puestito, no había perdido la vocación. Y una mujer joven, sola, era una presa imposible de evitar para la vendedora de aloe vera en bidones de lavandina.

—Entiendo.

—Las vi hablar, temblando, mientras almorzaba con Amanda. "¿De qué estará hablando tu secretaria con esa chica?", me preguntó Amanda. "No tengo la menor idea", le respondí. "Creo que Dalia vende unos productos de aloe vera. Debe estar tratando de conseguir una clienta. Los hoteles son el lugar ideal".

—¿Por qué soltaste toda esa información que nadie te había pedido? –le pregunte a Max.

—No tengo la menor idea –respondió–. Cerca de las siete de la tarde, se desató la catástrofe. Amanda y yo estábamos en el lobby del hotel, arreglando cómo iba a ser la noche, porque yo tenía una reunión, una especie de asamblea de despedida, mitad reunión de trabajo, mitad fiesta. Y Ema/Dalia se nos acercó, sin el menor reparo, sumergida en su rol, para preguntarnos, precisamente, cómo sería esta última noche en el hotel. Supongo que quería cobrarme algo más, ahora que sabía que me iba. Cuando comencé a tartamudear un plan de acción, vi venir hacia nosotros tres a la Dalia verdadera. No sé cómo me las arreglé, pero más o menos les había diseñado a ambas mujeres un croquis de los eventos por venir: reunión de trabajo con Ema/Dalia antes de la reunión, reunión laboral, y finalmente inclusión de Amanda en la fiesta de despedida. De modo que cuando vi venir hacia nosotros a Dalia, con ímpetu, con un sospechoso paso rápido, y con motivaciones impredecibles, tomé a Ema/Dalia del brazo y le expliqué a Amanda que ya mismo debíamos ponernos a planificar el discurso y las propuestas para la última reunión del evento. Subimos al ascensor un instante antes de que Dalia pasara rasante junto a mi esposa. No se detuvo junto a ella, pero seguro se quedó parada junto a la puerta del ascensor, aguardando a que se marcara el piso en el que yo descendería. "¿Qué pasó?", me preguntó Ema. "Me persigue una loca", dije. Como si ella fuera la cuerda, me dijo: "Tenemos que escondernos". "Supongo que no queda más remedio", acepté. Y me llevó a su habitación.

—¿Ella se alojaba en el hotel?

—Por esa noche, al menos.

—¿Pagó una habitación por vos?

—Así parece.

—La venta de aloe vera rinde –bromeé.

—O quizás lo que le rendía era la representación de Richard. Pero nos bajamos en el piso nueve y me metió de prepo en su habitación. No intentó nada. No me tocó ni me animó a tocarla. Se paró junto al ventanal. No sé si tu habitación era igual.

—Sí –dije–. El baño, el pasillito, la cama matrimonial, y un sillón junto a un ventanal, una especie de living.

—Eso, ahí se paró. Miraba por el ventanal. Desde el ventanal se podía ver la zona descubierta, la pileta, el barcito. Y se podía ver a Amanda. Mi esposa estaba sentada, tomando un trago, en una de las mesas del barcito junto a la pileta. Me acerqué y me quedé mirando yo también. Ema y yo en silencio, yo unos pasos detrás de Ema. Un hombre tomó asiento junto a Amanda, un desconocido, invitándola a conversar. Ella sonrió y dijo unas palabras. El hombre se levantó y se fue. Lo había rechazado. Amanda siguió tomando de su trago que, aunque estaba lejos, me pareció que era de color amarillo.

—Un pisco *sour* –dije–. O un Margarita.

—Una limonada, seguramente –aclaró Max–. Pero no podía dejar de mirarla. Y Ema también miraba por el ventanal, al vacío o qué sé yo.

—¿Y Dalia?

—Debía estar buscándome por los pasillos, piso por piso. Quizás en el restaurant giratorio o, espero que no, golpeando la puerta de mi habitación. Ema dio unos pasos hacia mí, sin dejar de mirar por el ventanal, y sus nalgas me rozaron.

Tragué saliva con whisky.

Max había bajado la voz. Su intensidad había regresado. El sexo es muy importante.

253

—Entonces descubrí todo. Descubrí el pasado y el futuro. Descubrí por qué me había metido en aquel berenjenal. No solo por qué había arruinado todo desde el primer mensaje de Dalia en el contestador, sino el mismísimo motivo por el que había comenzado aquella desahuciada relación con la misma Dalia. La proyección del futuro. Yo me había metido con Dalia, la muchacha de veintiocho años, huyendo de la proyección del futuro. Todos viajamos hacia el futuro, nuestras vidas no son más que eso. Pero nadie puede volver atrás en el tiempo. ¿No opinás que todo romance de un hombre casado con una mujer más joven es el intento de lograr lo imposible, de volver atrás en el tiempo?

—No —dije—. Quizás de vivir otra vida, pero no de volver atrás…

Aferrado a un nuevo vaso de whisky, Max no me dejó terminar:

—Volver atrás en el tiempo… Eso es perder el tiempo. Intentarlo es perder el tiempo. Lo supe mientras veía a Amanda, mi mujer, preciosa, encantadora, la mujer de mi vida, con las nalgas de Ema pegadas a mí. Yo había cometido un error de proporciones incalculables, metiéndome con Dalia, perdiendo el tiempo intentando volver atrás en el tiempo. No te puedo explicar la alegría y el amor que sentí por Amanda cuando rechazó con una sonrisa a aquel insolente. Y cómo me demostraba mi cuerpo que los embates de Ema no me resultaban indiferentes. Estaba excitado como un burro.

—¿Mirando a tu esposa?

—Y con Ema restregándose, de nalgas para abajo, contra mí. No le veía el rostro. Apenas el reflejo en el ventanal, y a Amanda.

—¿Y cuál era la proyección del futuro?

—Si vas a ser capaz de acostarte con tu esposa cuando tenga sesenta años. Eso es todo. Eso es lo que nos enloquece y nos arruina, desconocer ese dato. O imaginarlo y considerarlo imposible. ¿Qué vas a hacer con tu esposa cuando tenga sesenta años?

—¿Yo? Seguir casado. Supongo que tendré sesenta y un años.

—A mí no me resulta tan fácil. O no me resultaba. Nunca me lo había puesto con tanta claridad frente a mí mismo: me desesperaba la idea de tener que compartir el resto de mis días con una mujer de sesenta años, mi esposa. Pero mirándola, con Ema pegada a mí, ya le había levantado la pollera, ya le había bajado la bombacha, ya gemía… En ese momento, supe que era posible. Yo podía pasar el resto de mi vida junto a mi esposa, ya no me espantaba la idea de acostarme con ella cuando tuviera sesenta años. La amé.

Un mozo pasó por entre nosotros sin que intentáramos detenerlo.

—Ema me dejó salir de la habitación como toda una señora. Fui yo el que debió insistir para que me permitiera darle un beso en la mejilla, de despedida. Participé de la reunión como un señor, recibí a Amanda en la despedida y, después de tomar varias copas juntos, tuvimos una de esas noches memorables.

—¿Y Dalia? —pregunté en un anticlímax tan memorable como la noche a la que hacía referencia Max.

—Desapareció. Ni me preocupé por ella ni la volví a ver. Ahora que había resuelto mi problema, el motivo de mis despropósitos, ya ni siquiera me incomodaba. No me daba miedo. Pero no la volví a ver. Supongo que se encerró en su pieza, o salió a hacerse matar por Quito. Pero es seguro que al día siguiente, muy temprano, hizo el *check out* y abandonó el hotel.

—El *check out* —repetí sin sentido—. Qué lindo cuando alguien a quien ya no querés ver hace el *check out*.

—Ajá —dijo Max—. Pide la cuenta y se retira. El prodigio más inconseguible: no que te recuerden, sino poder desaparecer de la memoria ajena.

—Nos pusimos filosóficos —dije.

Max se rió.

—Porque es el final de la historia.

—La moraleja.

—Ahora podemos ser nuevamente amigos —dijo Max borracho, revelando mi egoísmo y mi codicia de consejos en un desplante de sinceridad. Y tenía razón: volvía a ser el administrador, el adulto y el maestro. Podía volver a llamarlo todos los días varias veces por día. Aunque no estaba seguro de que finalmente lo hiciera.

Reparé en que un pianista se había hecho medianamente cargo de la animación de la fiesta. Comenzó tocando melodías románticas y, luego de la primera media docena, la gente se le acercaba pidiéndole piezas. Alguno pidió Jerusalem de oro, otro una de Luis Miguel, y también sonó un hit del rock argentino de los años ochenta que se deslucía por completo en aquel piano de cola. El whisky me desinhibió y, discretamente, le sugerí Y quién es él, de José Luis Perales.

El intendente de Jerusalem, una estrella en ascenso en el firmamento político israelí, se retiró en medio de grandes medidas de seguridad. Unos pocos intentaron aplaudir, pero el aplauso general no prosperó. En gran medida, porque los guardaespaldas nos empujaban hacia las paredes del salón. De pronto me sentí arreado, como en la popular de una cancha de fútbol, pero por suerte el hombre logró retirarse sin que ninguno de los que estaban cerca de mí intentaran asesinarlo y la fiesta continuó, por lo poco que le quedaba, con unos panecillos de queso calientes y café.

Del piano salió una melodía que me estremeció. Y la mujer que acababa de pedirla, caminando decididamente hacia nosotros, me estremeció una vez más. Su andar era el de una yegua domesticada que, de todos modos, guarda en su alma una porción de vida salvaje, siempre presta. Pero tenía sesenta años, y yo no tenía, como Max, el don de la proyección del futuro.

—Como dijimos —dijo Ema a Max.

Mi amigo —¿era realmente mi amigo?— la tomó del brazo y marcharon hacia la puerta del salón como dos novios, acompañados por los acordes de Para Elisa.

Tambaleé en el lugar y, si no hubiera encontrado aquella afortunada silla, medio tumbada contra la pared, milagrosa en aquel sitio donde nadie parecía necesitar sentarse, creo que hubiera ido a dar con mis huesos al suelo.

Un anciano señor se me acercó, me ayudó a poner la silla de pie, y a mí a sentarme. Lo miré a los ojos. Podría haber sido mi padre, o yo mismo cuando tuviera su edad.

–¿Se siente bien? –me preguntó.

Y agregó sin piedad:

"Está blanco como el mantel.

Señaló el mantel manchado de la mesa donde humeaba la bandeja vacía del pastrón caliente.

–No se preocupe –dije–. No tengo nada. Es que soy muy sensible.

Perdidos

I

Regresábamos de Miramar en una camioneta que había contratado especialmente para llevar a toda mi familia y el respectivo equipaje. El mismo chofer y la misma camioneta que me habían traído de Buenos Aires ahora nos llevaban de regreso. El conductor, Gonzalo, un mocetón de entre cuarenta y cincuenta años, una mezcla rara de eslavo y criollo, con el pelo rubio y la tez morena, y acento gutural aunque sin problemas en la pronunciación, había llegado tarde. Tan tarde que yo había estado a punto de ir a comprar pasajes de micro. Mi esposa, mis dos hijos y yo, lo aguardábamos en la puerta del edificio de departamentos de alquiler donde habíamos vivido aquellos diez días veraniegos. Pero ahora ya no teníamos habitación donde resguardarnos y el salón de estar en planta baja bullía de gente y de aire viciado. Afuera no estaba mejor: un viento despiadado azotaba los rostros de mis dos pequeños. Pero si los dejaba entrar al edificio, sin un cuarto que los limitara, rompían vasos, se peleaban con otros niños o se quemaban con los cigarrillos de quienes desafiaban a escondidas la prohibición de fumar. Cuando ya había oscurecido, el viento arreciaba como un tornado y el mar rugía –aunque desde nuestra

261

posición no podíamos verlo– como dispuesto a tragarnos. Me incorporé y le dije a mi esposa:

–Voy a comprar pasajes –unos bocinazos me ensordecieron y dos focos de luz asesina me encandilaron como a un conejo. Era Gonzalo.

–Se me quedó la combi en la ruta –explicó.

Agradecí a Dios y embarcamos. Primero subimos a los niños exhaustos, luego la tonelada de objetos que de algún modo milagroso habíamos logrado trasladar desde la Capital, y finalmente ascendimos mi mujer y yo, en una nueva versión, no sé si más o menos trágica, del éxodo jujeño. La pesadilla de la espera tuvo el benéfico correlato de que nos quedamos dormidos ni bien Gonzalo arrancó. Me desperté tres horas más tarde. La camioneta estaba detenida y a mi derecha pude ver el mar. Miré el reloj y me asusté: ¿por qué el mar estaba todavía allí? De pronto tuve un presentimiento siniestro y absurdo: Gonzalo había matado a toda mi familia y ahora se disponía a eliminarme. Pero mis hijos roncaban mansamente en el asiento de atrás y mi esposa cambió de posición con los ojos cerrados.

–¿Qué pasa? –pregunté– ¿Por qué estamos todavía acá? Son las once y media de la noche. Ya deberíamos haber pasado al menos Chascomús.

–No sabés lo que me pasó –dijo Gonzalo mirándome fijamente.

–¿Se te quedó la camioneta?

–No.

–¿Te equivocaste de recorrido?

–No exactamente –dijo, y se rascó le mejilla izquierda. Sus ojos, que nunca habían destacado por su agudeza, parecían especialmente estúpidos.

–Estamos en Miramar –concluyó.

–No entiendo –dije.

–Yo tampoco. Pero paré en una estación de servicio a cargar gas, y en vez de seguir derecho para Buenos Aires, di la vuelta de nuevo para Miramar.

—¿Por qué? —pregunté sin encontrar un tono que expresara mi estupor, sabiendo que toda respuesta, mía o de Gonzalo, estaba más allá de mi alcance. —Me equivoqué. La verdad es que me equivoqué. Estaba pensando en mi mujer. Nos apiadamos el uno del otro con un largo silencio.

Finalmente dije:

—Estabas pensando en tu mujer, ¿y...?

—Ella me pidió que pare a comprar sardinas en Dolores. En una casa especial que venden sardinas en pomarola, en Dolores. Pero a mí no me gustan las sardinas, y a ella nunca la vi comerlas. Entonces... ¿para quién son?

—No tengo idea, Gonzalo —dije a punto de reírme de desesperación— ¿Por qué no se lo preguntaste?

—No me di cuenta de preguntárselo antes de salir. Estuve pensando en eso todo el viaje de ida, y de vuelta.

—Gonzalo, ¿te das cuenta que salimos para Buenos Aires y volviste para Miramar? Eso es más que un error.

—Sí —admitió, pero repitió—: Me equivoqué.

Evidentemente, mi familia y yo estábamos en manos de un loco. Podía estrellarse contra un edificio, contra un surtidor de gasolina o hundirse en el mar con la camioneta, nuestro equipaje y nosotros. ¿Pero qué podía yo hacer? Los micros ya no salían a esa hora, y despertar a mis pequeños hijos y a mi mujer y salir en busca de una habitación de hotel no era algo muy distinto de la muerte. Decidí hacer caso a mis instintos: pese a todo, aún tenía sueño. Le dije a Gonzalo que si quería llamara a su mujer desde un teléfono público (el celular no le funcionaba y por eso no había podido ubicarlo durante su demora), yo lo esperaba. Pero me dijo que no quería despertarla por tan poca cosa, aunque no podía dejar de pensar en el asunto.

—Me voy a dormir —dije—. Espero que cuando me despierte estemos en Buenos Aires.

—Dalo por hecho —me dijo arrancando—. Estas cosas no pasan dos veces.

No sé si lo dije en voz alta o en mis sueños, pero recuerdo la frase: "Esta es una de las pocas cosas que no pasan ni una vez". Y al día de hoy no termino de convencerme de lo que realmente ocurrió.

Me despertaron los gritos de mis hijos. Me incorporé sobresaltado en el asiento delantero. Lo primero que me tranquilizó fue el cielo violeta. Los accidentes, me dije ni bien abrí los ojos, sin saber dónde estaba, como un rezo improvisado, ocurren con el cielo oscuro. Estábamos en Buenos Aires, el sol pugnaba por asomar y a mi derecha ya no estaba el mar, sino la puerta de mi casa.

–*Baruj atá Adonai* –murmuré. Mi esposa bajaba las valijas.

–¿Te contó lo que pasó? –le pregunté.

–Todavía no lo puedo creer –me respondió Esther.

Gonzalo sonrió y me cobró menos de la mitad de lo que habíamos pautado.

–Deberías cobrar el doble –dije–. Una anécdota así no se consigue todos los días.

Gonzalo dejó escapar una carcajada, no supe si auténtica o forzada.

–¿Hablaste con tu mujer? –le pregunté.

–Esas cosas mejor hablarlas en persona –respondió.

"Sí", me dije en silencio, "las sardinas a la pomarola son los verdaderos secretos de la humanidad". Ya habíamos descargado todos los bolsos –lo habíamos hecho más rápido que Belgrano al desguazar Jujuy–, de modo que Gonzalo metió el embrague (no tengo la menor idea de lo que es el embrague, ni si se mete) y primera, y partió. Temí tenerlo de nuevo en la puerta de mi casa a los veinte minutos, pero hace más de dos años que no lo veo.

Los chicos reencontraron sus camas y se durmieron, pero despertaron de inmediato. Creo que a las siete y media de la mañana ya estábamos todos de pie. Como fuere, yo ni siquiera me había dormido. Había permanecido dando vueltas en la cama y pensando en la camioneta.

Cuando entré en la cocina, mi mujer, mientras los chicos recomenzaban el desorden de sus piezas, le contaba a su madre la historia del regreso fantasmagórico a Miramar. Nos turnamos, durante cerca de cuarenta minutos, para contarlo una vez cada uno a parientes y amigos.

—Pero vos dormías —le recordaba yo a mi esposa cuando colgábamos con uno o con otro.

—Como sea, estuve allí —insistía Esther.

Era una verdadera historia familiar, y tanto Esther como yo sabíamos que de cómo la contáramos en aquellos primeros minutos dependería su registro en los relatos por el resto de nuestra vida. Lentamente, de narración en narración, Esther parecía haber estado cada vez más despierta y yo más dormido. Pero en algún momento del día, creo que cerca del atardecer, agotamos la cantidad de interlocutores a los que podíamos narrar nuestro bizarro periplo, y Esther y los niños cayeron en una profunda siesta en la cama matrimonial. Nunca duermo de día ni por la tarde, de modo que me senté en la cocina, sin dejar de pensar en el evento y en Gonzalo, con un mate sobre la mesa de madera y la primera porción de tiempo libre y en calma desde que había salido de Miramar.

Los casos de extravíos han marcado mi discreta existencia y las historias que invento. Me perdí en la playa a los siete años y tardaron cinco o seis horas en encontrarme. En algún momento de mi vida consideré especialmente relevante ese recuerdo y comencé a tejer ficciones a su alrededor. He escrito cuentos, novelas, fábulas, guiones de cine y obras de teatro alrededor de la idea de estar perdido, tal como lo recuerdo cuando me sucedió, a los siete años. Y no tenía dudas, entonces, sentado a la mesa de madera de la cocina, con el mate a mi lado, que la de Gonzalo era una historia de extravíos. Una vez más me había perdido, aunque esta vez no por mi culpa. ¿Pero acaso alguna vez se puede hablar de culpa cuando nos perdemos? ¿Somos culpables de vivir en un mundo cuyas verdaderas fronteras, esto es, las fronteras ocultas donde la tierra se junta con el alma, son imposibles de cartografiar?

Ese verano que acababa de terminar en Miramar había dejado en las orillas de mi conocimiento una nueva historia de gente perdida, que no era la de Gonzalo y su camioneta. Era una historia de amor, o de desamor. Tan impactante, quizá más, como la de un chofer indescriptible que, luego de una parada circunstancial, volvía involuntariamente al lugar de partida en lugar de seguir rumbo hacia su meta.

Miramar es uno de los pocos sitios auténticamente judíos que restan en la Argentina. En Estados Unidos, durante buena parte del siglo XX, hubo muchos balnearios así: los Castikills, los Adirondacks. Hoteles, mar, playa y judíos. Es una combinación extraña. Miramar, en su discreto modo, era algo semejante. Sin hoteles, o con hoteles muy menores; en Miramar lo que se usa es alquilar departamentos.

Para quienes hemos vivido lejos de las tiendas de nuestra tribu, veranear en Miramar es reencontrarse con un cincuenta por ciento de los judíos que conocimos en nuestra infancia o adolescencia. Es como concurrir a un reencuentro sorpresivo con los compañeros del colegio o del club. Todos están casados y tienen hijos. Las mujeres están gordas y los hombres pelados. Todos tienen la esperanza de estar mejor que el espejo humano con el que se encuentran. Nos metemos en el mar con la esperanza de que nos devuelva más jóvenes o nos trague para siempre; pero ninguna de las dos cosas ocurre.

Nunca escuché de nadie que se haya ahogado en Miramar; sospecho que es porque los judíos quedaron escarmentados con el suceso del Mar Rojo cerrándose sobre sus perseguidores y desde entonces son especialmente prudentes en las playas.

La historia que me contaron, no obstante, estaba protagonizada por seres de una generación anterior, que no era la nuestra ni exactamente la de nuestros padres. Con las personas de entre

266

cincuenta y cincuenta y cinco años, en Miramar, ocurre algo curioso: parecen más saludables que los de entre treinta y cuarenta y cinco. Ya no tienen que hacerse cargo de niños pequeños y, por sobre todas las cosas, ya han pasado hace veinte años el espanto de anoticiarse de los primeros signos de la decrepitud, circunstancia que vivíamos sin atenuantes los integrantes de mi generación, los hombres y mujeres de treinta y seis, treinta y siete, treinta y nueve años, con niños de entre tres y seis años que nos arruinaban el aparato digestivo, eliminaban la fuerza de nuestro cuero cabelludo y aceleraban la senilidad erosionándonos la memoria con sus gritos y reclamos.

Leopoldo y Ada tenían, cuando ocurrió todo, cuarenta y dos y cuarenta y tres años respectivamente; ella era un año más grande que él. Para cuando me contaron el suceso —aquel año de Gonzalo en Miramar—, ya habían pasado diez años. No necesitaba ver a sus ex cónyuges —Celita y Mario— para imaginarme cómo serían a los cincuenta, y a Ada la conocí, del modo más inesperado, finalmente, a los cincuenta y cinco. Pero es el día de hoy que no logro representarme sus respectivas bellezas a los cuarenta. Por algún motivo no puedo dejar de pensar que esa historia no es posible sin un importante factor de atracción física, y que la atracción física necesariamente incluye una importante porción de belleza objetiva. Sin embargo, contra toda esperanza, día por medio veo en los diarios las fotos que ilustran las noticias de crímenes pasionales: hombres calvos y con rostros desapasionados, mujeres fofas y de narices chatas. ¿Cómo pueden haberse matado por esto?, me pregunto. Quince puñaladas, un tiro, la arrojó por la ventana, lo ahorcó mientras dormía… ¿dónde están los ojos de fuego, los pechos implacables, las piernas consistentes, que desataron semejantes pasiones? Nada. Las personas feas e insípidas se matan unas a otras por amor igual que los adonis y los semidioses griegos. La belleza no es común entre los hombres, pero la locura nunca falta.

El verano en que me contaron por primera vez la historia de Ada y Leopoldo fue especialmente sedentario para mí. Mi hija pequeña ya caminaba a la perfección, e incluso corría, y con Esther debíamos turnarnos para impedir que abandonara la playa, se enterrara a sí misma en un pozo de arena o atravesara el mar rumbo al África. Mi hijo, un poco mayor, apenas un niño, ya sabía el número de la carpa y el nombre del balneario, pero los niños en la playa son como estrellas fugaces en el cielo: las vemos pasar y nunca más sabemos qué fue de ellas. De modo que tampoco le quitábamos la vista de encima. Creo que me bañé dos veces en el mar a lo largo de todo el verano. Y si hubiera podido administrarme la comida por medio de sondas, de modo de no tener que soportar la maldición de comer un sándwich enarenado con un ojo desviado hacia cada uno de mis hijos, lo habría hecho. Pero esos son privilegios de los astronautas, que viajan solos, y no de los pobres infelices que permanecemos en tierra o peor, en arena. Mi único entretenimiento era mirar los traseros de las mujeres de las carpas de otros balnearios que por tal o cual motivo pasaban por el nuestro y emitir comentarios al respecto con los dos o tres amigos que lograban huir de sus respectivas familias y venían a saludarme como a un lisiado o a un Padrino de la Mafia. Respecto de las nalgas de las mujeres de mi propio balneario no podía pronunciarme, pues o bien eran conocidas de antes, conocidas por ósmosis, o madres de niños que jugaban con mis hijos. Hubo unos pocos casos de forasteras que me dieron ocasión de opinar acerca de sus pechos que, debido a mi naturaleza vulgar, deben siempre ser exageradamente opulentos para llamarme la atención. Pero en cierta ocasión coincidieron un trasero desestimable y un amigo muy estimado.

Leandro Pavicini, quizás el único *goy* de Miramar, había venido a rendirme su visita de cortesía. Se había separado hacía dos años y elegía Miramar para veranear con sus dos hijas porque la consideraba una ciudad limpia y familiar.

Mientras tomaba asiento a mi lado con un mazo de cartas de truco en la mano, tras su cabeza vi pasar a una mujer encorvada, de entre cincuenta y sesenta años, con una bikini especialmente inapropiada. Una tanga desacertada dividía dos nalgas derrotadas. De su mano, al final de un brazo simiesco, colgaba el termo para el mate. ¿De dónde venía? ¿A dónde iría? ¿Era una enviada de la Muerte y venía a avisarme que yo estaba envejeciendo?

—Mirá —le dije a Pavicini, señalando con mis ojos hacia más allá de su cabeza—. Pero con cautela.

Leandro giró sin el menor reparo, pero menos reparos aún tenía la mujer acerca de que alguien pudiera o no mirarla.

—¿Viste que muchas veces te digo que es difícil que puedan presentarme una mujer viva con la que yo no pueda hacer algo? Pues ahí tenés una.

Leandro giró nuevamente hacia mí, y dijo:

—No te creas. Ese culo tiene su historia.

—Historia, seguro —dije—. Lo que no tiene es presente.

—¿Qué es el presente sin historia? —dijo retóricamente Pavicini, como un estudiante de *ieshivá*.

—No me digas que te contagiaron los judíos… —dije.

—Para eso vengo —replicó.

—En realidad, los únicos judíos que quedan son gente como vos —dije— Todos los demás nos asimilamos.

—Nuestro pueblo… —comenzó Pavicini, y no pudo seguir porque estallamos en una carcajada.

La mujer salió de la casilla de la administración de mi balneario y le dio una moneda a la señora que presumiblemente le había proporcionado agua caliente. Yo me sequé las lágrimas, me había reído mucho.

—¿Por qué viene a buscar el agua para el mate acá? —le pregunté a Pavicini.

—Hay un rumor de que en mi balneario te dan agua de la canilla.

—¿El culo con historia es de tu balneario? —pregunté.

Pavicini asintió.

—Te vine a buscar para jugar al truco —dijo.

Me levanté y caminé lo suficiente como para divisar la orilla. Mi esposa y otra mujer jugaban con un conjunto de entre tres y ochocientos niños, algunos de los cuales eran mis dos hijos. Le hice un gesto con las manos que podía significar cualquier cosa: ya vengo, me voy para siempre, tengo un ataque de epilepsia. Lo importante era que no entendiera bien y por lo tanto no pudiera negarse a que me ausentara por un par de horas. Acompañé a Pavicini a su balneario.

Yo jugaba en pareja con Pavicini y nuestros competidores eran Turek y Garmiza. Ambos pertenecían a la grey sefaradí. Jugaban al truco con la seriedad que uno pondría en un duelo con pistolas, como si nos estuviéramos jugando la permanencia en la ciudad. Y curiosamente, no siempre nos ganaban.

Me tocó el ancho de basto, el as de espada y el siete de espada. Para disimular, le dije a Pavicini:

—¿Y, cuál es la historia del culo?

—Vámonos —dijo Turek—. Está cargado.

Garmiza le respondió poniendo sus cartas en el mazo.

Pavicini se levantó y miró hacia un lado y hacia otro.

—Quieren saber la historia de Celita —dijo Pavicini, a ambos turcos.

—Eh, esas son palabras mayores —dijo Garmiza—. Nos tenés que ganar.

—El truco me aburre —dije—. Cuéntenme mientras jugamos.

—No ves que con los rusos no se puede jugar —dijo Turek—. ¿El truco te aburre? ¿Y qué te divierte: el Canal A?

—Que me cuentes la historia de Celita —dije.

—Hablá más bajo que creo que en la carpa 28 está Mario.

—¿Y quién es Mario?

—Ulí —dijo Turek—. Hay que contarle todo.

Pero yo descubrí en sus expresiones la atracción de quien posee una historia hacia un oyente que se desespera por escucharla.

Garmiza miró sus cartas y las dejó sobre la mesa. Se puso de pie, caminó por el pasillo de arena y tablitas de madera, entre las carpas, quemándose las plantas de los pies, espió a uno y otro lado, y regresó. Levantó sus cartas de la mesa y dijo:

—Envido.

—Falta envido, la concha de tu madre —dije.

—¿Cuántos puntos son con "la concha de tu madre"? —preguntó Turek.

—El partido —dije.

Garmiza era un gordo con una panza fofa, blanca y desbordada. Llevaba una gruesa cadena de oro colgando del cuello, una pulserita con una mano contra la mala suerte en su muñeca izquierda y el pelo enrulado en dos franjas, con una calva en el medio como el Larry de Los Tres Chiflados. Turek había adelgazado y se había afeitado el bigote. También se había quitado la cadena del cuello y ponía un poco de gel en el pelo. Lentamente perdía sus rasgos particulares en busca de resabios de juventud.

—¿Quieren o no quieren? —preguntó Pavicini.

Nunca sé cómo hay que comportarse en el truco. ¿Se debe intentar amedrentar al contrario, o ser humilde? He llegado a imaginar un jugador con semejante capacidad para mentir que, luego de poner tres cuatros sobre la mesa, grita envido y truco de un modo tan convincente que sus oponentes se van al mazo.

—Está jarteando —dijo Turek—. Es ruso. Le gusta el riesgo, la aventura.

—Yo tengo como para arriesgar —dijo Garmiza.

—Démosle —dijo Turek.

Yo aguardaba en silencio.

—Quiero —dijo Garmiza.

—Canten —ordenó Pavicini.

—Treinta y uno —dijo Garmiza.

Miré mis treinta sin poder sustraerme al dolor de la derrota. Por mucho desinterés que sintiera por un juego, siempre me dolía perder.

–Para mí son buenas –dije.

–Treinta y dos son mejores –gritó mi compañero Pavicini.

Quise saltar de alegría, pero me caí para atrás con silla y todo. Mi compañero corrió a socorrerme y a abrazarme.

–Ya no estoy para estas emociones –dije.

Gritamos, nos dimos la mano y saltamos. Los turcos asumían su derrota con dignidad: no intentaban ocultar su decepción. Una pareja mixta los había vencido.

–Ahora me cuentan la historia, la puta que los parió –dije excitado.

Garmiza asintió, apesadumbrado, y le pidió al chico del bar una ronda de cervezas para todos.

–Yo prefiero un cortado –dije.

II

−Leopoldo se puso de novio con Ada en la escuela primaria −comenzó Garmiza−. Dejaron de verse durante dos años, porque el padre de ella consiguió un trabajo en el Chaco, creo que director de un hospital; pero finalmente regresaron a Buenos Aires y siguieron de novios durante todo el secundario, hasta llegar a la Facultad.

−Incluso un año de Facultad −apuntó Turek.

−¿Estudiaban lo mismo? −pregunté.

−No, ella estudiaba Arquitectura. Y Leopoldo, Sociología.

−¿Ya existía Sociología entonces? −dije, calculando las edades.

−Recién empezaba −dijo Turek.

Pero yo sabía que no tenía idea. A excepción de Pavicini, ninguno de los presentes poseía título universitario.

−Me están hablando de una tal Ada y un tal Leopoldo −dije−. ¿Qué tiene que ver Celita?

−Me ganaste al truco, te estoy pagando una cerveza y te estoy contando una historia −dijo Garmiza al tiempo que llegaba el pedido−. Por lo menos no me rompas las pelotas.

Decidí escuchar en silencio.

—Habían sido novios hasta la Facultad y un año más –como te dije–. Entonces Leopoldo se fue a Israel a hacer no sé qué cosa.

—A estudiar no sé qué de educación no formal –dijo Pavicini.

—¿Y vos cómo sabés eso? –pregunté.

—Me lo contaron cincuenta veces. Este balneario es un parque temático de la historia de Ada, Leopoldo, Celita y Mario.

—Fue a hacer un seminario de educación no formal –dijo Turek.

—No –dije–. Esas palabras, no. Me hacen mal.

—A mí también –reconoció Turek–. Pero es la verdad: un seminario de educación no formal.

—Y Dios lo castigó –sugerí.

—Obviamente –sentenció Garmiza–. Cuando regresó, Ada estaba a punto de casarse con Mario –agregó.

—¿Qué había pasado? –pregunté.

—Son las consecuencias de la educación no formal –se burló Turek.

—Básicamente, ella le pidió que regrese, le suplicó que regrese. Y él dijo que no podía, porque con la beca que le habían dado los israelíes, si volvía antes de tiempo tenía que pagarse el pasaje y además devolver no sé qué cantidad de dinero, creo que mil dólares.

—¿Y por qué ella estaba tan desesperada por su regreso?

—Es la educación no formal –insistió Turek.

—En eso las versiones difieren –me interiorizó Garmiza, en un inusual despliegue de léxico–. Están los que dicen que Ada le rogó a Leopoldo que regresara porque su padre, el de Ada, don Jaime, estaba por morir, y ella quería que los viera casados en este mundo. Y quienes afirman que todo fue culpa de un *surmenage*.

—¿Un qué? –grité.

—Un *surmenage* –repitió Garmiza–. Es un problema de la cabeza, como que se te cansa. Una especie de locura temporal.

—No sé si es eso –dije–. Escuché la palabra muchas veces, pero nadie sabe bien qué significa.

—Es un hiperestrés –trató de aclarar Pavicini.

–Prefiero escuchar la frase "seminario de educación no formal" –lo atajé–. Cuéntenme qué le pasó.

–Un día estaba en el country del Círculo Hebreo, por entonces más que un country era una quinta, Ada tendría diecinueve años…

–¿Estaba fuerte?

Turek lo pensó, y dijo:

–Un pedazo de mujer.

Garmiza aprobó con un gesto.

–No es que fuera especialmente linda. Tampoco era fea. Pero era un pedazo de mujer. Un hembrón. Algo como para agarrar.

–Como un enemigo –dije.

–Claro. Para una lucha cuerpo a cuerpo, hacerla hacer la vertical, mortero, medialuna. Cosas raras. Como una giganta de tamaño normal.

–Entiendo perfectamente.

Garmiza se llevó las manos a su pecho velludo e hizo el gesto de los pechos femeninos prominentes.

–Y una grupa… –dijo Turek–. Yo tenía veinte años y ella cuarenta, y te juro que la miraba a ella y no a las de mi edad. Qué pedazo de mina.

–¿Pero cuántos años tendría ella ahora?

–Y… ahora, cincuenta y dos, cincuenta y tres…

–Entonces vos no podías tener veinte cuando ella tenía cuarenta.

–¿Y vos qué sabes? –dijo Turek.

–No hace falta que sepa la historia –dije–. Es puro cálculo.

–Uno no cumple un año por año cuando se trata de estas cosas –me dijo Turek con una sabiduría que me dejó pasmado. En el silencio que siguió a su sentencia, había un acuerdo implícito: yo debía dejar de molestar con preguntas improcedentes y escuchar en paz.

–Esa tarde en el Círculo Hebreo unas chicas la esperaban para almorzar y no llegaba. La esperaron una hora y finalmente almorzaron sin ella. Pero después empezaron a preocuparse porque no aparecía. Preguntaron en el vestuario y en la pileta, pero nadie sabía dónde estaba. Como te dije, el club de campo entonces era como una quinta, así que no había muchos lugares donde esconderse, y mucho menos donde perderse. Como a las siete de la tarde, cuando ya estaban a punto de llamar a la casa para averiguar si por ahí se había ido sin decirles nada (no habían llamado antes porque el padre había sufrido dos paros cardíacos y temían preocuparlo), reapareció Ada. Estaba recién bañada y cambiada. Contó una historia muy extraña: dijo que no recordaba qué había hecho entre la una y las seis de la tarde. No recordaba haberse dormido, ni desmayado, ni nada. Simplemente había recobrado la conciencia de sí misma a las seis de la tarde y se había ido a bañar porque sentía como si acabara de despertarse.

–Ejem –exclamé interrumpiendo. Mis amigos me miraron.

–Creo que está claro –dije.

–Decí –pidió Garmiza.

–El cacho de mujer se hizo empomar –revelé con una vulgaridad de la que aún me arrepiento–. El novio estaba afuera y alguien del club, posiblemente el padre de una compañerita, le dio su primera alegría. Es lógico que haya querido perder el conocimiento. Luego pueden haber pasado dos cosas: o bien las cosas salieron muy mal y tuvo que abortar, y en un clásico arranque femenino llamó al novio a que viniera a contenerla; o bien la sola experiencia la dejó a merced de los elementos y temió que, si su novio no regresaba a casarse con ella cuanto antes, se perdería para siempre y se transformaría en una mujer de la vida. Pero una mujer que aparece seis horas después, vestida y cambiada, creo que no nos deja muchas alternativas.

–Hay una alternativa –dijo Garmiza.

–¿Cuál? –pregunté.

–Que estés diciendo pelotudeces.

–¿Por qué? –dije en un vano intento de no dejarme amedrentar; después de todo, le había ganado al truco.

–Para saber por qué tenés que escuchar la historia hasta el final.

—Bueno —traté aún de dar batalla—. Pero por las descripciones físicas de la mujer… tengo derecho a algunas presunciones.

—¿Qué derecho? —me increpó Luis Garmiza—. Nosotros la vimos cien, doscientas veces, y vos no la viste nunca. ¿Y pretendés saber qué fue lo que de verdad pasó?

—Soy escritor —dije.

Y supe que había cometido un error imperdonable. Los dos turcos callaron. Pavicini me miró asombrado por mi estupidez. Me había dejado llevar por la vanidad, no en la declamación de mi oficio, sino en la pretensión de querer ganarle un duelo verbal a quien poseía los pocos datos ciertos que una historia nos permite. La efímera victoria del truco me había ensoberbecido.

—Bueno —repetí—. Dale, contá.

—¿Para qué te voy a contar? —me despreció Garmiza—. Si sos escritor.

—¿Jugamos otro partido? —preguntó Turek.

—Dale, che. No se pongan así. Cuéntenme.

—Después de todo, es una suerte de privilegio —me dijo Pavicini—. Vas a ser el único de Miramar que no conoce la historia.

—¿Qué quieren que haga? —ofrecí.

Pero ni siquiera pude ofrendar mi vida a cambio de la historia. Llegaron al mismo tiempo Celita, de quien aún no sabía su rol ni su influencia en la interrumpida tragedia en la que acababan de iniciarme, con una amiga colgada de su brazo y un mate en la otra mano. Y mi esposa y mis dos hijos.

—Te fuiste —me dijo furibunda mi mujer.

—Pero si estoy acá —traté de defenderme.

—Sí, ya te veo. Y acá se van a quedar tus hijos, también. Cuidalos que me voy a pasear.

—¿A dónde?

—Al mismo lugar donde estuviste vos esta última hora y media —gritó.

—¡Pero si estuve acá! —insistí.

Su respuesta fue retirarse bruscamente. La miré alejarse. Mi esposa me seguía gustando. Los chicos comenzaron a reclamar coca y comida –el más grande– y tesoros desconocidos –la más pequeña, que no sabía hablar.

III

Esa noche tuve que realizar distintos actos de contrición. Debía reconquistar el favor de mi esposa y el de mis amigos. Había huido de mi responsabilidad como padre y marido durante una hora y media, tal vez con la vana presunción de que un escritor tiene derecho a no pedir permiso para dedicarse un rato a sí mismo, y había malogrado la generosidad narrativa de mis queridos amigos turcos recordándoles de un modo innoble mi oficio. Tenía que pedir perdón, *kippur*. Yo nunca ayuno en *Iom Kippur* y, en castigo, estoy obligado a pedir perdón el resto de los días del año.

A mi esposa le ofrecí que saliera con sus amigas de Miramar, al cine y a tomar un café, mientras yo me quedaba con los chicos. A mis amigos les pedí perdón a secas. Me los encontré ese anochecer, debían ser las ocho, en la rotisería donde todos comprábamos las comidas hechas para nuestras familias, que nos aguardaban en los distintos departamentos alquilados.

—Por tu culpa —me dijo Garmiza— me quedo solo con Brenda y Lucas.

"Eso te pasa por ponerle esos nombres a los chicos", pensé sin decirlo.

–¿Qué? –se solivantó Horacio Turek– ¿Vos fuiste el que propuso que las mujeres salgan solas?

Asentí, mudo y cabizbajo.

–¿Pero no ves que sos puto?… Vos no sos ruso…

sos puto. ¿Cómo vas a proponer que salgan solas las mujeres? ¿Dónde se vio? Nunca escuché algo así en Miramar. Vos sos puto, ruso es este –y señaló a Leandro Pavicini.

–A mí me da lo mismo –dijo Leandro–. Igual estoy solo con las nenas. ¿Dónde nos vemos?

–Amigos –les dije a los dos turcos–, por mis pecados, fui apercibido. Mi esposa no me sonríe; mis amigos se niegan a terminar de contar una historia cuyo decurso me hace arder de curiosidad. Soy Job, pero peor: yo sí pequé. He decidido quedarme solo con mis niños… toda la noche… ¿no es eso el Gehenna? ¿No vendrán acaso mis amigos a condolerse de mi pena, como se allegaron los amigos de Job a Job?

Y dejándolos mudos durante un instante, dije al hombre del mostrador con gorro de cocinero:

–Dos supremas de pollo, una porción de tarta de choclo y una de brócoli, por favor.

La cita quedó pautada para las diez en mi departamento. En total, serían ocho niños. Teníamos dos cada uno. Con un poco de suerte, se dormirían a los pocos minutos, cuatro en la cama matrimonial, y dos en cada una de las camas chicas del otro ambiente. De lo contrario, era probable que para cuando llegaran nuestras mujeres, entre las doce y la una de la mañana, el clamor de los ocho niños desvelados nos hubiera hecho olvidar hasta nuestros nombres. Pero yo tenía incluso la esperanza de que no solo se durmieran, sino que además, como las nenas de Pavicini ya eran grandes, poder dejarlos dormidos y bajar a conversar y tomar un café a la confitería de la Planta Baja.

Mi Infierno mutó en Paraíso. Los invitados y sus hijos llegaron puntualmente y en la televisión daban una de las pocas películas decentes para niños. Sin decir ni pío, los chicos se tiraron a ver la película en la cama grande y, para cuando nos quisimos dar cuenta, todos dormían menos la nena mayor de Pavicini. Con infinito cuidado llevé a los dos míos cada uno a su cama al otro ambiente, y entre todos los varones responsables decidimos que no era imprudente bajar a la confitería a tomar un café. Allí terminaron de revelarme la historia.

Mis hijos estaban dormidos, mi mujer recuperaba fuerzas con sus amigas, y mis amigos estaban a punto de contarme una historia atrapante… no todo me había salido mal en la vida. Pedimos café cortado y Luis Garmiza recomenzó sin necesidad de que se lo pidiera.

—Descartemos desde ya la explicación que diste por la mañana. Ada se casó virgen.

—Con la descripción que me dieron, no me parece verosímil que se haya casado virgen —insistí.

—Se casó virgen —terció Turek—. Eran otras épocas. Todavía el matrimonio significaba algo.

Decidí callar y escuchar.

—Se casó con Mario —cerró Garmiza—. Como ya te dijimos, las versiones difieren entre quienes creen que se peleó con Leopoldo porque no quiso regresar de Israel cuando ella le dijo que había sufrido un *surmenage*, y quienes creen que se peleó con Leopoldo cuando no quiso regresar de Israel luego de que le informara que su padre había sido desahuciado por los médicos.

—¿Cuándo murió el padre? —pregunté.

—Hace un año. Vivió más que la madre —contestó de inmediato Garmiza.

—En fin —siguió Turek—, la cuestión es que cuando Leopoldo llegó a la Argentina, le habían robado su silla.

—Es una historia triste —dije.

—Y recién empieza —apunto Pavicini.

—Ada y Mario se casaron unos dos meses después de que Leopoldo regresara. Ella había cortado la relación primero por carta, y luego por teléfono, cuando él la llamó.

—Hoy podría haber cortado por medio de un *attachment* —interrumpí sin criterio.

Mis amigos me reprendieron con un silencio tajante.

—¿Cómo se habían conocido Ada y Mario? —pregunté tímidamente.

—Mario era uno de los mejores amigos de Leopoldo —disparó Turek— y Leopoldo mandaba paquetes a Mario con cosas para Ada, o a Ada con cosas para Mario, alternativamente. La amistad terminó el mismo día que el noviazgo.

Garmiza sorbió las últimas gotas de café, y por primera vez en el día lo vi más ansioso por contar que por disfrutar mi ansiedad:

—Mario y Ada fueron un matrimonio feliz, pero nunca tuvieron hijos. Leopoldo tardó como tres años en casarse con Celita —él nunca se pudo recomponer de esa ruptura— y tuvieron dos nenes preciosos, una nena y un nene. Hasta hace poco veraneaban acá.

Te digo que Leopoldo nunca se pudo recomponer de esa ruptura, pero la llevó bastante bien hasta casi veinte años después. Vivió veinte años normalmente: como un hombre capaz de soportar el fin de un noviazgo importante, pero un noviazgo al fin. Quiero decir, lo que había vivido con Ada no era un matrimonio con hijos y, de algún modo, ni siquiera era tan importante. Uno de los tantos noviazgos que cualquier hombre transcurre antes de casarse. Aunque en este caso cobraba relevancia porque había sido el único noviazgo de ambos antes de casarse… con otros. Y hay un dato que tal vez haga más o menos importante, vos decidís, este noviazgo: nunca lo habían hecho.

—¿Nunca?

—Ya te dijimos que se casó virgen —dijo Turek—. Unos diez años después del casamiento de Leopoldo, que había conocido a Celita en su inmobiliaria…

—¿No era sociólogo?

—Por eso —dijo Turek—. Abrió una inmobiliaria. Celita era la secretaria. Incluso llegaron a hacerse cargo de propiedades acá en

Miramar. Pero te decía, unos diez años después de que Leopoldo pisó la copa, los dos matrimonios comenzaron a coincidir en Miramar. Uno frente a la carpa del otro. En el mismo balneario en el que estamos ahora nosotros.

—¿Ya se llamaba El Carioco? —preguntó Pavicini.

—El Carioco, igual que ahora —retomó Garmiza—. Leopoldo y Mario habían vuelto a ser amigos; y Celita y Ada se hicieron un poco amigas también. Casi se volvieron los Campanelli. Todo estaba olvidado. Pasaban buena parte, si no todo el día juntos, y la noche también. Salían. Cuando nacieron los chicos de Leopoldo y Celita, contrataron una niñera y siguieron saliendo los cuatro juntos. Mario sentía adoración por los nenes, la sigue sintiendo. Pero Ada, dicen, nunca se reconcilió con la idea de la esterilidad de su matrimonio; que era la de Mario. Los chicos de Leopoldo eran un recordatorio de su propia falta… de hijos.

—¿Se arrepentía —pregunté— de no haberse casado con Leopoldo?

—No, no —me desengañó Garmiza—. Los que saben dicen que podía haber sentido lo mismo por cualquier pareja amiga con hijos. Le dolía no tener hijos; y aparte estaba contenta con Mario. Eran una pareja feliz. Nadie cree que añorara a Leopoldo o que se arrepintiera por haberlo dejado. Habían hecho su vida, cada cual por su lado, y los encuentros en Miramar eran inevitables: lo raro y sospechoso hubiera sido que intentaran evitarse. Estas cosas pasan, todos los días. Caminá por la playa y decime cuántos te encontrás que fueron novios o novias de este o de aquel, y que ahora están casados con otro o con otra; y en la carpa de enfrente está el tipo que la vio desnuda a los quince años, o con el que le vio la cara a Dios a los diecisiete. No tenía por qué salir mal. Pero de pronto apareció la locura.

—Siempre aparece —apunté.

—¿Cómo sabemos esto? —preguntó retóricamente Garmiza (Turek le había cedido la palabra)— Nadie lo sabe. Se transmite de generación en generación. Pero mucho me temo que Mario sea un estómago resfriado porque, de otro modo, ¿cómo pudo haberse transformado en un secreto compartido semejante intimidad? Lo que se supo fue que a partir de los cuarenta años, Leopoldo comenzó a hacer saber, de un modo indirecto, que para él Ada era una cuenta pendiente. En el sentido de que nunca la había tenido. Y la verdad es que habiendo conocido a Ada, aún en su madurez, yo lo entiendo. Era una cuenta pendiente: haber noviado con esa mujer durante años y no haberle pegado ni un mordisco... es como para pegarse un tiro en las pelotas.

Los hombres asentimos resignados. Nuestros sentimientos podían expresarse de las maneras menos refinadas, nuestros anhelos no eran sino un amasijo de emociones básicas.

—Lo supo Mario, lo supo la gente del balneario, y sospecho que Ada y Celita deben haberlo sabido también. Quizá lo dijo de un modo inocente, o como una hipótesis descabellada. Lo cierto es que para el cumpleaños número 41 de Ada todo el mundo en Miramar sabía que Leopoldo se creía con derecho a acostarse aunque fuera una vez con ella y, si no tenía derecho, al menos había expresado de algún modo tal deseo, en la forma de una asignatura pendiente, de una revancha con el pasado, de un círculo incompleto de su vida.

Garmiza hizo un círculo con la mano y lo interrumpió a punto de cerrarlo.

—A veces pienso que deberían haberse acostado de una vez —dijo Turek—. Una vez. ¿Por qué no? Y terminarla.

—No es tan fácil —dije—. Garchar no es como sentarse a tomar un café.

—Y menos con hijos —intercedió Pavicini—. Si no tuvieran hijos, bueno. Pero cuando hay chicos de por medio, te estás acostando con la madre de los chicos... No es una "experiencia más".

—Pero acá, justamente ella era la que no tenía hijos —defendió su hipótesis Turek.

—Pero Leopoldo sí —dijo Pavicini, que sabía de lo que hablaba.

—Como sea —dijo Garmiza—. Las cosas ya no se pueden cambiar. El verano en que Ada había cumplido cuarenta y dos años (ella cumplía en diciembre, y siempre venían en enero), se perdió en la playa. La esperaban para comer, a eso de las tres de la tarde, con sandwichitos de milanesa y barajas de truco, y nunca llegó.

—¿No jugaban al buraco? —pregunté.

—No —dijo Garmiza.

—Porque me hubiera gustado que la esperaran para jugar al buraco.

—Pero la esperaban para comer jugando al truco —me reprendió Turek—. Y nunca llegó.

—Como en el Círculo Hebreo.

Ambos turcos asintieron y Garmiza repitió la figura del círculo en el aire con su dedo, pero esta vez lo cerró.

—La buscaron por toda la playa —dijo Garmiza— como a un chico. La empezaron a buscar a partir de las cinco, porque hasta esa hora era una demora normal. Pero a eso de las cuatro y media, comenzó cierta inquietud. Los chicos de Leopoldo y Celita ya habían comido y dormían la siesta. La salieron a buscar Leopoldo y Mario, y Celita se quedó con los chicos. Recorrieron unos diez balnearios y volvieron sin noticias. Pero eso todavía no era una búsqueda. Apenas preguntar a los amigos y conocidos si la habían visto. A las cinco, sí. Celita dejó a los chicos, que ya se habían despertado, con los Jacubowicz, y salieron a buscarla los tres. A las siete, avisaron a la policía.

—Pero digo yo una cosa —interrumpí—, cuando ella se había perdido en el Círculo Hebreo... ¿nunca más se supo nada? ¿No se hizo un estudio médico? ¿Qué había sido, una amnesia temporal? ¿No se preocupó por averiguar qué le había pasado?

—No. Además, la historia del Círculo Hebreo se reflotó mucho después de que Ada se hubiera perdido por segunda vez. La trajo a colación una de sus amigas de aquella época, que ni siquiera era una de las que la habían esperado en vano aquella vez. Recordaba que se lo habían contado como una anécdota que debía mantenerse en reserva. Ada no quería que su padre se enterara… estaba muy enfermo. Por otra parte, nunca le había vuelto a pasar. Entre los diecinueve y los cuarenta y dos años, nunca había vuelto a padecer la más mínima reminiscencia de aquella cosa extraña. En fin, uno se olvida incluso de las cosas malas. A partir de las siete, además de dar aviso a la policía, la buscaron por todo Miramar. Se entremezclaban las hipótesis más optimistas con las fatales: se había ido a Mar del Plata sin avisar, se había ahogado, se había ido a Buenos Aires porque de algún modo se había enterado de que había muerto el padre, la habían violado y asesinado; tenía un amante en Miramar, estaba por fin embarazada, se había suicidado. A las siete y cuarto los tres amigos –Mario, Leopoldo y Celita– se habían dividido para buscarla, junto con tantas otras personas, por separado, y quedaron en encontrarse en el departamento de Leopoldo y Celita a las nueve. Mario llegó a las nueve con las manos vacías, pero Leopoldo no acudió a la cita. Ni a las nueve ni a ninguna otra hora. No volvieron a ver nunca más a ninguno de los dos.

–A la flauta –dije.

Llegaron nuestras mujeres, las besamos y les indicamos que los chicos dormían arriba. ¿Había sido muy arduo? Sí, confesamos los cuatro. Una hecatombe, una odisea, como llevar a pastar una manada de toros salvajes, como conducir a los hijos de Israel de Egipto a Canaan, como dirigir una cárcel de criminales psicópatas. ¿Y ellas? ¿La habían pasado bien? ¿Habían disfrutado de la película mientras sus hijos padecían la ausencia de sus madres? ¿Qué hacíamos en la planta baja? Pues bien, los niños se habían dormido hacía unos pocos minutos y, para no perder la razón, habíamos decidido tomarnos un respiro y un café. Las mujeres subieron en busca de sus hijos dormidos como si hubieran dejado de verlos por un año.

–La hipótesis más repetida –dijo Garmiza– es que Ada y Leopoldo, inocentemente, se concedieron una pausa en sus vidas para saldar la deuda del pasado, y con tan mala suerte que ella quedó embarazada. No les quedó más remedio que huir. Yo no encuentro otra explicación.

–¿Y por qué no abortar? –preguntó Pavicini, con el tono de quien le ha ido dando vueltas a una historia durante años, sin encontrarle nunca el punto de entrada.

–Una mujer de cuarenta y dos años, que nunca pudo tener hijos, no aborta –contestó sabiamente Turek–. Por allí andarán, con un chico a punto de hacer el *bar mitzvá*.

–Ahora soy yo el que niega el acto sexual –dije–. ¿Por qué no pensar que ella se perdió? Fue abducida por el mismo fenómeno que la había hecho desaparecer a los diecinueve años; y Leopoldo, con la convicción de que ahora sí la había perdido para siempre, se dejó ahogar por el mar.

–Eso sí que es una pelotudez –adjetivó Garmiza–. La pelotudez más grande que dijiste en todo el día. Me siento avergonzado de que me hayas ganado al truco.

–Además –graficó innecesariamente Pavicini–, el mar devuelve los cadáveres.

–Yo de lo que estoy seguro –acotó Turek–, si seguimos la hipótesis de Garmiza, es de que no se escaparon a conciencia. En el sentido de que no fue que lo estuvieron planificando, ni siquiera se enamoraron. Se acostaron una vez, como para sacarse el problema de encima, eliminar ese pequeño inconveniente en la amistad entre las dos parejas… Puede que haya quedado embarazada o no, a partir de ahí me pierdo… Pero estoy seguro de que no hubo un plan, que no decidieron entre los dos abandonar sus matrimonios. No sé qué pasó.

–Es como decía Mossen –dijo Pavicini señalándome–. Garchar no es como sentarse a tomar un café.

No tuvieron más remedio que aprobar en silencio mi frase. Aprovechando el súbito ascenso de mi popularidad, con mi natural tendencia a autodestruirme ni bien era mínimamente admitido, adosé:

—Tal vez simplemente se perdieron. Ella se perdió primero. Y él después. Y nunca más supieron cómo volver.

Curiosamente, nadie me contradijo. Un silencio ominoso se apoderó de la mesa. Por suerte bajaron las mujeres con los niños a medias despiertos y los dos turcos debieron cargar al menos uno en los brazos. Pavicini partió con sus dos hijas una de cada mano, caminando como dos señoritas. En mi departamento, con los dos niños dormidos, mi esposa me recompensó por mi dedicación. Sumergido mansamente en la madrugada, antes de cerrar los ojos, dediqué un tiempo a pensar en la gente que era capaz de todo en el universo sentimental. Mario y Celita, los dos cónyuges abandonados, parecían personas tranquilas. ¿Cómo se habían casado con semejantes bólidos? A Celita le había pasado el tiempo por encima y ya no tenía restos ni para que uno pudiera opinar sobre un posible temperamento. Pero Mario era la imagen misma del hombre templado y equilibrado. Aunque nunca le había dirigido la palabra, ni lo había escuchado hablar, tenía la panza, la barba y la calva del clásico progresista. Lector de cierto diario, espectador de cierto programa y emisor de una decena de opiniones invariables e intercambiables. El desastre sentimental no parecía haber hecho mella en su anatomía de judío emancipado: saludaba con toda corrección, como un amigo o un hermano, a Celita, me habían dicho los muchachos. La ayudaba, y jugaba con los chicos, mientras fueron chicos. Quién sabía si alguna vez, incluso, no se habían permitido consolarse el uno al otro. No. Eso no. Cuando nos abandonan, nos infligen una herida que nos impide para siempre ciertas formas de venganza.

IV

Pasaron dos años. Dos años desde el periplo de la camioneta que volvió a Miramar y los mismos dos años desde que había conocido la historia de Ada y Leopoldo. Creo que ya dije que conocí a Ada a los cincuenta y cinco años. Lo cierto es que no hubiera vuelto a dedicarle verdadera atención de no ser porque la conocí. La historia de aquel verano era la de Gonzalo y la camioneta. La desaparición de Ada y Leopoldo –por muy impactante que resulte la idea de no volver a saber ni una palabra acerca de dos adultos–, se sumó a otras tantas historias de amores extravagantes que se acumulaban en Miramar, en el mundo y en mi memoria. El alma se complotaba con la tierra, con la arena o con el mar, para generar híbridos, bastardos y monstruos. Uno más, uno menos, no eran más que un recuerdo.

Mi encuentro con Ada sucedió tan lejos de Miramar como puede estarlo el cielo de los hombres. Me la encontré en Barcelona, en una muestra sobre… el silencio. Yo había llegado a Barcelona con motivo de la presentación de uno de mis libros, que pasó totalmente desapercibido, y supe por el diario que un grupo de argentinos estaban llevando por Europa, ese mes por

España, una muestra itinerante sobre… Nuevamente puntos suspensivos… el silencio.

De más está decir, espero, que ni todo el oro del mundo pudo haberme llevado a mí a participar como espectador, como periodista, ni siquiera como acomodador, de una muestra sobre El silencio. Pero en uno de los diarios que había publicado la noticia aparecían los nombres de los integrantes del *staff* de ¿organizadores?, ¿artistas?, ¿compositores? de aquel inefable *happening*, y uno de los nombres era el de una fotógrafa a la que yo había conocido en mi juventud y con la cual, como bien podría haber dicho Leopoldo, me había quedado una cuenta pendiente. Yo ya había concedido un par de reportajes –ninguno de los cuales había sido publicado– y me quedaba un día entero de hacer nada en Barcelona, antes de regresar a Madrid y un día más tarde a Buenos Aires. Me hallaba severamente deprimido. Desperté aquella mañana en Barcelona diciéndome: "Ya fracasé como escritor. Ahora lo importante es fracasar como persona". De todos modos, los fracasos vivos están obligados a hacer algo. Y me pareció que el mejor modo de morir aquel día era concurrir a la muestra sobre el silencio para suplicarle un rechazo a la fotógrafa.

La muestra consistía en cuadros y artefactos que remitían al silencio: un estadio vacío, una radio sin pilas, un micrófono en medio del campo, un casete que giraba en un grabador sin emitir sonido, un papel en blanco, una pelotudez.

Había un salón donde estaba prohibido hablar. Lo dejé para el final. Primero recorrí la muestra en busca de la fotógrafa. La encontré, embarazada y acompañada por su marido, un chico que no debía tener veinticinco años. Aun embarazada y acompañada, me sonrió como si aún nos restara otra oportunidad, quién sabía, en otro país, en otra ciudad, en una muestra sobre la oscuridad.

Como una perfecta metáfora de mi entonces presente situación, me deslicé en el salón donde estaba prohibido hablar. Era lo más patético de toda la muestra. Se trataba, simplemente, de gente que debía intentar caminar en el mayor silencio posible dentro de un salón vacío. "Una vez que he descubierto a la fotógrafa embarazada y acompañada", me dije, "¿por qué me someto a esta humillación?". Pero un señor completamente calvo parecía estar preguntándose exactamente lo mismo mientras me miraba de reojo. Habíamos ido allí para humillarnos a nosotros mismos. Para eso se organizaban semejantes muestras, le brindaban un cierto servicio a la sociedad. De pronto descubrí que una mujer pelirroja, de entre cincuenta y sesenta años, me miraba con unos ojos vidriosos. Usaba lentes de contacto. A diferencia del pelado, que me había mirado de soslayo porque era imposible no cruzar miradas en aquel pequeño habitáculo, esta mujer me miraba con decisión. "Tal vez forme parte de la muestra", me dije. Pero me demostró que no: hizo lo prohibido. Se me acercó y, sin salir del cuarto, me habló en secreto. Debo confesar que, sin importarme su aspecto ni su edad, su travesura me excitó. ¿Cómo a nadie se le había ocurrido hablar en voz alta y acabar con esa farsa? ¿Por qué obedecíamos como corderos? Ni siquiera habíamos pagado por entrar ahí. La muestra era de entrada libre y gratuita. Me dijo al oído:

—Vos sos Javier Mossen.

Salimos del cuarto silencioso y de la muestra en su conjunto, la planta baja de un edificio de la Secretaría de Cultura Municipal. La cara de la mujer era también del tono rojizo de su pelo. Tenía los dientes muy blancos y sonreía de un modo que parecía un rictus o un tic.

—Qué interesante —me dijo.

—Sí —respondí.

—¿Viniste a presentar tu libro, no?

—Sí. ¿Cómo lo sabe?

—Lo escuché en la radio.

—Yo no lo escuché, ni lo leí no lo vi —repliqué—. Mi libro sí que es una muestra sobre el silencio.

La mujer se rió, con gestos muy distintos a los de su sonrisa nerviosa, y con una hilaridad tras la que podía adivinarse que alguna vez había sido joven. Al reírse, apoyó su hombro en el mío. Sentí el olor del paso del tiempo, y rechazo. A poco de caminar, descubrí que "la vieja", como inmediatamente comencé a llamarla en mi fuero interno, no se me despegaba. ¡Qué cosa!, como diría Pepe Biondi, salía de una muestra sobre el silencio y me atrapaba una emisaria de la decrepitud: posiblemente fuera parte de un *happening* vivencial.

No podía empujarla a la calle, porque tal vez la pisara un auto. He aprendido algo a lo largo de mis encuentros con gente que no me interesa (siempre abundantes, en contraste con las pocas veces en que merezco la atención de quienes sí me interesan): no debo, para espantarlos, hacer cosas que finalmente los acerquen aún más a mí. No debo matarlos, ni lisiarlos ni ofenderlos de un modo explícito que les dé derecho a réplica. Por eso en este caso, para alfombrar mi huida, pregunté:

–¿Usted está de turista?

–Yo soy turista en todos lados –me dijo.

Era la frase que precisaba para fletarla sin piedad.

–¿Te puedo comentar algo de un artículo que escribiste sobre Israel? –me preguntó.

–Con mucho gusto –dije–. Pero ahora justo me estoy yendo. ¿Por qué no me deja su dirección e–mail? Le mando un mensaje y usted me escribe lo que quiere.

Noté que la decepción mostraba la exacta cantidad de años en su rostro, y que resquebrajaba el tono entre cobrizo y rojizo que hasta entonces teñía sus arrugas, ocultas tras la superficie terrosa. Pero mostró decencia. Sacó una libreta muy catalana, pequeña y de diseño ultramoderno, de su cartera infinita, una lapicera de marca, garabateó en el aire unos trazos y luego anotó con prolijidad el nombre y la arroba: boroviczada@yahoo.com.

Arrancó el cuarto inferior de hoja donde había dejado su huella electrónica y me dio pena que rompiera aunque no fuera más que un trozo de papel de aquella preciosa agenda. Me quedé mirando el papel y un duende maligno me susurró algo al oído. Era como el zumbido de un mosquito asegurando que no te picará, y al que resulta tan imposible creerle como dejar de escuchar.

—¿Usted se llama Ada? —pregunté contra todas mis decisiones.

—No —dijo—. Lidia. Lidia Borovicz. ¿Por qué?

Antes de que dijera "¿por qué?", le había temblado el labio.

—No —dije—. Porque conozco apellidos Borovicz

o Borovich, o Borowicz, pero nunca "boroviczada". De modo que supuse que tal vez "ada" fuera el nombre.

—No —replicó Lidia—. Es una broma: como hechizada, o encantada. Me casé con un Borovicz, entonces me puse "boroviczada".

—Entiendo —dije—. Bueno…

Puso la mejilla para que le diera un beso de despedida. Mis labios palparon las arenas cosméticas acumuladas en ese rostro. Fue el precio que pagué por mi libertad. Pero no me dejaron ir. Faraón, incluso después de dejar salir al Pueblo, lo persiguió. Creo que yo no había caminado ni media cuadra, cuando me gritó, sin moverse de su lugar:

—¿Cómo sabés que me llamo Ada?

Y supe, no solo que se llamaba Ada, sino que mi vida estaba poblada de milagros al revés: no aquellos que nos consiguen la libertad, sino que nos regalan historias para hacerla imposible.

Volví sobre mis pasos.

—No lo sé —dije—. ¿Se llama Ada?

—Ada Koremblit —dijo.

—Miramar, 1990 —sellé su confesión, como un documentalista.

—1991 —me dijo—. El año de la guerra en el Golfo. Pero a mí las arenas de Miramar me quemaban más que las de Bagdad.

Seguía con sus frases pretensiosas, pero ahora con derecho.

—¿Querés tomar un café? —preguntó.

—Como usted quiera —me resigné.

Nos sentamos en un bar confortable y de una arquitectura preciosista, como todo en Barcelona. Ya comenzaba a sentirme un poco desubicado. Añoraba los bares destartalados o convencionales de Buenos Aires, donde mi fracaso se acomodaba en las sillas anónimas, las ventanas de hacía cincuenta años y las mesas con obscenidades grabadas a presión en la madera con biromes y cortaplumas. Lo que sí me gustaba, definitivamente, era que tenían cafés de todas partes del mundo, y me pedí el haitiano, el más fuerte. Los clientes también eran de todas partes del mundo. Los había negros azules, negros marrones, chinos de ojos redondos, y muchachas rusas. También había un, supongo que afgano, hombre cubierto con trapos negros, de la cabeza a los pies, la tez oscura sin ser negra, y una renegrida barba larga y desprolija. Los únicos que no destacábamos allí éramos los dos judíos. Pero teníamos una historia para contar, y la misma para escuchar.

—Sé toda su historia —le dije después del segundo café, una media hora después de que la incitara a contarme lo que yo ya sabía, luego de que ambos repitiéramos una y otra vez que era un milagro habernos encontrado en aquellas circunstancias. Se había puesto Lidia Borot en Israel, para desprenderse de Ada Koremblit. Y después, por medio de un pequeño soborno, se había puesto el Borovicz en la Argentina para que no la asociaran con la Lidia Borot que había llegado como Ada Koremblit a Israel. Muy normal no era.

—Pero no sé los intermedios —dije—. Es como si las escenas más importantes hubieran ocurrido con el telón bajo.

¿Qué me pasaba? ¿Por qué le hablaba tanto si no estaba borracho? Era el café fuerte… y la curiosidad. La madre de todos los vicios.

—En tus cuentos, siempre decís que querés viajar atrás en el tiempo. ¿Es uno de los motivos por los cuales te acostás con mujeres mayores, para extraerles el pasado?

—No me acuesto con mujeres mayores —dije—. Además —agregué—, ahora yo mismo soy un hombre mayor. Tengo otros problemas.

Se rió. Se lamió una gota de café que, seguramente por la densidad del brillo labial, le había quedado disecada en el labio. Usó una lengua corta, pero llamativa. Aún era roja. No pude evitar imaginarla con Leopoldo, arrasados por la pasión, quién sabía dónde.

—Quiero que me cuente —le dije.

—Y yo quiero que me cuentes vos —replicó desatada— qué es lo que les hacés a las mujeres mayores, cómo las usás para viajar en el tiempo.

Ya dije que estaba un poco loca.

—Le digo que no —repetí—. No las uso de ninguna manera. Esto me pasa por escribir esos cuentos. Nadie los comenta, nadie los lee. Pero si por casualidad alguien los hojea en una librería, me vienen con todo tipo de reproches. Mire, Ada, es verdad que quiero viajar en el Tiempo. Quiero regresar a mi infancia, a mi adolescencia, y a mi juventud, y deshacer muchas cosas, y hacer otras tantas que entonces no pude. Lo quiero de verdad. Pero eso no podría lograrlo a través de una mujer mayor. Acostarse con una mujer mayor no es viajar en el Tiempo, es pasar a una dimensión distinta del Tiempo, o fuera del Tiempo, si me apura, quizás.

—Otra dimensión —dijo Ada, y asintió en silencio, como si yo hubiera expresado un pensamiento especialmente profundo. La mitad de lo que le había dicho no tenía ningún sentido, y la otra mitad yo mismo no terminaba de entenderla.

—¿Lo sabés por experiencia? —preguntó.

—Basta —dije—. Cuénteme o nos vamos. Me esperan en el Ayuntamiento.

Es el día de hoy que no sé de dónde saqué eso del "ayuntamiento", creo que de una traducción que había leído el día anterior.

—Está bien. Yo te cuento, y vos me contás.

—Como quiera —mentí.

—Leopoldo me encontró en la playa, a varios balnearios del nuestro, pasando el arco, saliendo de Miramar. En esa zona donde van los ricos. Ahí no me conocía nadie. Eran las siete y media de la tarde; ni siquiera había oscurecido. Yo estaba sentada, mirando el mar.

—Gracias a Dios estás acá —me dijo.

—¿Por qué?

—¿Cómo por qué? ¡Te estamos esperando desde las tres de la tarde! Yo sé por qué te fuiste.

Yo no tenía idea de qué se imaginaba Leopoldo, en qué estaba pensando. Pero sabía que si le revelaba que no tenía idea, tal vez no me lo confesara. De modo que jugué una carta difícil, pero la única que tenía, le dije:

—¿Por qué lo hiciste?

Es la mejor manera de enterarse de qué hizo o dijo alguien, cuando no lo sabés.

—No sé —dijo Leopoldo—. Si me preguntás, si tengo que pensar una respuesta: no sé por qué lo hice. Como supongo que vos tampoco podrás explicar claramente por qué desapareciste a las tres de la tarde y ahora te encuentro acá.

—Sí —le dije—. Yo puedo explicar eso. Pero primero contame vos. ¿Por qué lo hiciste?

—Leopoldo le había dicho a María que se había acostado conmigo —me dijo Ada Korenblit en el bar catalán, mientras el mozo (con ese dejo de "yo no soy mozo sino un joven en busca de oportunidades" que tienen los mozos jóvenes de clase media) nos traía un café francés, para ella, y uno argentino, para mí—. Le mintió.

—¿Y por qué hizo eso? —pregunté, saturado de cafeína, y sin adivinar qué era lo argentino en el café que bebía.

—No lo sabía bien. Trató de explicárselo a sí mismo mientras me lo explicaba a mí. Porque no podía lograrlo en la realidad, y aquello era al menos una forma de hacerlo. Porque sentía resentimiento contra Mario: no por haberle quitado la novia —eso apenas lo había sentido durante un año, ni bien ocurrió— sino por ser un obstáculo entre él y un momento que había perdido en el tiempo, la alhaja que había quedado escondida detrás del sofá: acostarse conmigo. No se animaba a proponérmelo directamente, y además estaba seguro de que yo lo rechazaría. No sabía si me amaba o no; no quería ofenderme, pero lo más probable era que no me amara. Dormía mal desde hacía dos años pensando en que había sido mi novio durante tanto tiempo y nunca habíamos hecho el amor. Pero sentía que no había modo de conseguirlo. No había salida. Un día que fueron a pescar con Mario, en el muelle, de pronto soltó la mentira.

Le dijo que se había acostado conmigo, una sola vez, y que ahora se sentía aliviado y en paz, para siempre. No precisaba más.

—Mire —le dije a Ada Koremblit—. Muchas veces escuché de gente que esconde una aventura hasta que muere, pero nunca de alguien que confiesa una que no sucedió.

—Eh. No es una historia cualquiera.

—Ya lo creo que no.

—¿Vos podés entender por qué lo hizo? —preguntó Ada Koremblit.

Medité un largo rato. Eso no era café express ni de filtro. ¿A qué llamaban café argentino? ¿De dónde lo habían sacado? Ni bien saliera de allí, me dirigía al consulado y ponía una queja por escrito.

—La verdad es que lo entiendo —dije—. Pero no lo puedo explicar.

Ada sonrió aprobadoramente.

—Él estaba seguro de que Mario me había increpado, y que por eso yo había desaparecido del balneario y no había reaparecido en las siguientes cuatro horas. Me había asustado, según Leopoldo, o no sabía cómo reaccionar ante esa mentira absurda. O no sabía cómo mirarlo a la cara, a él y a su esposa. Leopoldo siguió hablándome, pidiéndome disculpas, casi llorando, mientras yo lo escuchaba sin mirarlo, con la vista en las olas. Hasta que lo detuve: lo tomé por la nuca y lo besé.

—Lo tomó por la nuca y lo besó —repetí.

—Sí. ¿Por qué hice eso? —me preguntó desafiante.

—Supongo que la conmovió tanto deseo.

—En parte —admitió—. ¿Pero por qué me fui con él?

—Eso ya no lo entiendo ni puedo explicarlo —confesé.

—Mario había escuchado que Leopoldo se había acostado conmigo, de boca del mismo Leopoldo, y no hizo nada. Leopoldo le dijo que se acostó con su esposa, y él no hizo nada.

—Pero le dijo que fue solo una vez… —traté de defender, sin decidirlo, sin saber por qué, a Mario—, que era algo que necesitaba para olvidar, para seguir viviendo… Una vez…

Me callé porque descubrí que estaba hablando como un pelele.

Ada Koremblit captó mi sensación y mi silencio en su justo sentido.

—Mario había creído durante toda una semana que yo me había acostado con Leopoldo, y no me dijo ni una palabra. Lo aceptó, lo admitió. Aceptó que su amigo, ahora eran amigos, se acostara conmigo para cerrar una cuenta pendiente, para cerrar su herida de tiempo… Bueno, se lo permitió.

—Le presentaron los hechos consumados —dije.

—Tendría que haberlo molido a trompadas. O tirarlo al mar, ya que estaban en el muelle. O por lo menos pegarme a mí. Separarse, hacer algo. Ni siquiera teníamos hijos. ¿Qué lo ataba? ¿Por qué no me abandonó? ¿Por qué no reaccionó?

—Permítame decirle que por amor —dije—. El amor existe.

—Sí. Pero a veces es inferior.

—Es una buena manera de definirlo —acepté.

—Ya no podía volver con Mario. Nunca había pensado en escaparme con Leopoldo, ni se me había cruzado por la cabeza. Muy levemente, pero muy levemente, alguna vez Mario había dejado deslizar que tal vez yo para Leopoldo fuera una cuenta pendiente; me lo dijo muy sutilmente, y yo no sabía si en broma. Pero incluso en esos casos yo no sentía el menor deseo por Leopoldo. Jamás se me había cruzado por la cabeza permitirle tenerme para compensar nuestro noviazgo sin sexo. No me parecía siquiera una insolencia, sino el pensamiento de un baboso. La gula de un hombre casado, con hijos, que empieza a echar panza y a desear las mujeres de los demás. A mí hacía más de veinte años que Leopoldo ni me llamaba la atención. Creo que lo de mi padre fue una excusa para cortar. Ya entonces yo había perdido la atracción por él. De hecho, mi padre no murió sino hasta treinta años después. Pero cuando me enteré de la mentira y la pasividad de Mario, en la playa, más allá del arco de Miramar, las piernas no me respondían. Ni los pulmones. Ni la cabeza. No podía volver. No me quería escapar con Leopoldo, pero no podía volver con Mario. En fin, de todos modos me escapé con Leopoldo.

Ahora sí yo había terminado mi café.

—¿Y qué hicieron? —pregunté.

—Nos fuimos con lo puesto a Mar del Plata. Leopoldo me compró ropa, y de allí en tren a Buenos Aires. Pasamos un mes juntos en el Chaco. Es raro que nadie nos haya buscado allí. Es verdad que estábamos casi en el campo. Recién en el Chaco nos acostamos por primera vez, y te puedo asegurar que no fue nada memorable. Esa tapera que teníamos por casa no ayudaba. Después, un día me fui a Israel, sin decirle una palabra. Se lo merecía. Leopoldo jugaba con esas cartas. No supe más nada.

—Se debe haber suicidado —dije sin pensar—. Nunca más se supo de ustedes dos.

—Nunca descarté lo del suicidio —dijo Ada, no adiviné si refiriéndose al destino de Leopoldo o a ella misma—. Pero que no hayan sabido de mí era lo más lógico. Me cambié el nombre en Israel. Fijate, vos mismo hoy te estabas quejando de que nadie sabe nada de vos, aunque viniste a presentar un libro. La gente se pierde.

—Y nunca más los encuentran —dije como un amén—. Pero dígame una cosa: ¿por qué desapareció hasta las siete de la tarde? Y ya que estamos: ¿qué le pasó aquella vez, a los diecinueve años, en el Círculo Hebreo?

La sonrisa de Ada Koremblit demostró que nunca sería una seductora: eclipsó un enigma natural, realmente sabroso, con su propia pretensión de resultar enigmática.

—Para saber eso —me dijo, y cubrió mi mano con la suya—, tendrías que pasar a esa otra dimensión de la que antes me hablabas, y que no es viajar en el Tiempo.

Apretó mi mano y sacó la punta de la lengua.

Retiré la mano y dije temblando, de miedo o desconcierto:

—Garchar no es como sentarse a tomar un café.

Al menos con los turcos me había dado resultado.

Ada Koremblit me sonrió en silencio. Dejé unas cuantas moneditas doradas y huí. No siempre estoy dispuesto a pagar el precio por la verdad absoluta, que innegablemente existe aunque nadie la sepa.

Luego de varios minutos de caminata, descubrí que en lugar de estar dirigiéndome al hotel regresaba sin propósito al edificio de la muestra del silencio. Me paré en seco y detuve un taxi. Me lancé dentro, como agarrándome a mí mismo del cuello, le dije en voz alta la dirección al chofer y cerré los ojos. Mantuve los ojos cerrados: no había otro modo de llegar a destino.